像鸟儿一样旅行，惬意看着
石头之神淹没在沙漠之中，
大海与陆地在白色的睡眠中交融；
为了逃离时间，一直在重新开始……
冥冥之中被目的地笼罩着……

行者们，走过的路途编织成了我们；我们停下，却像羽毛一样随着时间飘走。

To travel like a bird, lightly to view

Deserts where stone gods founder in the sand,

Ocean embraced in a white sleep with land;

To escape time, always to start anew…

Hooded by a dark sense of destination…

Travelers, we're fabric of the road we go; We settle, but like feathers on time's flow.

桂冠诗人诗选

尼古拉斯·布莱克 **桂冠推理全集**

The Dreadful Hollow

深谷谜云

尼古拉斯·布莱克——著
江敏——译

上海文艺出版社
上海故事会文化传媒有限公司

尼古拉斯·布莱克桂冠推理全集（全16册）
编委会

总策划：夏一鸣

主　编：黄禄善

副主编：陶云韫

编辑成员

（按姓氏笔画为序排列）

丁娴瑶　王琦　田芳　吕佳　朱虹　孟文玉
赵嫒佳　夏一鸣　陶云韫　黄禄善　曹晴雯　彭元凯

名家导读

提起英国黄金时代侦探小说的代表性作家,很多人马上就会想到阿加莎·克里斯蒂(Agatha Christie, 1890-1976)。确实,这位昔时光顾伦敦侦探俱乐部的"常客",自出道以来,累计创作悬疑探案小说81部,总销售量近20亿册,是地地道道的"侦探小说女王"。不过,在当时的英国,还有一位男性侦探小说家,其创作才能一点也不亚于阿加莎·克里斯蒂,只不过他的身份比较显赫,甚至有点令人生畏。尼古拉斯·布莱克(Nicholas Blake, 1904-1972),这个生于爱尔兰、长于伦敦、后来活跃在诗坛的"怪才",不但拥有牛津大学和哈佛大学教授、英国桂冠诗人、大不列颠功勋骑士、战时宣传口掌门、左翼社会活动家等多种显赫身份,还在出版大量彪炳史册的诗歌集、论文集、译著的同时,客串侦探小说创作,成就十分突出。说来让人难以置信,他创作侦探小说的原因竟然是囊中羞涩,无法支付居住已久的房屋的维修费。在给自己的诗友、同为桂冠诗人的斯蒂芬·斯潘德(Stephen Spender, 1909-

1995）的信中，他坦言，因为担心失业，一直想写些可以盈利的书。于是，一套以"奈杰尔·斯特雷奇威"（Nigel Strangeways）为业余侦探主角的悬疑探案小说诞生了。

该套小说共计16部，始于1935年的《罪证疑云》（*A Question of Proof*），终于1966年的《死后黎明》（*The Morning after Death*），陆续问世后，均引起轰动，一版再版，畅销不衰，并被译成多种文字，风靡欧美多地。直至今天，这套作品依然作为西方犯罪小说的经典被顶礼膜拜。《纽约时报》《泰晤士报文学增刊》《每日电讯》等数十家报刊连篇累牍地发表评论，称赞这套小说是西方侦探小说的"杰作"，"值得倾力推荐"。知名小说家伊丽莎白·鲍恩（Elizabeth Bowen）说，尼古拉斯·布莱克"拥有构筑谜案小说的非凡能力"，"在英国侦探小说史上独树一帜"。当代著名评论家尼尔·奈伦（Neil Nyren）也说，尼古拉斯·布莱克不愧为"神秘小说大师"，"在西方侦探小说从通俗到主流的文学转型中起着重要作用"。[①]

人们之所以热捧尼古拉斯·布莱克，首先在于这套悬疑探案小说构筑了16个扑朔迷离的故事情节。尼古拉斯·布莱克熟谙黄金时代侦探小说的各种创作模式，在他的笔下，既有引导读者亦步亦趋的"谜踪"，又有适时向读者交代的"公平游戏原则"；既有转移读者注意力的"红鲱鱼"，又有展示不可能犯罪的"封闭场所谋杀"。而且，一切结合得十分自然，不留任何痕迹。譬如，该系列的第二部小说《死亡之壳》（*Thou*

[①] Neil Nyren. "Nicholas Blake: A Crime Reader's Guide to the Classics", https://crimereads.com, January 18, 2019.

Shell of Death），功勋飞行员费格斯不断收到匿名威胁信，断言他将在节日当天毙命。以防万一，费格斯请来了破案高手奈杰尔·斯特雷奇威。然而，劫数难逃，在节日家宴后，费格斯还是神秘死亡。凶手究竟是谁？为何要选择节日当天谋杀他？谋杀动机又是什么？种种线索指向参加节日家宴的、有可能从谋杀中获益的一些嘉宾，其中包括富有传奇色彩的女探险家乔治娅·卡文迪什，她与费格斯来往甚密。与此同时，奈杰尔·斯特雷奇威也开始调查死者费格斯鲜为人知的过去。又如该系列的第四部小说《禽兽该死》(The Beast Must Die)，故事以侦探小说家弗兰克的日记开头，讲述他6岁的儿子突遇车祸，肇事司机逃逸，由此他悲愤交加，展开了追查禽兽的历程。故事最后，复仇者锁定嫌疑人，并潜入嫌疑人家中，准备实施谋杀。然而，当东窗事发，弗兰克却坚称自己无罪。事情真相究竟如何？弗兰克是有罪，还是无罪？奈杰尔·斯特雷奇威依据严密的推理，做出了出乎众人意料的判断。再如该系列的第14部小说《夺命蠕虫》(The Worm of Death)，开篇即以死者之口预告了自身的死亡，设置了"自杀还是谋杀"的悬念。死者名为皮尔斯·劳登，是一个医学博士，他的尸体突然出现在泰晤士河中，全身只穿有一件粗花呢大衣，手腕处还有数道相同的刀伤。奈杰尔·斯特雷奇威奉命介入调查，似乎所有家庭成员都对死者抱有敌意，所有人都有强烈的作案动机，包括深受博士喜爱的养子格雷厄姆，次子哈罗德，还有小女儿瑞贝卡——死者曾坚决反对她与艺术家男友的婚恋。随着调查深入，家中发生的又一起死亡事件陡然加剧了紧张局势。恶意谋杀仍在继续，奈杰尔·斯特雷奇威不得不加快脚步。与此同时，他也在一艘腐烂的驳船上发现了令人毛骨悚然的事实真相。

不过，尼古拉斯·布莱克毕竟是驰骋在诗坛多年的"桂冠诗人"，他在构筑上述扑朔迷离的故事情节的同时，还有意无意地融入了许多纯文学技巧。故事行文优美，引语典故不断，清新、优雅的风韵中又不乏幽默，尤其是在刻画人物的心理和展示作品的主题方面狠下功夫。一方面，《酿造厄运》(There's Trouble Brewing)通过一家酿酒厂里的奇异命案，展现了资本家的贪婪、人性的扭曲和底层劳动者的苦苦挣扎；另一方面，《深谷谜云》(The Dreadful Hollow)又通过偏僻山村一系列匪夷所思的恐怖事件，展示了一幅幅极其丑陋的贪婪、嫉恨、复仇的图画；与此同时，《雪藏祸心》(The Corpse in the Snowman)还通过侦破豪华庄园一起诡异的"闹鬼"事件，反映了二战期间英国毒品的泛滥和上流社会的骄奢淫逸、人性丑陋。最值得一提的是《游轮魅影》(The Widow's Cruise)，该书的故事场景设置在希腊半岛东部的爱琴海上，与阿加莎·克里斯蒂的《尼罗河上的惨案》有异曲同工之妙，两者均通过游轮上一起离奇古怪的命案，揭示了人性的弱点与步入歧途的道德激情。

一般认为，尼古拉斯·布莱克对英国黄金时代侦探小说的最大贡献是塑造了栩栩如生的学者型业余侦探奈杰尔·斯特雷奇威这个人物形象。在他的身上，几乎汇集了之前所有业余侦探的人物特征。他既像吉·基·切斯特顿（G. K. Chesterton, 1874-1936）笔下的"布朗神父"，善于同邪恶打交道，洞悉罪犯的犯罪心理；又像阿加莎·克里斯蒂笔下的"前比利时警官波洛"，在与人的交往中十分随和，富有人情味；还像多萝西·塞耶斯（Dorothy Sayers, 1893-1957）笔下的"彼得·温西勋爵",风度翩翩,敏感、睿智、耿直的外表下蕴藏着几丝柔情。然而,比这些更重要的是,他还像尼古拉斯·布莱克及其几个诗友,温文尔雅,具有牛津大学教育背景,是个学者,以中古时期英格兰和苏格兰诗歌为研究对象,出版有多部相关专著,断案时喜欢"引经据典"。每每,他卷入这样那样的复杂疑案调查,或受朋友之嘱、亲属之托,如《罪证疑云》《雪藏祸心》;或直接听命于警官,如《饰盒之谜》(*The Smiler with the Knife*)、《谋杀笔记》(*Minute for Murder*);或路见不平,拔刀相助,如《暗夜无声》(*The Whisper in the Gloom*)、《游轮魅影》。

如此种种不凡的作者自身形象和人生轨迹,还屡见于小说的场景设置和其他人物塑造。譬如《亡者归来》(*Head of a Traveler*)和《诡异篇章》(*End of Chapter*),两部小说均设置了文学领域的疑案场景,而且案情也以"诗歌"为重头戏。前者描述奈杰尔·斯特雷奇威敬仰的大诗人罗伯特·西顿的美丽庄园发生的无头尸案,其人物原型正是尼古拉斯·布莱克昔时崇拜的偶像威·休·奥登(W. H. Auden, 1907-1973);而后者聚焦某出版公司编辑的一部书稿,许多细节描写来自尼古拉斯·布莱克二战期间担任国家宣传口负责人的经历。又如《罪证疑云》和《死后黎明》,两部小说也都以尼古拉斯·布莱克熟悉的校园生活为场景,案情分别涉及英国的一所预备学校和一所以哈佛大学为原型的卡伯特大学,其中,前者的嫌疑人迈克尔·埃文斯的不幸遭遇,与尼古拉斯·布莱克早年在中学从教的经历不无相似。他被指控谋杀了校长的侄子,还与校长的年轻妻子有染。正是这些原汁原味、源于生活又高于生活的描写,使它们被誉为"校园谜案小说的经典"。

自20世纪30年代起,尼古拉斯·布莱克的这套悬疑探案小说被陆续改编成电影、电视和广播剧,有的还被改编多次,如《禽兽该死》,其中包括1952年阿根廷版同名电影和1969年法国版同名电影,后者由克劳德·夏布洛尔(Claude Chabrol, 1930-2010)任导演。出演奈杰尔·斯特雷奇威一角的则分别有格林·休斯顿(Glyn Houston, 1925-2019)、伯纳德·霍斯法(Bernard Horsfall, 1930-2013)和菲利普·弗兰克(Philip Franks, 1956-)。2018年,迪士尼公司宣布将依据《暗夜无声》改编的电影《知道太多的孩子》列为常年保留剧目。2004年,BBC公司又再次宣布将《罪证疑云》和《禽兽该死》改编成广播剧,导演为迈克尔·贝克威尔(Michael Bakewell)。甚至到了2021年,英国的新流媒体BriBox和美国的AMC还宣布再次将《禽兽该死》改编成电视连续剧,由知名演员比利·霍尔(Billy Howle, 1989-)出演奈杰尔·斯特雷奇威。

在我国,由于种种原因,尼古拉斯·布莱克的这套悬疑探案小说一直未能译成中文,同广大读者见面,但学界、翻译界、出版界呼声不断。2021年5月,尼古拉斯·布莱克逝世50周年纪念之际,上海故事会文化传媒有限公司的夏一鸣先生慧眼识珠,开始组织精干人马,翻译、出版这套小说。经过一年多的准备和努力,这套图书终于面世。尽管是名家名篇、精编精译,缺点仍在所难免,敬请广大读者不吝指正。

黄禄善

奈杰尔侦探小传

奈杰尔·斯特雷奇威,是推理大师尼古拉斯·布莱克小说中虚构的一位私人侦探。在 1935 年至 1966 年间,作为重要角色出现在 16 部尼古拉斯的小说中。

奈杰尔年轻俊朗,不拘小节,常以苍白凌乱的形象示人。他是智商超群的学霸,却因性格过于叛逆被牛津大学开除。他性格幽默,行动力超强,气质温文尔雅。稚气面容与老道头脑形成戏剧化的反差。奈杰尔周身散发出儒雅的学者气息,在调查过程中,他喜欢借角色之口,引经据典,让人不知不觉靠近他,信任他,将案子交到他的手中。

在系列小说中,奈杰尔的情感故事同样精彩,他的妻子乔治娅是一名探险家,不幸死于闪电战。之后,奈杰尔又邂逅了雕塑家克莱尔。在奈杰尔生命中出现的两位女性,都是具备智慧、勇气、思想的"独立女性",在古典推理小说中难得一见。

在侦探小说的王国中,奈杰尔这样的侦探形象,可谓独一无二。

人物关系

奈杰尔·斯特雷奇威： 私人侦探

阿奇博尔德·布利克： 银行家

马克·雷纳姆： 牧师

斯坦福·布利克： 阿奇博尔德·布利克的大儿子

查尔斯·布利克： 阿奇博尔德·布利克的小儿子

克兰汀·钱特摩尔： 钱特摩尔家的大小姐

萝斯贝·钱特摩尔： 克兰汀·钱特摩尔的妹妹

丹尼尔·杜德尔： 村民，和母亲杜德尔太太经营邮局商店

乔·萨摩斯： 甜蜜蜜酒店的老板

兰德尔： 探长

布朗特： 警司

目录

第一章 银行家的利益……………………… 1

第二章 牧师的烦恼………………………… 17

第三章 酒店老板的讲述…………………… 34

第四章 乡绅的爱好………………………… 46

第五章 普利茅斯兄弟会教徒的父亲……… 60

第六章 美女的生日………………………… 76

第七章 查尔斯的困惑……………………… 92

第八章 匿名信作者的失误………………… 108

第九章　妹妹的发现……………………123

第十章　可怕的深坑……………………139

第十一章　老灰狼与瘦肉…………………151

第十二章　谁是邪恶之手?………………165

第十三章　新仇旧恨………………………178

第十四章　怨毒的诅咒……………………195

第十五章　蹒跚的脚步，拖曳的重物………210

第十六章　哦，天哪，你还好吗?…………224

第十七章　我的错，我的错………………237

第十八章　我讨厌这可怕的深渊……………255

第一章

银行家的利益

电梯像一道闪电,飞快地载着奈杰尔·斯特雷奇威上到阿奇博尔德·布利克爵士的私人公寓。公寓位于一栋高楼的顶层,看上去这栋楼在战后才建成。"轻松上升至地狱。"奈杰尔禁不住对着电梯员低声嘟囔。事实证明,虽然此刻引用这句话有点奇怪,似乎与接下来和著名银行家的见面毫无关联,但是它仿佛预示着什么,就比如说,虽然已经有人告诉过电梯员马厩里的哪匹马是夺冠热门,此刻他却在绞尽脑汁地回忆这匹名字古怪的马参加的到底是什么比赛。

奈杰尔被带进一个房间,这个房间看起来毫无特色、冰冷无趣,让他立刻感觉自己变得无足轻重。"功能"这个词可能正是为这种房间而生，只是人们一时想不出它到底有什么功能，也许它唯一的功能就是把任何一个来访者都变成空洞的统计数字。房内有一张办公桌，桌上有一堆电话和一个控制面板，面板上有彩色按钮。墙上的嵌板是闪亮的澳洲牛血色红木。房间中央是一张长长的会议桌，也是由同样的木料制成，周围整齐地摆放着崭新的椅子。尽管从这个房间的窗户可以俯瞰泰晤士河向南延伸的全景，但它还是让人感到压抑恐惧。它给人的感觉就像是一部巨大的电梯，或者是豪华轮船的隔间。奈杰尔想，说不定他只要按几个彩色按钮，床就会悄无声息地从墙上露出来，鸡尾酒柜会从地板里升起，收音机会开始播放，侍从、美甲师、服务员和秘书会从门口鱼贯而入。但是眼下这里没有任何私人生活的痕迹——没有书，没有画，没有装饰品，甚至桌上连一份《金融时报》都没有。

且慢，当奈杰尔走到办公桌的另一边时，他发现自己先前看到的一幅巨大日历的背面其实是一张照片：这张照片显然是在影楼拍的，装在一个豪华的相框里。照片上是一位年轻漂亮的女士，她笔直地坐着，一条腿交叉搭在另一条腿上，用一种骑士桥（伦敦西区著名的高档商业区和豪华住宅区）式的冷漠眼神凝视着奈杰尔。她适合戴珍珠饰品，穿两件套毛衫，但不知为什么，她没有穿这类适合她的衣服。事实上，这位年轻女士完全是赤身裸体的。然而，她美丽的坐姿毫无吸引力，因为这个房间太缺乏人情味；她既没有吸引人，也没有让人震撼。她全身裸露，也许只是在给护肤液或心理卫生课程做广告。对阿奇博尔德·布利克爵士来说，她似乎是在说，数字和身材一样都只是事实，不多也不少，无须大惊小怪。

奈杰尔还在研究这个反常的女人，一分钟后，阿奇博尔德爵士走进了房间。他又瘦又小，衣着整洁，系着一条老式的伊顿公学式领带，戴着一条厚厚的连着夹鼻眼镜的黑丝带，脸上布满了皱纹。乍一看，他就像一个打扮华丽但又憔悴的婴儿或某种类型的艺术鉴赏家。阿奇博尔德爵士僵硬地走到奈杰尔跟前，拿拐杖碰了碰他的手，用锐利的眼神审视性地瞥了他一眼，然后示意他坐到会议桌旁的座位上。

"很高兴你能来。我有个任务要给你。"阿奇博尔德爵士仔细地理了理桌子上的一个写字板，"你对匿名信有什么研究？"

"您知道些什么情况？"奈杰尔问，努力让自己不去看那张裸体照片。阿奇博尔德爵士没有理会这个问题。

"你有对付匿名信的经验吗？"

"有一些经验，但警察更加——"

这个声名显赫的银行家对此也置之不理，只管接着说："你有什么看法？你打算怎么追踪写匿名信的人，呃，比如说，这事发生在穷乡僻壤？"

奈杰尔·斯特雷奇威经历丰富，所以没有在这种交谈中表现出目空一切的样子。如果阿奇博尔德爵士打算像面试初级职员一样和他说话，奈杰尔倒是能接受这样的角色；作为一名私家侦探，他的成功很大程度上是源于一种带有欺骗性的顺从姿态，还有对人性的浓厚兴趣，这让他不会因比这更加无礼的行为而生气。此外，作为一个典型的二十世纪二十年代（推理侦探小说的黄金时期）的老派牛津人，奈杰尔永远不会反对进行一些推理。

"写匿名信通常被认为是精神疾病的一种症状。写信的人往往是性压抑的人——当然，这取决于写信的语气。性欲得不到满足的女性，在生活发生巨变时，往往会成为肇事者，现在甚至已经出现那种女性自己给自己写淫秽信的案例。写匿名信有时也会与某种所谓的'宗教狂热'联系在一起，但是这些都是老一套的说法。"奈杰尔用淡蓝色的眼睛心不在焉地看着阿奇博尔德爵士那张皱皱的、粉红如婴儿似的脸，还有任性的嘴和冷冰冰的表情。"我的看法倒跟这些不一样。用性压抑来解释这种反常现象其实过于狭隘，也不太准确。比如下面这种情况就不能用性压抑来解释：子女并非因为父母的过错而遭遇致命事故，父母却收到指控他们疏于照顾甚至是谋杀的恶意信件。我相信在人性中存在着毫无缘由的恶意，但一般来说，恶意的源头往往是人际关系的失败：写信的人因为自己没能做到某些事或者对某些事感到愧疚，所以也想从别人身上拿走同样的东西。"奈杰尔抬起手，做好自己的观点会被驳斥的准备。"所有这一切都可以归结为权力。所有人，不管是爱管闲事的村夫还是伟大的银行家，都需要一种掌控他人生活的权力感。如果我们不能通过工作或人际关系来满足这一需求，我们可能不得不做些别的事来实现掌控感，比如养宠物狗，或者是写匿名信。我相信有这样的人：手里从没有权力，或者失去了权力，心中充满爱却无处表达，内心变成了一摊污水。"

"所以你认为爱情就是权力？"

"绝非如此。这是一个——"

阿奇博尔德爵士继续自说自话："在人际关系中,女人比男人占有欲更强,如果失去了爱情或者权力,她们受到的影响会更大,从而更有可能选择养狗或匿名写信。"

他自顾自地点了点头,仿佛自己的某些观点得到了证实,然后从马甲口袋里掏出一个银色的小火柴盒摆弄起来。

"无论如何,"他继续说道,同时犀利地看了一眼奈杰尔,"你说总有一种——呃——异常的精神因素在起作用?写匿名信的人往往都不太理智?"

"谁又真的理智呢?"

"胡说八道,老弟。那是现代社会的谎言。实际上,大多数人都是正常的。你一定要相信这些就太愚蠢了,但是——"

"撇开这一点不谈,"奈杰尔打断道,"写匿名信也可能是出于一些客观原因,比如破坏一个人的生意,或者他的家庭,写信只是犯罪阴谋的其中一步。从理智的定义来看,这已经足够理智了。"

阿奇博尔德爵士一脸不高兴,因为这讽刺了他之前所说的话,他不习惯这样的待遇。他摘下夹鼻眼镜,愤怒地向奈杰尔投去了令财政部高级官员都会感到害怕的目光,但是奈杰尔温和地、无辜地与他对视,于是这位大人物只好尝试用另一种方法挽回自己的面子。他走到办公桌前,按下一个按钮,然后打通了内部电话。

"詹姆森,把有关普莱尔斯翁伯恩的文件拿过来。"

通完话后,阿奇博尔德爵士又坐了下来,但是坐在了会议桌的末端,远离奈杰尔——这仿佛在强调他们之间是甲方和乙方的关系——接着他一言不发地等待秘书出现。不一会儿,一个看上去像是高级主管的人像穿了溜冰鞋一样溜进房间。他戴着一副角质框架眼镜,看上去很圆滑。他把一份文件放在阿奇博尔德爵士面前,然后退后一步站好。

"你已经替斯特雷奇威先生买好明天的车票,预定好明天的行程了吧?"

"它们都在文件夹里,爵士。出租车会在莫尔福德等他,雷纳姆先生会招待他吃午饭。"

阿奇博尔德爵士抬了抬小拇指,秘书就快速走出去了。奈杰尔看到这个为了给他留下深刻印象而装腔作势的举动后微微一笑,心想大人物的虚荣心真是幼稚到可怜。

"我只雇最优秀的人。我看了关于你的报告,对你评价不错。我要你去多塞特郡的普莱尔斯翁伯恩解决一些麻烦,那里的人最近收到了很多匿名信,你必须要阻止这件事。你可以通过这份文件了解全部的细节,里面还有三封由雷纳姆牧师转交给我的匿名信。"

阿奇博尔德爵士站起身来想结束这次面谈,但是奈杰尔没有结束的意思。

"还有几个问题——"他开口说。

"什么?我给的酬金还不够多吗?你在回复我的第一封信时不是说你随时可以接受这份工作吗?"

"哦,是的。酬金很令人满意,谢谢您。但我想知道我要卷入的是非是什么样的。"

"我没想到干你们这行的人这么畏畏缩缩。"银行家不耐烦地说道。

"我们不介意卷入别人的是非中，但是我们希望知道事情发生的原因，例如——"奈杰尔快速翻阅文件，"这份文件能告诉我为什么阿奇博尔德·布利克爵士要关心发生在偏远的多塞特郡小村庄的麻烦事吗？"

阿奇博尔德爵士那双黑色的小眼睛直直地盯着奈杰尔。

"我和那里有利益牵扯。"

"经济利益？"

"经济上的，还有个人的。我的大儿子住在那里的霍尔庄园，那是我们的祖宅。我让我的小儿子担任莫尔福德一家新型机床厂的经理，这家工厂是我名下的公司开办的。上周，一个工头在收到匿名信后自杀了——工厂里有不少员工来自普莱尔斯翁伯恩。不妨跟你说，现在工厂的生产效率因为这件事受到很大影响。"

"我明白了，但是在莫尔福德这样的老集镇开办一家机床厂着实有点奇怪，我猜这是战时的分散投资策略。你肯定不希望生产受影响。"

阿奇博尔德爵士瞥了奈杰尔一眼，眼神中带着几分尊敬。"不错，但是别说不相干的事了。现在这个国家有太多的人草木皆兵，但我不相信俄国人会为了阻挠我们重整军备而写下这些匿名信。"

"好吧，那么在你看来，我应该联系谁？除了牧师之外，谁最了解这个地方？你说你的大儿子住在那里？"

"你没法从斯坦福那里得到什么有用信息，他有点自闭，不爱与人交往。他在自己喜欢的事情上有点天赋，但生来就是个半吊子。除了那些愚蠢的爱好之外，他从来没有安下心做任何事情。当然，还有查尔斯，但是他在工厂里忙得不可开交。"

阿奇博尔德·布利克爵士不善于隐藏自己的情绪，奈杰尔想。当他提到忙碌的查尔斯时，脸上掠过不耐烦的神色；当他谈到不如他意的斯坦福时，嘴角忍不住地抽动——这些都反映了他们之间的关系。突然，桌上的蜂鸣器响了。阿奇博尔德爵士按下一个按钮，一个模糊的、嘈杂的声音响起。

"爵士，丹弗斯先生要见你。"

"让他等等。"

那人赶紧说了一堆讨好的话，想改变爵士的决定。丹弗斯先生显然是个重要人物，并且有紧急的事情。

"如果他连一刻钟都等不了，那就必须另约时间。给丹弗斯先生拿杯酒，再拿些酒到这儿来。"阿奇博尔德爵士转向奈杰尔，"这些政府官员一辈子都不让我消停。好了，你现在最应该关注的人是钱特摩尔小姐——克兰汀·钱特摩尔。她很有才，一直住在普莱尔斯翁伯恩，她的父亲是我的一个老朋友。顺便说一下，她不太喜欢我。村里人奉她为偶像，如果有她不知道的事，那么这件事必然不值一提。她是个了不起的女人，腿瘸了这么多年却没有丧失对生活的希望，换了别人早就心灰意冷了。然后是她的妹妹萝斯贝（名字有"夹竹桃"的含义）：年纪虽小，但很难相处；你从她那儿也得不到什么信息，除非……"阿奇博尔德爵士的声音突然变得出奇地冷酷，"除非她让你爱上她……

酒来了，你要喝什么？"

奈杰尔喝着奎宁杜松子酒，对阿奇博尔德爵士摆出一副不置可否的样子。事情听起来变得更加错综复杂了，虽然目前谈话已经告一段落，但奈杰尔想要进一步询问相关信息。

"不寻常的名字，萝斯贝。"

"她的父亲是一位植物学家，非常优秀，但是精神有点失常。事实上，他在三十年前自杀了。大女儿继承了他的智慧，但是他的小女儿恐怕——"

"你是说她精神失常吗？"

阿奇博尔德爵士皱了皱眉头，赌气般噘噘嘴。"萝斯贝非常神经质。"

房间里突然安静下来，阿奇博尔德爵士又玩起了他的火柴盒。

"那牧师呢？"奈杰尔问。

"马克·雷纳姆？恐怕要令你失望了，他是我派去的，我很擅长用人。他在战争中受了伤。这人并不是完全可靠，当然我是说政治上的，因为他煽动过叛乱。我相信他在村子里的某些人中很受欢迎，但那里也有强大的普利茅斯兄弟会（基督教新教派别）分子，当狂热分子遇到狂热分子时——"

"我想警察已经去调查匿名信案了。"

"村里的治安官是一个叫克洛特沃西的人，他是近亲结婚生下的孩子，这些偏远的乡村地区一直有近亲结婚的现象。好吧，随着时间的推移，我们将会改善莫尔福德的这种情况。"

阿奇博尔德爵士冰冷的眼神里闪过一丝光芒。奈杰尔记得他的"兴趣"之一是实用优生学协会。人到了一定的地步就会变得狂热：莫尔福德的机床厂可以让普莱尔斯翁伯恩的股票增值，这看起来十分诱人。奈杰尔的目光不由自主地转向了桌上的照片。

阿奇博尔德爵士可能精明地察觉到了什么，因而有点不安。"我进来的时候注意到你在看这个。我敢说，你把我当成一个肮脏的老头子了。"他生硬地笑了一声，那种装出来的开心令人十分不快。他从椅子上站起来，拿起那张照片，从瘦弱的身材和僵硬的动作中可以看出来他年事已高。

"你已经看出来了，我对优生学感兴趣。这是我们 1950 年待孕母亲奖的得主。当然，我们不只是看看照片，还要对家庭病史进行调查，等等。我们是一个务实的组织。获奖者会得到一笔奖金，如果她与我们挑选的几个配偶之一结婚，我们会逐周增加奖金。无论从物质上还是精神上来说，这都是一件益事。"

阿奇博尔德爵士似乎还想进一步谈谈获奖者的特点，就像家畜展览会上的评委一样，但是这时蜂鸣器再次响起。

"好吧，好吧，让他上来……我现在得去见丹弗斯这个家伙。再见，斯特雷奇威，保持联系，我希望你在一周内提交报告。"

回到俱乐部后，奈杰尔认真琢磨起这次不同寻常的会面。他首先意识到的是，这位银行家显然希望通过某种微妙的手段，把自己的思路引到下述这个命题，即写匿名信的人是（a）精神不正常的人和（b）

女人。阿奇博尔德爵士是不是已经在怀疑谁了？比如说萝斯贝·钱特摩尔，因为她是如此的"神经质"？

奈杰尔打开了文件夹。文件内夹着一张一等座往返票、出租车预定单和一张写有接他的出租车车牌的纸条，以及一张用以支付第一周的工资和花费的支票。毫无疑问，阿奇博尔德爵士的手下办事很周到。文件夹里有一张普莱尔斯翁伯恩的大型地图；一份主要居民名单，名单上附有他们的地址和电话号码；几张牧师签过名的打印纸，上面总结了迄今为止发生的匿名信事件。另外还有一个密封的信封，里面无疑是那些匿名信。

奈杰尔迅速浏览完牧师的陈述，知道了以下主要事实：匿名信事件开始于10天前，即4月6日，或者说，最早有人公开承认自己收到匿名信的时间是那天，而收信人正是牧师本人。第二天，一个名叫丹尼尔·杜德尔的人也收到了一封信，他在当天晚上把信拿给了牧师——这件事显然让后者很高兴，因为丹尼尔·杜德尔是普利茅斯兄弟会的主要成员。牧师确信一些教区居民也收到了匿名信，他感觉到村子里有"一种紧张和猜疑的气氛"。但是到了星期天，当牧师在讲坛上呼吁时没有一个人站出来承认自己收到过信。星期一傍晚，格瑞塔·斯马特去邻村看望嫁出去的姐姐，回来以后发现她的弟弟约翰躺在屋子里，喉咙被割断，旁边放着一把剃刀。这个约翰·斯马特就是莫尔福德机床厂的工头。警察克洛特沃西在尸体下面发现了一封匿名信。目前已知的这三封信都被张贴在村子里。警察为了调查约翰·斯马特的案件扣留了原件和信封，但牧师将这些信的打印副本寄过来了，同时补充了一些信息——那些信封都是文具店里的便宜货，上面的字和地址是用墨水笔写的，并且都是用大写字母拼写的。另外他补充说，在他的教区，成年居民的教育水平较低，很多人都是用大写字母书写。

牧师的报告虽然偶有出彩之处，但全文还是那种沉闷、乏味的公文风格。奈杰尔认为这也许略微讽刺了阿奇博尔德爵士和牧师之间的雇主与雇员关系，但这种关系正是前者想要的，除此之外，报告并没有透露出任何有关牧师的信息。奈杰尔想，自己应该会喜欢这个人。随后，奈杰尔打开信封，里面有匿名信的副本。第一封信上，牧师潦草地标注着："我自己的情书"。信的篇幅很短，但内容并不甜蜜。

"站到讲坛上，牧师，告诉他们你的妻子是个妓女。"

写给丹尼尔·杜德尔的信同样开门见山：

"你这个伪君子，我知道你私下里是个酒鬼。"

导致约翰·斯马特自杀的那封信则写得更加隐晦，篇幅更加短小：

"我会把1940年的事告诉布利克。"

奈杰尔沉思着把这些信收了起来。他想，这种信在局外人看来总是有些滑稽，甚至不真实。其他人需要有极强的想象力才能和收信人感同身受，才能真实地体会到幕后黑手造成的恐慌和绝望。这些信无法重新撕开过去的伤口，因为一个人如果长年背负着罪恶或悲惨的秘密，伤口上肯定已经长出了相当坚硬的皮肤。匿名信的可怕在于其匿名性——受害者突然感受到不知从哪来的强烈敌意，觉得自己好像被一个未知的怪物追赶。

这些信如出一辙，它们针对的是在村子里担任重要职务的三个人，目的是把这些人拉下马。嫉妒、恶意和无情都是写信的动机。如果说这些信揭示出什么真相的话，那就是这些信涉及的信息范围极广，因为收信人的背景差异很大，它们还表明作者有某种文学天赋。写给丹尼尔·杜德尔的信是用教会术语写的；写给牧师的信含有一种强烈的讽刺幽默；至于可怜的约翰·斯马特呢？不管1940年发生了什么事，可以肯定的是，一旦事情被揭露，他就会失去工作，否则为什么要告诉"布利克"——他的雇主呢？这件事十分严重，以至于让斯马特用剃刀自杀。毫无疑问，警察会沿着这条线索追踪。

再继续猜测也没用，于是奈杰尔出门散步，顺便去伦敦图书馆查查钱特摩尔这个名字。他找到了三本书，走到阅览室坐下。三本书的作者都是英国皇家学会成员埃德里克·钱特摩尔，一本是《论亚寒带植物群的一些变异》，奈杰尔将这本严肃专著放在一边，转而翻开了作者早先的两部较为轻松的作品：《阳光照耀的林地》和《外出漫步》。事实证明，这两部作品远比它们的书名更有特色。它们都写于爱德华时期——文学作品的黄金时代。正如那个年代的其他许多作品一样，它们都是闲适小品文，描写了多塞特郡的花卉、树木、风景和地形等，既吸引人，又具有学术性。这些作品生动、幽默、柔美，它们抛弃常用的华丽辞藻，转而表达一种有感染力的朴素情感。令奈杰尔印象最深的是作者对自己家乡的热烈依恋，尽管文中并未特意强调这点，从《在普莱尔斯翁伯恩》一文中就可以看出其对家乡的感情有多深。另外奈杰尔还从这篇文章中了解到，钱特摩尔家族自诺曼征服之后一直居住在那里。在詹姆士二世统治时期，他们建造了霍尔庄园；但到了十九世纪末，大概由于家道中落，他们搬到了小庄园，也就是曾经的道尔之家，那里以前住着旧主人的遗孀，而原来住的霍尔庄园已经易主。埃德里克·钱特摩尔从他出生长大的小庄园和周围的村庄中获得灵感，从而创作出一些抒情性极强的作品。

奈杰尔从埃德里克·钱特摩尔的作品中体会到浓浓的思乡之情，在回俱乐部的路上他还一直沉浸其中。一面是田园诗般的文风，一面是写匿名信的嫌疑，这二者实在是极不相称。毫无疑问，在过去的三十年里，普莱尔斯翁伯恩已经发生了巨大的变化。毫无疑问，就变化而言，埃德里克·钱特摩尔在世的时候，尽管他对周遭环境极为敏感，他对身边发生的变化可能也毫不知情。不，他简直好到令人难以置信，奈杰尔不耐烦地想。

奈杰尔无法摆脱自己对埃德里克·钱特摩尔在世时的情形的想象，尽管这与正在调查的案件无关。奈杰尔所在的俱乐部有个很大的好处，可以随时为他提供各种各样的咨询，因为俱乐部成员有世界上几乎所有知识领域的专家，他们中的大多数人都非常愿意滔滔不绝地发表自己的意见。这天晚餐前，奈杰尔在吧台旁的老地方找到了一位行动迟缓的垂暮老人。

"你好,弗兰普斯,最近好吗?你要喝什么?"

"病得很重。一杯双份威士忌。"亨利·弗兰平顿爵士回答说,这位先生曾经写过一本无与伦比的书,书中描写了英国民间传说中的植物。

"你有没有和一个叫钱特摩尔的家伙打过交道?埃德里克·钱特摩尔?"

"钱特摩尔?是的,我们联系过,但我实际上从未见过他。我把他引荐给克莱尔了。发生什么糟糕的事了吗?"亨利爵士像一只翻倒的乌龟一样无力地挥动着他的手脚,"克莱尔的一首诗中提到了一朵花,但是钱特摩尔说世上没有那种花。事实上,我们国家是有这种花的,德鲁斯的《北安普敦郡的植物》也谈到了这种花。钱特摩尔虽说是个半吊子,但也不赖。他杀了人吗?"

"他很久以前就死了。"

"我知道克莱尔很久以前就死了,"八十多岁的亨利有些激动地回答,"我说的是你提到的钱特摩尔。"

"我说的就是钱特摩尔,他大约在1930年去世,据我所知他是自杀身亡。"

"原来他自杀了,原来他自杀了。你说得很对,是的。听说他在经济不景气的时候破产了,简直难以置信。"

"我听说他精神上有点不正常,你认为这是他自杀的原因吗?"

亨利爵士那双炯炯有神的眼睛亮了起来。"所有的专家都有点不正常。看看我吧，偏执狂，疯疯癫癫。但是我想告诉你的是，他不可能破产。"

"为什么不可能？很多人在那个时候都破产了。"

"那是因为很多人都没有得到非常好的理财建议。我想起来了，史力比曾告诉过我他知道钱特摩尔的财务是由那个可怕的家伙打理的，那家伙叫啥来着？"亨利爵士的手脚像脚蹼一样哆嗦着，"从来没有那么讨厌的人，但他是个点金圣手，经他手的投资绝不会亏本。等等，别打岔，啊，我想起来了！"亨利爵士终于艰难地说出了那个名字——"布利克"。

"布利克，你是说，阿奇博尔德·布利克？"

"是的，是的，没错，布利克，我说的就是布利克。"

第二章

牧师的烦恼

"你真的愿意待在酒馆里?"牧师问。

"是的,我愿意。谢谢您。我最好不同你们村子里互相敌对的任何一方走得太近。"

"我明白,不过待在酒馆的话,你就不能见到普利茅斯兄弟会的人了。"

奈杰尔想起丹尼尔·杜德尔收到的信,于是问道:"普利茅斯兄弟会的人都是在家喝酒,是不是?"

"只喝苹果酒,但是我一直没弄明白他们为什么只喝这一种酒。

本地的苹果酒味道太重，很难喝。"马克·雷纳姆顿了顿，露出调皮的眼神，接着说，"我敢说，如果这些信是我写的，你一定不想跟我一块儿吃饭，更不会相信我说的话了。"

奈杰尔应声答道："也有可能是你啊。"他边说边盯着牧师的脸看。牧师鼻梁挺拔，人中很深，脸看上去饱经沧桑，比他实际年龄显老。

马克·雷纳姆和奈杰尔沿着山路朝山顶爬。马克边笑边走，纵情的笑声听上去有点神经质，倒是跟路边郁郁葱葱的树木和满山的暖阳十分相称。吃午饭的时候，他没有提匿名信的事，而是跟奈杰尔说他想去外面走走，到时他们再讨论这个问题。虽然线索已经有了，但是此刻他好像并不想先提这个话题。小路崎岖陡峭，牧师拄着拐杖，一瘸一拐地慢慢走着。快要走到山顶的时候，他转向左侧的一条小路，带着奈杰尔走到一个斜坡上坐了下来。

"我们到了。"他边说边用拐杖指着山下的景象。

站在山顶俯瞰，只见普莱尔斯翁伯恩呈十字形排开，主干道朝南通往莫尔福德，辅路和主路呈十字交叉。十字路口是邮局和奈杰尔打算住的小酒店，名叫"甜蜜蜜"。十字路口往西大约一百码的地方是教堂和牧师的住所，教堂后面靠近辅路的地方是霍尔庄园，掩映在一大片山毛榉树丛里，从北面看不见。山脚下是一大排石头砌的房子，这是本村最大的农庄了。农庄前有一条小路，朝西通往"小庄园"，这会儿被一片山脊挡住了，在山顶是看不见的。这条小路和主路在村子的最北端交会，路口是一家更小的酒馆，叫作"纽因酒店"。普莱尔斯翁伯恩位于一道狭窄的山谷中间，四周绿树环绕，一派田园风光，远处是更宽阔的山谷,远远地可以看到莫尔福德,再远处就是影影绰绰的海岸线了。

马克·雷纳姆说:"怎么样,景色不错吧?"

"的确如此,不过我是个近视眼,看不了多远。还好阿奇博尔德·布利克爵士给了我一张地图,我好歹知道大概的方位。"

牧师干巴巴地回应说:"他是该这么做。"他把拐杖稳稳地拄在地上,接着说:"这个小村子看起来安静祥和,其实跟大城市一样,到处是谣言、丑闻和仇恨,一刻不得安宁。"

"这是《莫德》(英国著名诗人阿尔弗雷德·丁尼生的独白诗剧,该诗以克里米亚战争为背景)里面的句子,对吗?"奈杰尔心底似乎有什么东西被触动了,或者说是一种不祥的预感。他问:"情况越来越糟糕了?"

牧师叹息着说:"恐怕是的。"说着,他看了奈杰尔一眼,目光有些奇怪,既友好又似乎充满戒备。"昨天我正准备给一个叫欧特瑞的小伙子举行婚礼,他是在坦普尔顿农庄做工的,就是山下这个。"说着,他指了指那个大农庄,"就在早饭后,大家发现他把头埋在水缸里,他想溺水自杀。"

"什么?在水缸里?但是——"

"我知道,我知道,这听起来毛骨悚然、荒诞可怕、不可思议,用任何词语形容都不为过,可是事实的确如此。幸运的是,他的伴郎,也就是发现他的那个人,在海军部队学过人工呼吸,把他救活了,如果晚到几分钟——"

"但是我还是想象不出一个人怎么可能在水缸里溺水自杀。你想想，一个人在面临死亡的痛苦时，难道不会不由自主地把头伸出水面吗？"

"我知道你的意思，没有谁会把头埋到水里把自己溺死。但是我们没找到任何打斗的痕迹，他母亲跟他住一块儿，也没听到任何声音。她说早饭后他收到一封信，那天农场本来就准了他一天的假。收到信，他就穿着结婚礼服出门了，一句话也没跟她说。她听到他把水缸打满水，从后门搬到看不到的地方去了。他脱下外套，胡乱叠了叠就随手丢在地上，然后跪在水缸前把头埋到水里。哦，对了，他还把西服扣眼上插的花取下来，撕成碎片，撒在自己周围。"牧师的声音有一点颤抖，右手胡乱地在头发上抓挠。

"那封信说了什么？"奈杰尔提示道。

"信里原原本本地说了关于他未婚妻芙洛拉的一些丑事。这些事我都知道，的确是真的。这女孩是个轻浮女子，至少以前是。我猜想年轻的欧特瑞早就起了疑心，一直烦恼，又不好跟别人说。你知道，村里的小伙子大多数都是沉默寡言的。芙洛拉跟欧特瑞恋爱以后就改过自新了，她是真的爱上了欧特瑞。这场悲剧最后会不会有个好的结果，也未可知。"

马克·雷纳姆浑身抖了抖，就像一只刚从水里爬出来的狗一样。

他突然发问："你知道韦斯特郡吗？"

"战前我妻子在世的时候，我住在离韦斯特郡不远的地方。"

"那你应该知道那里的人的品性。他们性情和蔼温顺，固执己见却又有点怕羞，疑神疑鬼又听天由命，是地地道道的农民。他们是慢热型的，一旦热情起来又很难打消。他们不会对一件事情特别热心，但是韧劲很足，一旦喜欢就不会轻易放手。你一定会大吃一惊。"

马克·雷纳姆轻轻地抚摸着身边静静开放的报春花。

"如果他们知道匿名信是谁写的，我简直不敢想象会发生什么，他们一定会用私刑杀了这个人。"

说完这话，两人陷入沉默。一只云雀在头顶"叽叽喳喳"叫个不停。一辆汽车在村子的十字路口按着喇叭呼啸而过。坦普尔顿农庄里的火鸡、鸭子、母鸡和狗突然躁动起来，各种叫声混杂在一起，活像一支交响乐队在奏乐。

奈杰尔问："刚才我问你情况是不是越来越糟糕，你为什么回答'恐怕是的'？"

牧师抱歉地笑了笑，说："呃，我说的是蠢话，不过，我有时想，村子里出点稀奇古怪的事会不会让这里的人有所改观？现在怪事来了。"

"包括你自己吗？"

"嗯，是的。"牧师猛地抬起头，好像脸上挨了一拳似的，接着直直地盯着奈杰尔，但奈杰尔似乎并没有看他。"你想知道写给我的那封信。我老婆在我上战场的时候跟别的男人跑了，这是很久以前的事了。"他好像是自责似的，轻言细语地说，"可怜的女孩，她太难了，有人告诉她我在战场上失踪了。她真是个美丽的女人。"

"是吗？"

"她后来被流弹击中，死了。"马克·雷纳姆的脸上有一瞬间看上去扭曲变形了，就像是烧焦的土地一样。"其实，我以为我早把这件事放下了。糟糕的是，这封信一出现，我就意识到，不管她做了什么出格的事，不管作家用怎样的字眼描写这样的女子，我还是爱她。她后来又有很多别的男人，我都知道了。"牧师又说，"她非常非常性感。"说这话的时候，他既害羞又小心翼翼，就像小孩子新学会说一个很难的词一样。

"你都知道了？你是说从这封匿名信里知道的吗？"

"哦，不是，我从战俘营回到英国以后，拿到了她的东西，包括那些男人写给她的信。我花了一个下午，一口气开心地读完了那些信，简直停不下来，人性真是非常奇怪。"

"然后你就把那些信烧毁了？"

马克·雷纳姆点点头。

"你跟别人说过这事没有？我们必须查出这个信息是怎么传到普莱尔斯翁伯恩来的。"

"我只跟一个人说过，这人是我的一个老朋友。我跟他写信说了这件事，要他绝对保密，信是1946年我到这儿来工作之后不久写的。"

"还有谁知道匿名信的内容？"

"只有莫尔福德的警察知道信的内容，除非他们告诉了村里的警察。但我相信他们不会的，探长是个有同情心的人。"

"那么这个村子里有没有其他可能跟这件事有关联的人？"

"没有，这些事发生的时候我老婆在伦敦，村里的人跟伦敦基本上都没什么关联。"

"绅士家庭呢？布利克家族？钱特摩尔家族？他们跟伦敦有关联吗？"

马克·雷纳姆看上去非常吃惊，"我亲爱的先生，你不能怀疑他们这样的人，我不是说他们全是圣人，但他们完全没必要做这样的事情。"

"我不怀疑任何人，我也怀疑所有人。比如克兰汀·钱特摩尔，别人告诉我她是个跛子，她有足够的时间在手头工作上做文章，也有足够的理由把生活的酸楚发泄到其他地方。"

牧师又大笑起来，"等你见到她，你就知道我为什么笑了。她有一颗金子般的心，特别善良，富有同情心。当然她有时也挺难对付的，她有一点蛮横，但凡有点头脑和个性的漂亮女人都免不了蛮横。但是人人都仰慕她，而且——"

他突然停嘴不说了，脸上微微泛红。

"而且向她倾吐秘密？你是打算说这个吧？"奈杰尔笑着小声说。

"胡说，胡说，人人都向我倾吐秘密，但是且慢，你不会怀疑是我写的匿名信吧？"

"自己写给自己？"

"那些人不是常这么干吗？好转移怀疑目标，或者是因为他们神经质，人格分裂？"

奈杰尔不置可否地看着牧师，说："你是说另一个钱特摩尔小姐神经质吗？我听说……"

"我不得不说,还从没有人这么不停地追问过我,我猜想这是阿奇博尔德·布利克爵士安排的吧?"

"他好像很怀疑萝斯贝·钱特摩尔。"

牧师犹豫了片刻说道:"她的日子一直不好过。这些年她生活在姐姐的阴影下,还得无偿照顾姐姐。她心情压抑,总是闷闷不乐。据我观察她的境况一直如此,没有改变,但说到匿名信,不会是她。"

"你这么肯定?"

"是的,一个正在谈恋爱的人是不会写这种信的。她和查尔斯·布利克相爱有一段时间了。"

"查尔斯爱她吗?"

"他往小庄园跑得很勤,村里的人一半认为他在追求姐姐,另一半认为他追求的是妹妹。"牧师干巴巴地说,"我们接着走吧。"

他们回到主路继续往上走,一直走到一个采石场边上,正对着山的北面。采石场足有一百英尺宽,底部淌着黄色的水,沿着采石场的边缘有一排粗壮的木头柱子,柱子上缠着铁丝。奈杰尔靠在柱子上,不禁觉得寒气阵阵。黄色的水正对着他,冷冰冰的,好似蜥蜴的眼睛。奈杰尔打了个寒战,转过头朝另一面看过去。他看到的是一小块草地,地上密密麻麻地长着水仙花。远处是一个小树林,树丛里间或有一片片的燕子草和风信子。小树林外面有一条土路,通往两百码外的小庄园。

此时风和日丽,但是从采石场边传来的微风还是吹得水仙花一阵阵地摆动,树丛里也传来树枝互相拂动的声音,好似人熟睡时磨牙的声响。风停了，一切又归于宁静。

"这地方不错吧？"马克·雷纳姆问。

"地狱般的树林。"奈杰尔自言自语道，"在这里种水仙花实在是很诡异，谁会跑到这里来观赏水仙花呢？"

"你这么一说，确实是这样。村里的人从来不会上来，其实这里倒是一个谈情说爱的好地方。"

正说话间，水仙花又突然摇动起来，奈杰尔说："这些该死的花怎么不能安静一会儿？我还从来没看到过这么不安分的花。"

牧师大笑起来："你最好是去对着钱特摩尔小姐发牢骚。哦，对了，她邀请你明天去吃午饭，明天是她的生日，我会去，查尔斯·布利克也会去的。"

他们绕开树林的左侧，奈杰尔随口问道："为什么村里的人都避开那个地方？"

"你最好去问问乔·萨摩斯，他是甜蜜蜜的老板，一辈子都生活在这里，村里的事他都知道。看，那房子很精巧、很美丽吧？"

原来他们正经过钱特摩尔家的小庄园。庄园的屋舍坚固而典雅，灰色的石头在阳光下闪着微光。庄园南面是一座花园，正对着霍尔庄园，远处是一片田园风光。花园不大，但花团锦簇，肆意绽放，反衬出浅灰色的屋舍朴实无华。

牧师招手对一个在花园里除草的人打了个招呼。

"那是赫伯特·佩茨，他负责打理花园，做些杂事。她们有个住家的保姆，名叫夏瑞蒂·库伯，是个很有个性的人，另外还有个村里的小姑娘时不时来打扫清洁。"

"姐姐可以四处活动吗？"

"她有一辆电动助力车。"

奈杰尔心里突然冒出一个问题：钱特摩尔姐妹的父亲破产了，她们拿什么来维持这样的生活？

他们继续往前走，走过小庄园，经过路边的一扇大门，路分叉了，右边的路通往霍尔庄园，左边的路通往村里。

"斯坦福·布利克一个人住在那里吗？"奈杰尔指着霍尔庄园周边的山毛榉树丛问道。

"大多数时候一个人。他弟弟查尔斯有间房在那里，但是白天都在莫尔福德工作，有时候晚上也得工作，在家的时间很少。查尔斯是个勤快的小伙子。他们的妈妈早就过世了，阿奇博尔德爵士不经常到这里来。"

"他告诉我他的大儿子有点自闭？"

"那只是个说法而已。其实他是行为怪异，人格分裂。你看那霍尔庄园，据说花了不少钱建的，但是人家都说它像个猪圈。"

"你从来没进去过吗？"

马克·雷纳姆笑了："我第一次在普莱尔斯翁伯恩做礼拜的时候，斯坦福参加了，公然跟我的布道唱反调，然后我们因为对某个教义的理解争执不休，当然都是轻言细语的，但是最后的结果是我从来没有被邀请来这里。如果你遇到他，千万别提宗教话题。"

"我极少谈这些话题。"

他们顺着小路继续走,路过一些小块的菜地,走到通往村里的主路。就像韦斯特郡的所有其他村庄一样,普莱尔斯翁伯恩看上去似乎空无一人,像是被敌军洗劫过或者是遭了瘟疫似的。路上看不到人和动物活动过的痕迹,街上一片死寂,只听见街边小河流淌的声音。路边茅草农舍的窗户里看不到一个人,只间或看到一些花花草草。在这一片死寂中,突然传来一声尖叫,仿佛晴天霹雳。这是一个孩子的尖叫声,充满了恐惧。

"别打我,求你别打我。"

"你快说,要不然——"

"放我走,格瑞塔,要不我就告诉我妈妈。"

他们又听到一声重重的耳光,接着是孩子的哀号。牧师瘸着腿急急忙忙地往农舍赶过去,奈杰尔紧紧跟在他后面。走近一看,看到一个七八岁的小女孩被一个高个子女人抓着,在死命挣扎,那女人眼神凶狠。隔壁有两个农妇靠在栅栏边看热闹。

"快住手!"马克·雷纳姆大声喊道,声音像军官一样斩钉截铁,"格瑞塔·斯马特,快放开她。瑞丽,到我这里来,没事了。"

小女孩脸上被刚才那记耳光打得留下了红色的印记,她跌跌撞撞地走过来,紧紧抓住牧师的衣服,满脸泪水,浑身颤抖。

"我什么也没干,她打我!"

那三个农妇旁若无人地大声聊起天来。马克·雷纳姆像没听到似的,只管低头轻轻抚摸小女孩的头发,安慰她,让她不要害怕。小女孩慢慢止住了哭泣,他才抬起头盯着刚才打瑞丽的那个女人,此时他的神情不再是奈杰尔熟悉的那样安详、随和,而是气势汹汹,决不妥协。

"格瑞塔,这是怎么回事?"

"沃伦太太看到瑞丽前天晚上带着几封信偷偷摸摸地到邮局去了。"

"我那天没去过。"

"你这个撒谎精,我看到你了。"

"我也没有偷偷摸摸。"小女孩说着又要哭了。

"够了,瑞丽,赶快滚回家去,告诉你妈妈我马上就去找她。"

牧师满脸严肃,脸色惨白。

"格瑞塔,我知道你日子不好过,但你也不能因为这个就欺负一个小孩。你是打算把村子里去过邮局的小孩都拉过来折磨一番吗?耶稣基督说过,不要随意伤害弱小者,你难道忘了吗?"

靠着篱笆的一个女人小声嘟囔着:"耶稣也说过以牙还牙,以眼还眼。"

"耶稣没有这样说过,回去好好读读《圣经》吧。我再也不想听到你们胡说八道,亵渎神明。"马克·雷纳姆说着,伸出一个指头指向天空,就像是一个谴责俗世的先知。他的语气斩钉截铁,手势也就格外有力。"我告诉你,上帝正看着你,赶紧趁早扔掉你心里那些邪恶的想法。冷酷无情从来不是好事,它只会让人自食苦果。"

"我弟弟自杀时,上帝可没有关注他。"格瑞塔恼怒地说。

马克·雷纳姆轻轻地拍拍她的肩膀,她抬起头看着牧师。牧师说:"不是这样的,上帝很仁慈,不管你现在怎么想,总有一天你会感受到他的仁慈。"牧师的声音有一种奇特的感染力，比任何辩解和抚慰都有效。那妇人听了这话，颤抖着哭了起来。"现在跟我一起去见瑞丽的妈妈，我们当面把话问清楚，看看这些信到底是怎么回事。我想事情可能很简单。"

"不，不，雷纳姆先生，我不能去。"

"格瑞塔，你当然能去，你在害怕什么？怕去了知道是你错怪她了？半小时以后我来叫你。"说完，牧师转身走到街上，对奈杰尔说道，"这简直像森林里起火，扑灭了这里，那里又烧起来了。"他的声音很低，听起来倒像是在自言自语。

"你干得不错。"奈杰尔说。

"这就是我的工作。"

雷纳姆刚才一改其温文尔雅的态度，突然变得严厉凶狠，可是他并未就此表示歉意，也不觉得有何不妥，奈杰尔目睹这一切，深感他是个性格复杂的人，但同时信念又十分纯粹坚定。

"他们会刁难瑞丽的妈妈，她以前是个妓女。"

"是你让她改过自新的？"

"我还真不知道是不是，我确实试过的。"

"那么我猜想瑞丽是个私生女？"

"是的，但是村里人担心的不是这个。这村里未婚先孕的情况和非婚生的孩子很多，甚至有人说连严肃的杜德尔太太年轻的时候都犯过错。村里人讨厌瑞丽的妈妈罗西·韦恩，是因为她毫无廉耻，对自己做的那些见不得人的事一点不觉得羞耻，所以人们唯恐避之不及。"

牧师说着，声音低沉下来。

说话间，他们来到了邮局。邮局在十字路口，是一栋红色砖砌就的房子，橱窗里五花八门地摆放着一些常见的东西，诸如发网、烟熏鱼等，都是些村镇邮局兼商店常卖的货物。但跟其他地方不一样的是，这个橱窗收拾整理得特别整齐，装饰得很漂亮，简直就像是博览会的橱窗。

雷纳姆悄声对奈杰尔说："我跟你说过到这儿来干什么吧？"

奈杰尔点点头。一个五十岁上下的女人从里间走出来站在柜台后，一双大手摊在柜台上。她身材笔直瘦削，和身穿的鲸骨紧身衣简直融为一体了。眉毛也跟身材一样，又细又长。一头乌黑的头发，年轻时必是很好看，现在却被紧紧箍成一个发髻，露出宽宽的额头。她神情紧绷，一脸别扭，马克·雷纳姆热情地跟她打招呼："早上好，杜德尔太太，今天天气不错。"她却不为所动，表情依然僵硬，冷漠地说："我能为您做点什么，雷纳姆先生？"

"这是斯特雷奇威先生，他是私家侦探。布利克爵士请他到我们村里来调查匿名信的事，你能给他提供些线索吗？"

杜德尔太太警惕地看着他们，说："我什么也不知道。这几天警察在邮局进进出出调查过好多次了，简直太烦人了。"

"你就把我当成警察好了。"奈杰尔轻松地说，"警察局局长会为我担保的，如果你不信，可以给他打电话。"

"好吧，如果是公事公办，那没什么，只是不知道邮政局局长会怎么说。"

"我们会想办法征求他的同意。当然，警察主要是从技术角度来调查，我更关心的是人的因素，也就是，那些收到匿名信的人。我想跟你儿子谈谈。"

杜德尔太太脸上僵硬的表情瞬间发生了变化，看起来既担心又骄傲。她扭头喊道："丹尼尔，有人买东西。"

他们听到下楼的脚步声，接着走出来一个看起来很奇怪的人。奈杰尔第一眼看去，觉得他就像是一只强壮有力的毛毛虫。丹尼尔·杜德尔足有六英尺半（1.95米）高，但是他习惯性地佝偻着背，身体看上去像个问号。

他穿着一套黑色的哔叽呢西服，越发衬托出他苍白的脸色。他有一头直直的红褐色头发，却并不浓密，稀稀拉拉地搭在鬓角。他走进来，长长的脖子朝他们转过来，就像是毛毛虫从草丛里直起身来一样。他走到柜台后，他母亲让出位置给他。奈杰尔注意到他的手令人意外地小巧，手型很好看，只是手指上有黄色的印记。

他说："下午好，牧师。"声音平静而洪亮。

牧师把奈杰尔介绍给他，又把来意说了一遍。奈杰尔留意着丹尼尔的眼神，但是什么也看不出来。丹尼尔戴着一副镜片很厚的眼镜，仿佛是隔着舷窗往外看。

"母亲，我们必须尽力帮助这位先生。"

杜德尔太太说："随便你。"她从牙缝里挤出来这句话，就像是她嘴里安了个老鼠夹子似的。她嘴唇很薄，这是母子俩唯一长得像的地方。

"非常感谢。"奈杰尔说,接着又问,"来根烟吧?"

"我不抽烟。"丹尼尔回答。

"哦,那你在做化学实验?这是你的业余爱好?"

丹尼尔隔着厚厚的镜片盯着奈杰尔看了一下,奈杰尔不确定他是不是感到尴尬和不安。"哦,我明白了,你是说我的手。"他把手摊在柜台上说,"你真是个十足的福尔摩斯。是的,我空闲的时候偶尔到霍尔庄园帮布利克先生干活。"

杜德尔太太压制着自豪的情绪,说:"我儿子以前——"

"妈妈,不要在这些先生面前炫耀我。"

杜德尔太太把手交叉着放在胸前,不再说话。

"希望您在我们这穷乡僻壤待得还习惯,当然,更希望您能把匿名信的事调查清楚。牧师知道的,此地恶行泛滥,我们必须在这些罪行上踏上一脚,彻底铲除,哪怕这一脚会伤到脚后跟。"

奈杰尔平静地说:"是的,必须如此。说到脚后跟,比如,阿喀琉斯之踵(致命的缺陷),我猜想,你收到的匿名信里说的那件事不是真的吧。"

"信里有真实的内容,但关于酗酒的话是假的。我是常喝酒,是治病用的,我的身体……"

"说得很对,但是你不酗酒。"

杜德尔太太带着责备的神情痛苦地闭上了眼睛。丹尼尔调侃地说:"信能杀人,但酒精救人性命。"

"这里面有封信已经杀害了一个年轻人,"奈杰尔说,"还有人因此企图自杀。我想我们还是少引经据典了。"

丹尼尔转过头，镜片闪闪发光。他说："希望我没有伤害到您的感情，先生。您是信徒吗？"

奈杰尔说："我是信徒，我信任不给自己的邻居写恶毒信的人。明天早上我再来找你聊聊吧。"

丹尼尔同意了，奈杰尔和牧师就告辞了。他们走到牧师家取行李，然后去酒店。奈杰尔说："这个年轻人不一般。"

"我倒觉得他有点讨好卖乖。"牧师说。

"他多大？"

"三十一岁吧，也可能是三十二。"

"我隐约觉得他在嘲弄我，他恭敬有礼的态度背后似乎暗含讥诮，他的确是个有趣的家伙。对了，你提过的，他父亲是谁？"

"我说过，大家传言他的父亲并不是已经过世的杜德尔先生。"说到这里，牧师似乎想回避这个话题。奈杰尔假装没注意到，说："好吧，我得说他应该是一位绅士的儿子，是村里某个贵族的私生子。我揣测阿奇博尔德·布利克爵士是不是跟杜德尔太太有过旧情。"

马克·雷纳姆松了一口气。奈杰尔心想，我这是在胡乱给丹尼尔捏造一个生身父亲。

第三章

酒店老板的讲述

奈杰尔和甜蜜蜜酒店的老板乔·萨摩斯交谈了几分钟,马上就确信从他那里可以获得无穷无尽的小道消息。乔年逾六十,过去三十年一直经营着这家酒店。事实上,除了在第一次世界大战期间服役外,他从未离开过普莱尔斯翁伯恩。奈杰尔和乔在客厅边喝茶边聊天,那里的墙上挂着一张军队食堂的照片,照片中依稀可见一战的痕迹。

"我想,从你记事起到现在,普莱尔斯翁伯恩已经发生了很大的变化。"奈杰尔说。

"你说对了,"乔沉重地回答道,"而且绝不是朝着更好的方向发展。'我周遭的一切都在变化和枯朽'（源于十九世纪的英国乡村牧师亨利·莱特的赞美诗《与主同行》）。先生，请注意，我并不是反对进步，我去年还在私人酒吧里装了一台收音机。当然，没有人用过它，因为人们来这里喝酒是为了享受一些安静的时光，但与时俱进还是必不可少的。"

他喝了一大口茶，连落到胡子上的几滴也津津有味地舔了起来。

"莫尔福德的工厂肯定给村子带来了很大的变化。"奈杰尔说。

"嗯，就目前来看，它的确带来了就业机会。但如果换个角度看，你会发现什么？"

奈杰尔没发表意见。

"你会看到不满足，"乔接着说，"这是明摆着的。我们村里的小伙子们，当然还有姑娘们，在工厂上班可以拿到不错的工资，这诱使他们离开家乡。那些留在这里的人则感到焦躁不安，虽然他们知道自己的本分是待在村子里种地，但是在莫尔福德可以赚到更多的钱。而那些进了工厂的人，一段时间后又会觉得莫尔福德也不够好，于是开始渴望去伦敦或其他大城市。"

"你不赞成年轻一代变得更加独立吗？"

作为一个开店的老板，乔·萨摩斯一直有着尊重顾客意见的品质。

"先生，请不要误解我的意思。独立本身是件非常好的事情，但以印度为例。"他伸出大手，在手掌上描画着印度的情况，"你必须让人们逐渐地独立，否则他们会感到窒息。如果我们突然间打点所有行装彻底离开印度，在这之后会发生什么呢？当地人会开始互相残杀。

再举一个例子，比如普莱尔斯翁伯恩，这里的人可以称为落后，我认为他们的思想还不够成熟，不足以让他们独立，你应该能明白我的意思。布利克先生开办的工厂带来的利益已经冲昏了他们的头脑，所以我们有麻烦了。"

"比如说，匿名信？"

"做我这一行，"乔用神谕般含糊其词的口气说道，"你要学会圆滑。我可能有自己的想法，但我把这些都藏在心里，就像第三只猴子说的那样守口如瓶（来源于"三不猴"的故事）。今天的谣言是明日的悲伤。比如约翰·斯马特，据说他在战争中惹上了麻烦，现在因为这件事送了命。我对此没有什么想说的，虽然他是个外国人，可怜的男……我要说的是，这些匿名信只是一种症状，而不是疾病本身。"

酒店老板停顿了一下，又给自己倒了一杯蜜色的茶水。

"旧的秩序在改变，"他继续说，"新的秩序取而代之。这就是问题的根源，先生。"

"我想你很了解钱特摩尔先生吧？"

"你说对了。他是一个有身份的人，就算阿奇博尔德爵士来到霍尔庄园，我们依然认为只有他才是真正的乡绅。提醒你一下，我个人对阿奇博尔德爵士并没有意见，这是原则问题。在我看来，地主一般不会离开自己的领地。"

"但他的大儿子住在这里，是吧？"

"斯坦福先生？"老板暂时偏离了原来的话题，"啊，我从没见过像他那么奇怪的人。他很有头脑，但你永远不知道他接下来会做什么。

他打算在这里长期居住,但是在他入住后不久——那应该是在1932年左右,他想在普莱尔斯翁伯恩和莫尔福德之间开通公共汽车服务,说是定时班车太慢了,那么他是怎么做的呢?他买了一辆公共汽车,并且贿赂当局——布利克家族的影响力很大——然后自己当司机,这真是他能做出来的事!当然,这并没有持续多久。"

"他厌倦了这个新玩具?"

"不是那样的,完全不是,先生,事实上他把乘客们都吓坏了。他把那辆旧车开得飞快,车上的那些老太太们在去莫尔福德的路上一直尖叫。后来我们得知,他曾经是一名赛车手。尽管斯坦福先生是我的好顾客,但是他不是当乡绅的料。"

"不过,你们有钱特摩尔小姐。我相信她是村子里真正有影响力的人,对吧?"

乔·萨摩斯装腔作势地看了看奈杰尔,"克兰汀小姐是一位了不起的女士,我不在乎谁听见这句话,这个地方配不上她。但是,等一等——"他像演说似的敲了敲桌子,"这又回到我之前所说的,我敢说过去村里几乎没有一个男人、女人或孩子不去找她倾诉烦恼。她以前在小庄园接待去'朝见'的人,简直像个女王。但现在不同了,战争、撤离及现在的这个工厂扰乱了村子的生活,一切都变了。年轻一代不像过去那样尊敬她了,他们都有自己的想法。当然,后来我们这儿来了牧师,他更适合倾诉烦恼,也更活跃。"

"雷纳姆先生似乎是个了不起的人。"

"他很正派,不过他确实让一些人很不爽,就像老人们口中常说的贤妻良母一样的做派。"

"他是单身汉,还是鳏夫?"

"据我所知,他没结过婚。介意我抽下烟吗,先生?"

"抽吧。"

乔·萨摩斯若有所思地开始往大烟斗里装烟草。"钱特摩尔先生烟瘾很重,他过去常说吸烟是为了放松。毫无疑问,他的死对普莱尔斯翁伯恩是一个令人痛心的损失。还有克兰汀小姐,我想她一直没能从父亲去世的阴影中走出来,她和父亲从来没有分开过。你知道吗,萝斯贝小姐刚出生的时候,她的母亲,也就是钱特摩尔太太,就去世了。钱特摩尔先生和克兰汀小姐不管到哪儿都形影不离——无论是散步、骑马,还是骑自行车。"

"她之前并不是瘸子吧?"

"上帝保佑,当然不是。她是在父亲自杀后才瘸的。她的腿可能很早之前就出毛病了,但是在这期间我们并没有发现任何征兆。要我说,那位可怜的老先生在金融风暴以后脑子变得有点不正常,克兰汀小姐为了照顾他已经筋疲力尽了。然后,在身体虚弱的情况下,她很容易感染肮脏的细菌,明白吗?目睹钱特摩尔先生死之后,她的症状变得明显起来。我们这里的老医生说她得了脊椎肿瘤,我相信这才是导致残疾的真正原因。"

"你是说她发现了尸体?"

"是的,而且碰巧的是我发现了她。我永远不会忘记这件事,我当时还以为采石场下面躺着两个死人呢。"

"采石场？不会是距离树林不远，就在小庄园那边山上的那个采石场吧？"

"正是，先生。"

奈杰尔在调查每个案子时都经历过这样一个瞬间：事件有了第三个维度，在他眼前变得栩栩如生。舞台上一个角色的出场，一句关键的台词，或者可能只是一个完美的姿势，一个安静的瞬间，一次灯光的变化，这些东西吸引了他，使他不再是一个观众，而是面前这场悲剧的深度参与者。这样的瞬间此刻来临了。当谈到采石场时，那个让他来到普莱尔斯翁伯恩的难题突然转变了，从一个抽象的、图解式的命题变成了一个完整的、真实的东西。奈杰尔凭着一种从未出错的直觉想到他在采石场边看到的那些摇曳的水仙花，应该是克兰汀·钱特摩尔为纪念她父亲种在那里的。根据乔·萨摩斯对二十一年前那一天的描述，奈杰尔在想象中形象地构建了当时的场景。

1930年夏天的那个早晨，克兰汀给父亲送早餐时，发现床上空无一人。当时她还只是个二十岁的女孩，在金融风暴之后的几周里，她一直照顾着生病的父亲，压力让她感到紧张不安。埃德里克·钱特摩尔患了忧郁症，但最近似乎有了些许好转。然而，当女孩在房子和花园里都找不到他时，她担心父亲可能因为失忆而走远了，于是给医生和村里的警察打了电话，之后独自出发去找他。

那会儿，乔·萨摩斯照常在早餐后、开门营业前的空闲时间去散步，恰好沿着奈杰尔和牧师今天下午走的那条山路往上爬。快到山顶时，他听到一个女人在呻吟。他朝那声音跑去，往采石场下面一望，结果看到了克兰汀·钱特摩尔和她父亲。这个月天气干旱,所以采石场底部几乎没有水。克兰汀已经昏迷了,乔起初以为他们都已经死了。他从采石场陡峭的岩壁爬下来,冲到尸体躺着的地方时,看到埃德里克·钱特摩尔的脖子断了,于是就开始把女孩从水里抬出来。正在此时,克兰汀醒过来了。

她说的第一句话是"我的腿不听使唤了",然后马上说:"我看到他躺在这里,我爬下来,想把他从水里拖出来,但我的腿出问题了。他死了,是吗?"她爆发出一阵疯狂的抽泣声,歇斯底里地喊道:"他们杀了他!他们杀了他!我就知道会这样!"

乔·萨摩斯的呼救声引来了小庄园的园丁。不幸的是,他们也把萝斯贝带来了,当时她只有八岁。乔还记得她被吓呆了,面无表情("她似乎无法理解眼前发生的一切",他是这么说的),当他们准备用绳索把她姐姐和父亲的身体拖上来时,萝斯贝一直站在采石场边表情冷峻地注视着他们。

在这之后,克兰汀重病了几个星期,萝斯贝被送去亲戚家居住。阿奇博尔德·布利克爵士和他的儿子查尔斯在霍尔庄园度假,他还请了护士来照顾克兰汀。警察局对埃德里克的死因进行了调查,结论是"因精神失常而自杀"。

"对克兰汀小姐来说,那是一个糟糕的夏天,她确实失去了一切,但她一直很勇敢,要是换作别的女人恐怕早就崩溃了。"乔·萨摩斯说道,同时他的眼睛里有一丝恍惚而感伤的神情,这促使奈杰尔想要进一步询问。

"她的父亲,她的健康,还有家里的钱,除此之外,她还失去什么了吗?"

"你这么问很有意思,先生。在我谈到的那个夏天里,克兰汀小姐和查尔斯先生走得很近,可以说,他们俩非在一起不可。除了我们那位老牧师之外,他们两家是这个教区里仅有的贵族,我们都以为他们会在一起。查尔斯·布利克从剑桥大学回来度假,他们经常在一起,特别是阿奇博尔德爵士不在的时候——他只在周末来这里。克兰汀有一头金发,一双蓝眼睛,神态妩媚,美得就像一幅画。"

乔感伤地叹了口气,深深地陷入了回忆中。

"但是,在她瘫痪之后……"

"啊,这就是问题的症结所在。你要知道,我从不相信那些发誓说查尔斯先生抛弃了她的人。我对他们说:'听着,人性不是一个非黑即白的问题。我们不知道他们之间发生了什么。'也许她让他离开是因为知道自己配不上他了,也许他们根本就不合适。请原谅我这么说,先生。"

"没有充分的证据就无法下定论?"

"嗯?啊,是的,我明白你的意思,就是这样没错。当然,他就这样离开很不好,但是那件事有些错综复杂。"

酒店老板停下来重新点燃了他的烟斗。在他看来,奈杰尔是一位全神贯注的听众,不会漏掉他说的任何一个细节。

乔·萨摩斯压低声音说道:"我妻子的姐姐那时正好在布利克家的霍尔庄园里工作,我记得她告诉我们,她无意中听到了查尔斯先生对他父亲说，克兰汀小姐不愿意接受布利克家的钱。关于这点我想解释一下，那时候她正从病中恢复，老医生认为她还是做肿瘤手术比较好，但是手术费很高，她自己当然也负担不起，尤其在金融危机之后。"

"但她为什么不接受布利克家给的钱，如果查尔斯和她……"

"这正是我们当时疑惑的地方。告诉你我的想法吧，根据事实推理，我得出了以下结论：克兰汀小姐一定是和查尔斯先生吵了一架，然后分手了，要么是在她父亲去世前不久，要么是在去世后不久，所以她不想因为钱欠他情。她太骄傲了，不愿意拿布利克家的钱。说到这儿，我们可以先停一下。"乔竖起粗大的食指，"从这些我们可以看出什么呢？查尔斯先生至少提出要拿钱给她做手术，所以他不可能是个十足的恶棍或者完全冷酷无情，是不是？"

"是的，虽然这钱可能只是为了不让自己的良心受到谴责。"

"我不太明白你的意思，先生。"

"好吧，如果查尔斯是因为她成了瘸子才提出了分手，他肯定会觉得自己很卑鄙，不是吗？所以他可能会试图通过支付手术费来减轻自己的罪恶感。"

"你说的可能是对的，"乔将信将疑地说道，"但我还是不太相信查尔斯·布利克会做那样让她失望的事，我相信这不是他的本性。"

"还有没有其他原因让钱特摩尔小姐讨厌布利克一家？你救她的时候，她说'他们杀了他'，你知道'他们'是谁吗？"

"哦，我认为她指的不是具体某个人，也许指的是那帮政客，因为他们引发了经济衰退，让钱特摩尔先生破产了。总之，她当时神志不清，所以并不知道自己在说什么。"

"的确，但在那种状态下，她很可能会把责任推到最容易想到的人身上。我听说，阿奇博尔德爵士是她父亲的财务顾问。"

"这事我第一次听说，先生，真是令人难以相信！我原以为阿奇博尔德爵士是传说中的金融奇才呢。"

"即使是专家也会失误。"

"太对了。我记得——嘿，看，刚好6点了，我得去开门营业了。请自便，先生。我夫人会在8点准备好饭菜。"

一刻钟后，奈杰尔走进了酒店的公众酒吧。酒吧里只有一个人，这个人背对着窗户，坐在榆木桌前吃薯片。虽然看不清他的脸，但看起来像是个做工的人。奈杰尔跟他打招呼说"晚上好"，他只是敷衍地招了招手回应，然后继续大口地吃着薯片。突然，他又用一种出奇文雅的语气问道："你想喝点酒吗？"

"是的，老板去哪儿了？"

"你要喝什么？"

"一品脱苦啤酒，但是——"

那个人用手指了指自己，走到吧台后面，给奈杰尔倒了一品脱啤酒。

"非常感谢。"

"一先令两便士。再来一杯杜松子薄荷酒如何？另外再付半克朗

(二先令六便士硬币)。不胜感激。"

那人开始调酒,奈杰尔饶有兴趣地打量着他,心想,此人还真是不同寻常。他看起来像是被免职的牧师和矮小妖精的混合体,身材矮小,胖乎乎的,里面穿着一件深色的衣服,款式类似于主持礼拜的非教会人士穿的制服,外面则套了一件污迹斑斑的风衣。他的指甲很脏,布帽和脖子上的围巾也很脏。他的脸圆圆的,表情灵动,虽然有蛀牙,但眼睛很特别,棕色的眼睛炯炯有神,永远闪烁着光芒。

"干杯,老伙计,"这个陌生人说,"你是我今天在这里见到的第一个人,干杯。"他的声音是一种浑厚的男中音,略显沙哑,说话慢吞吞的,听起来好像随时都可能发出一阵轻笑。

"酒吧老板,"他边说边重新回到窗边的座位上,"刚刚跑去汽车修理厂买煤油了。我喜欢油灯,你呢?伯明翰1860年生产的油灯品质最好,这一点毋庸置疑。啊,在那个年代,黄铜制品货真价实。"说完,他把一袋薯片全倒进嘴里。

奈杰尔正琢磨着该如何接这句话,然而,事实证明没有必要,因为这个陌生人突然站起来要离开。

"我得回我的破茅草屋了,再见。"

走到一半时,他打了个响指,转过身来走到离奈杰尔几英寸远的地方,说道:"我说,老兄,你是斯特雷奇威吗?"

"是的,我是。"

"真幸运,还好没错过你。今晚到我的寒舍来吧。嗯?大约晚上9点,我8点吃饭。我住在教堂不远处,有个白色的大门,很容易找到的。"他会意地看了奈杰尔一眼,眼神有点夸张,用沙哑的声音含含糊糊地说,"我有一些东西要给你看,你应该会对它们感兴趣。见到你很高兴,再见。"说完,他关门离开了。

奈杰尔被这个人奇异的言行弄得一头雾水,这时才想起来自己还不知道他的名字。

第四章

乡绅的爱好

奈杰尔晚上9点钟出门了,去找教堂附近的白色大门,此时他依然不知道那个人叫什么名字。

乔一回来,村里的警察就来了,想跟奈杰尔单独谈谈。谈完以后,奈杰尔享用了萨摩斯太太给他准备的丰盛晚餐。吃完饭,奈杰尔走进酒吧,看到里面坐满了村民,乔忙得不可开交。

正如阿奇博尔德爵士预测的那样,克洛特沃西没什么出息。他说话慢,脑子更慢。一方面,作为一个职业警察,他对业余侦探不无怀疑;另一方面,又不得不对阿奇博尔德爵士从伦敦派来的人表示尊重。

奈杰尔装作对他警察的身份毕恭毕敬，以此来打破僵局。

想从克洛特沃西那里打听到有用的信息，需要的不是手段，而是耐心。回答奈杰尔的问题就好像要做什么重大的决定一样，必须给自己发一个许可证，还得一式三份签名确认。虽然他们俩的对话进展缓慢，但奈杰尔还是从中获取了以下信息：普莱尔斯翁伯恩邮局无权拦截和检查信件。经过一番周折，邮局昨天早上终于从总局得到授权，可以拦截和检查信件，但这已经太晚了，信件已经到了坦普尔顿农庄养牛的小伙子手中并导致他自杀。小伙子被人救活了，但是他拒绝未婚妻来探视自己。自从警察对邮局进行监控以后，再也没有发现匿名信出现在邮局。当然前提是写信的人改变了书写习惯，不再用大写字母在信封上写地址，因为警察并没有对常规书写的信封进行检查。克洛特沃西在整个教区展开调查，到每家每户询问是否收到了匿名信，并告知居民，一旦收到匿名信必须马上送到警察局，但是直到现在依然一无所获。尽管克洛特沃西有足够的理由相信已经有好几封匿名信发出来了，但只有坦普尔顿农庄的小伙子和一个在查尔斯·布利克工厂工作的女打字员承认收到了匿名信。坦普尔顿农庄的小伙子说他把信撕了，对信的内容避而不谈。

莫尔福德的探长最终连哄带骗地让他说出了信的内容，信里控诉他篡改纳税申报表："满嘴谎话的家伙，小心点，走着瞧。"至于打字员，她精神崩溃，医生不许别人来盘问她。她没有撕掉信，克洛特沃西把信交给奈杰尔，说："写得不忍卒读。"说着，他脸红了。奈杰尔仔细看了这封信，说"不忍卒读"实在是有点客气，这封信简直耸人听闻，可怕至极。

　　警察们想从匿名信的指纹入手，但是除了收信人、邮递员、邮递员的妻子和儿子之外，找不到任何其他人的指纹。邮递员的妻儿有时候会帮他分发信件。至于其他细节，目前发现的有：这些信都是早上送达邮局的，都盖着普莱尔斯翁伯恩的邮戳。因此可以推断出，信是下午3点左右到早上8点之间投到邮筒里的。从信纸上也找不出什么有价值的信息，是普莱尔斯翁伯恩和莫尔福德的商店都能买到的大路货。警察打算调查附近哪些人买了这种信纸，但是他们并不指望这样的常规调查能有多大作用。约翰·斯马特过去的经历看上去疑点很多，似乎可以从中找到调查的线索。二战结束后不久，他应聘到布利克家的霍尔庄园当司机兼勤杂工，他孀居的姐姐也跟他一起来了。他有退伍证书作为证明文件，斯坦福先生对此非常满意。斯马特的另一个姐姐嫁给了一个兽医，住在翁伯恩麦格纳，是个相当受人尊敬的女人。斯马特忠厚可靠，手艺又很好。莫尔福德的工厂开业后，查尔斯·布利克劝他哥哥，让他把斯马特带到工厂去帮忙。刚开始斯马特很不情愿去工厂，但后来还是同意了，而且很快就成了工头。他自杀以后，他的姐姐格瑞塔接受警察的问讯时说，她相信斯马特1941年入伍之前一直在米德兰的某个工厂工作。两姐妹都在某个阶段和斯马特失去过联系，当他们再度取得联系时，他对过往的经历闭口不谈。他们的母亲年事已高，住在诺丁汉郡的一家救济院。警察前去调查，但收获甚少，唯一有用的信息是，她说她儿子在战时曾经参与过飞机制造。警察又派人前往米德兰的飞机制造厂进行调查，但是并没有发现斯马特在此地工作过的任何记录。兰德尔探长正在全面排查莫尔福德工厂的人，看看能不能找出跟斯马特在1940年有过接触的人。

很明显，斯马特一定在1940年做过什么特别糟糕的事情，否则那封威胁要揭发他秘密的匿名信不会逼得他自杀。奇怪的是，所有人对他的评价都是正派、可靠，也没有任何异于常人的举动。奈杰尔忖度，这些似乎都说明匿名信案件不是一次精心策划的犯罪行为，比如说，因为某种强烈的情绪导致的蓄意杀人或者因为某些政治目的导致的蓄意破坏。在这之前他曾经怀疑过匿名信案件可能是类似上述的蓄意犯罪事件，但是目前收集到的信息似乎推翻了他的怀疑。斯马特不愿意去莫尔福德的工厂，说明他不愿意去一个跟过去相近的环境工作，以免唤起过去的某种痛苦回忆。

奈杰尔朝教堂慢慢走去，边走边想，迄今为止，还没有更直接、更有力的证据来证明这些猜想，但关键的一点是，写匿名信的人无所不知。信里的内容并不只是恶意诽谤和辱骂，更是精准地直戳收信人的痛处，而且其中两封信揭露了收信人在普莱尔斯翁伯恩隐藏了数十年的惊天秘密。是什么人既知道斯马特1940年在米德兰的所作所为，又了解牧师的妻子1941年至1942年在伦敦的事情？连乔·萨摩斯都不知道牧师结过婚，要知道他可是普莱尔斯翁伯恩的包打听。

奈杰尔反复思量着这个问题，不知不觉间已经经过了教堂和霍尔庄园路边的石头门柱，这时候天已经黑了，一只白色的猫头鹰幽灵般悄无声息地从他右边的树林飞过。但是不管是路的左边还是右边，都没有酒吧里碰到的那个奇怪的人所说的有白色门的破房子。奈杰尔又往前走了四五百码，只看到一个小农庄和一座平房。奈杰尔心想刚刚自己在酒吧碰到的人和事是不是在做梦，想到这里，他转身往回走，又看到霍尔庄园的入口。这时，门柱吸引了他的注意，柱子是用石头砌成的，柱子顶部有一些鸟的浮雕。奈杰尔刚开始只看到门柱，并没有注意到门，因为门是敞开着的，现在他发现这是一扇白色的门。猛然间他意识到在甜蜜蜜酒吧碰到的那个人，一定就是斯坦福·布利克，这所庄园的主人。

奈杰尔顺着蜿蜒的林荫道往前走，一直走到一栋房子跟前。这栋房子是詹姆士一世风格的，装饰精美繁复，但从外面看一丝光线也没有。奈杰尔站在门外沉思片刻，按响了门铃，等了好一会儿，没有人开门。他转念一想，绕到房子的背面，边走边皱眉头，对主人的傲慢无礼颇为不满。他正走着，仿佛踩到一个地雷似的，寂静突然被打破了，不远处传来一阵狂野的犬吠声，听起来让人毛骨悚然。一间小屋子的窗口亮起灯光，接着窗帘拉开了，下午碰到的那个邋邋遢遢的人出现在窗口。奈杰尔朝那人走过去，还没等他穿过院子，那人已经出来了，兴高采烈地大声喊着："我说，我完全忘了这回事，真是抱歉，您一定得原谅我。您到这儿很久了吗？"

"没事，我刚刚才到，我大概迟到了吧，刚开始一直没找到你的房子。"奈杰尔有点尴尬地补充说道，"这是你的房子吗？我的意思是……"

那人张开嘴，看上去有点滑稽又有点沮丧，双手互相拧着。

"亲爱的老伙计，你把我当成什么人了？我应该早点介绍一下我自己的。我叫斯坦福·布利克。我住在这里，千真万确。"说着，他亲热地拉着奈杰尔的手臂，"这边走。我真是讨厌狗，你呢？"

这时犬吠声又响起来了，他只好提高音量大声说："刚才我在作坊里做事情，太投入了，完全忘了你要来找我这回事儿。"

说话间，他们已经走到后门了。奈杰尔的余光瞥见一个人影从院子的另一边一闪而过，从窗户里透出的灯光依稀可以看出，那人的头发略带红色，脸是背对着他们的，弓着背，走得飞快，一下子就消失在夜幕中了。这一切发生得太快，奈杰尔甚至都没看清楚那个人是男是女。不过从头发来看，应该是女人，男人的头发不会那么浓密。奈杰尔想起斯坦福说的"我在作坊里做事情，太投入了"，不禁暗自发笑。这时斯坦福正在开后门，不知道有人此时刚刚离开。

他大步穿过走廊，打开一个装饰豪华的开关按钮，领着奈杰尔进入一个大房间。

他说："你知道吗？我太投入了，连饭都忘了吃。仆人们都去莫尔福德看电影了，我去看看食品柜里有没有吃的。随便坐，别客气。你对有轨电车感兴趣吗？那边的大柜子里有好些图片，你可以看一看。"

奈杰尔想，他这是找借口去告诉那女人危险已经过去，她可以回家了。但他进去以后会发现，女人已经走了。奈杰尔打量了一下房间，房间很大，墙壁是浅绿色的，配着雕饰，天花板上的线条精美繁复。但是，这个房间给人的第一印象仿佛是房子主人过往生活的坟墓，因为里面堆满了各种各样的家具，好的，差的，不好也不差的，满满当当，足足可以塞满三个房间。壁炉台上摆放着一排伊特鲁里亚雕像，门边放着一个精致的长形瓷瓮，里面插着一把伞，旁边的壁龛里摆放的不是圣像，而是一个杯子，上面题着"克拉克顿的礼物"。墙上的画华丽无比，却透着一种毫无节制的贪婪劲。除了这些，还有托盘里摆着的大大小小的贝壳，从伯明翰经贝拿勒斯运来的又大又笨重的黄铜制品，令人反胃的仿中式摆件，一部华丽的电唱机，奥布松地毯上散落着几个装狗的篓子，以及刚才斯坦福·布利克提到过的大柜子。

奈杰尔打开柜子的一个抽屉，里面塞满了相册。相册里放着照片、明信片、商业杂志的图片及报纸剪纸，所有这些的主题都是有轨电车。看上去这世界上的有轨电车比奈杰尔能想象的还要多得多，其他抽屉里放着的也是有关有轨电车这个乏味主题的各种资料。

"很有意思吧？"斯坦福热切地笑着说，"我有七十几万张有轨电车的图片。除了这些，其他的在楼上，如果你感兴趣的话，可以上去看。"说着，他伸出左手指了指楼上。他右手拿着面包、奶酪和一张报纸。他把报纸铺在大理石桌上，开始吃东西。"我以前最爱在有轨电车上冥想，有轨电车简直是自由意志和需求的最好象征。你跟牧师见过面了吗？"

奈杰尔想起牧师跟他说过斯坦福和自己信仰不一样，不想触发斯坦福的不满，就小心翼翼地承认已经见过面了。

"这家伙简直是个糊涂虫。他第一次布道的时候，满口异端邪说，我当场指出了他的谬误。不过鉴于他出身剑桥，我还是可以体谅他。我弟弟没有收到过匿名信吧？"

"应该没有。"现在奈杰尔已经开始习惯斯坦福这天马行空、随心所欲的跳跃式谈话方式了。刚才那两句不相干的话的联系是：剑桥。

斯坦福·布利克大口咬着洋葱。

"侦探进行得如何？你知道吧，侦探这个词可能源于冰岛语，最开始的意思是野兽被追捕时留下的足迹。"

"就现在的情形而言，这个解释再合适不过了。"

"那些匿名信非常恶心，是不是，非常恶心？"斯坦福饶有兴趣地看着奈杰尔。

"是的，绝大多数是很恶心。"

"有点奇怪，这个家伙怎么还没给查尔斯写匿名信呢？他似乎专门挑村子里有头有脸的人下手。"

奈杰尔想说什么又闭上了嘴。斯坦福突然语气轻松地把大家都心照不宣的话说了出来。

"老伙计，我说的话千真万确。我知道是谁干的，因为丹尼尔·杜德尔有时候在我这里帮忙。你知道吗，丹尼尔是个奇怪的家伙，他居然相信宿命论。"

"他手艺很好，对吧？他是在哪儿学的手艺？"

"我想应该是战时在部队学的吧。约翰·斯马特去我弟弟的工厂工作了，我这里缺人手，我发现丹尼尔的手艺好，就雇用了他。"

"那么我们现在来说说斯马特如何？他的秘密到底是什么？"奈杰尔问。

"他的秘密很明显，我早该想到的。来杯波尔多葡萄酒如何？味道相当不错,是我祖父留下来的。"

斯坦福·布利克从柜子里拿出一个雕花酒瓶和几个玻璃杯。

"干杯!"他边说边吧嗒着嘴唇,晃动着酒杯,"我们刚才说到哪里了?哦,对,说到可怜的斯马特了。你知道吗?他以前是个共产主义分子。"

"真的吗?是他自己告诉你的?"

"不是,但是我自己以前也曾经相信过共产主义。共产主义者之间总有某些共同点,能够让他们辨识出周围的同道中人,比如某些常用的词汇,天主教徒也是这样。"

"但你并没有因为曾经是共产党员而自杀。"

"查尔斯或者我父亲知道了的话一定会解雇他的。"

"他手艺这么好,大可以轻松找到其他的工作。"

"但是如果别人知道他在战时是个活跃的地下共产主义分子,还做过不少过分的事情,那他就很难再找工作了。"

奈杰尔坐直身子,斯坦福所说的跟他自己的推测十分吻合。

奈杰尔嘟囔道:"但是谁知道这个秘密呢?你有没有注意到村里的哪个人是斯马特特别想回避的?"

"没有什么人,他总是独来独往的。"

"你说杜德尔在战时学的手艺,那时杜德尔在哪里?"

"我想,应该是在北部的某个工厂。"

"那时候你在哪里?"

斯坦福·布利克笑了,指着奈杰尔,好脾气地说:"很好,很好,老伙计,你应该问这个问题。那时我在做某项研究工作,在伦敦附近,研究工作很机密,连我自己有时候都搞不清楚我在研究什么。别说我了,你还是把精力放到杜德尔身上去吧,他是普莱尔斯翁伯恩最神秘的人了。"

"你为什么这么说?"

"因为他的过去充满神秘色彩。"斯坦福沙哑着声音说,好像要保密似的。

"他的过去?"

"他的出身,非常可疑。如果让我来确认匿名信的作者,我会毫不犹豫地指认杜德尔的妈妈。我的天,她太可怕了。"

"是的,我见过她了,她确实令人生畏,但是……"

"你提醒我了,我必须带你看看我的神秘来信。跟我上楼来。"

"什么?你是说你也收到匿名信了?你得向警局报案。"

"老伙计,别大惊小怪的,我就是要专门留给你看的。"

奈杰尔跟着斯坦福往楼上走。扶手是雕花的橡木做成的,很漂亮,楼梯很宽,足够六个人并排走,但现在成了斯坦福的图书馆,两边一层层都堆满了书。他们走进二楼的一个房间。

斯坦福得意扬扬地说:"这是我的窝,你觉得怎么样?"

屋里一片漆黑,所以奈杰尔没法回答斯坦福的问题。屋子里到处都摆放着伯明翰1860年特制款的油灯,斯坦福点亮了其中的几盏。奈杰尔打量着房间,看起来乏善可陈。一面墙边放着文件柜,另一面墙上贴着几张粗糙的宗教海报,以连环画的形式展现《圣经》的故事。

屋子中间摆放着四张桌子,围成了正方形。

斯坦福·布利克在转椅上坐下,在一个抽屉里翻找起来。

"我把那该死的东西放哪儿去了?我喜欢有四张桌子,这样我就可以把不同类型的东西放到不同桌子的抽屉里面,不容易搞混。哦,找到了。"

他从一堆图纸下面摸出一张纸。

"两天前收到的,你怎么看?"

斯坦福把信递给奈杰尔,带着一种审视的眼光看着他,就像是老师看学生一样,似乎充满鼓励和兴趣,其实是心存怀疑。

奈杰尔此刻已经感觉出来,斯坦福刚才东拉西扯其实是有意为之。他有一种强烈的感觉,那就是,斯坦福有时候看上去似乎言行鲁莽轻率,实际上是精心设计的。

奈杰尔打开信,信上写着:"查尔斯知道你跟他的红发情人有染吗?"

奈杰尔言不由衷地说:"我完全不知所云,你能不能说得更仔细一点?"

斯坦福就等着奈杰尔说这句话呢,他在椅子上左摇右晃地说:"查尔斯最近跟钱特摩尔小姐甚是亲密。钱特摩尔小姐真是个大美女,一头秀发就像缎子一样。不过,有点尴尬的是,钱特摩尔小姐是我的老相识了,她时不时来找我倾诉她的烦恼。时间久了,聪明人应该就会看出来。"斯坦福说到这儿有点兴奋。

"你是说你们俩私下相见?"

斯坦福·布利克摸摸鼻子，看起来就像是个恶作剧的坏孩子。

"有些事不能放到桌面上来说，比如家丑之类的事。"

"我感觉你父亲不喜欢萝斯贝·钱特摩尔，我想我们现在说的钱特摩尔小姐指的是克兰汀·钱特摩尔，而不是她妹妹萝斯贝·钱特摩尔吧。"

斯坦福的眼睛瞪得老大，他说："但是我说的就是妹妹。天哪，难道你认为我会跟冰雪皇后约会吗？"

"你不喜欢姐姐？"

斯坦福回答说："我觉得她非常完美，过于完美。好了，在你离开这里之前，你一定得看看我亲爱的苏西，我把她安放在长条凳上。"

斯坦福好像已经忘了匿名信的事，奈杰尔把信放进口袋里，跟他一起下楼了。他们走到后门，穿过院子，到房子外面的空地上来了。奈杰尔发现刚才他看到的那个透出光线的房子原来是一个作坊，里面摆放了各种各样的设备，应有尽有，简直是喜欢机械设备的人的天堂。而且和刚才的房子相比，这里的陈设整洁有序，井井有条。尽管如此，奈杰尔也觉得在这里跟一位女士约会实在是有点奇怪。

奈杰尔问："你对匿名信的作者有什么想法？谁有可能发现你跟钱特摩尔小姐私下见面？你们是在霍尔庄园见面吗？"

"一般都是，有时候会在作坊见面，当然是晚上。我确信仆人不可能发现，一定是有人在监视我们。"

斯坦福的声音听起来有点心不在焉。他一到作坊就仿佛变了一个人似的，不再吊儿郎当、玩世不恭，他的注意力完全放到一台巨大的引擎设备上了。这台设备十分精密,闪着金属的微光,稳稳当当地摆放在他们面前的一个长条凳上。

奈杰尔思忖着,斯坦福不是个因循守旧的人,可为什么他要如此小心翼翼地保守他和钱特摩尔小姐见面的秘密?为什么她一定要等到晚上仆人们都不在的时候来找斯坦福倾诉烦恼?此时斯坦福本来正在摆弄引擎,眼里闪着光,他突然转过身说话,打断了奈杰尔的思绪。

斯坦福说:"她太美了,我要让她动起来,她真是太安静了。"

说完,他按了一个按钮。引擎爆发出一阵震耳欲聋的声响,像飞机起飞时一样,感觉随时可能飞离屋子盘旋而出。斯坦福眉飞色舞地说着什么,应该是在解释它的机械原理,但是噪音太大,奈杰尔一个字也没听清。斯坦福降低了声调,偏着头仔细听引擎的声音,皱起眉头,那神情就像是乐队指挥在排练时听到一个错音一样。然后,他关掉了引擎。

他气急败坏地说:"该死的噪音。这不行,我还没调试好。不要紧,我的老姑娘,我会把你修好的。"他边说边爱抚地拍着引擎的气缸。

"你这个爱好可够烧钱的。"

"还好啦,不过这可不只是业余爱好。"斯坦福说,眼睛里闪烁着狂热的光芒,"我要制造一个举世无双的机器,完胜老旧的BRM(著名奢侈品机械表品牌)。我老爸不明白,但是我们应该投资到这样的事情上去,就像是投资维护声誉一样。"

奈杰尔想他应该告辞了。他道了晚安,走到院子里,才走了几步,就听到斯坦福喊他的名字。斯坦福站在门口,若有所思地拍打着高高的额头。

"我想我忘了告诉你一些事情。如果你对杜德尔有什么其他的想法,先不要说出来,可以吗?聪明人无须多言应该也能明白;耳朵听不到的事情,内心也不会为之伤心。"

奈杰尔边走边揣摩这几句令人费解的话。他打算走另一条路回村里,这条路在霍尔庄园的北面,通往小庄园,顺着小庄园就可以回到村里了。走着走着,他突然听到草地那边传来窸窸窣窣的脚步声,心下一动。他停下脚步,想看个究竟。这时候天已经黑了,但他还是隐约看到一个身影经过钱特摩尔家的房子朝村里走去。那身影很高,又有点驼背,原来是丹尼尔·杜德尔。他走得飞快,快得有点诡异,就像是踩着轮子在滑行一样。转眼之间,身影消失了,周遭一片黑寂。

第五章

普利茅斯兄弟会教徒的父亲

第二天早晨 10 点,奈杰尔动身前往邮局。一场严霜过后,普莱尔斯翁伯恩在阳光下闪闪发光。今天路上碰到的人虽然不多,但是大部分都聚集在十字路口那儿,奈杰尔对他们说了句"早上好",他们不仅不回应,而且还转过头不跟他对视。要知道,韦斯特郡的人对陌生人一向是热情有加的,这实在是有点不寻常。奈杰尔确信,普莱尔斯翁伯恩这个村子一定出了问题。他自言自语道:"这里的每个人脑中都有一群毒蝇(源自《莫德》)。"和煦的阳光和干净凉爽的空气似乎都是一种嘲弄。虽然目前还不知道这次混乱的始作俑者是谁,但这个家伙就像是口袋里揣着注射器的疯子,奈杰尔对这个疯子愤怒不已。又或许,这次混乱并不是疯子的举动,而是精准算计的行动,只是行动的目的是什么尚不得而知。

伴随着门铃声,奈杰尔走进了邮局。杜德尔太太在柜台后面僵硬地站着,对着他挤出一丝笑容。

"丹尼尔在会客室等你。"她说道。但奈杰尔不急着去找丹尼尔,而是跟杜德尔太太聊起了普莱尔斯翁伯恩的美丽景色,并称赞邮局被她收拾得紧有条。他又问起杜德尔太太是不是已经经营邮局商店很多年了,是不是当地村民。杜德尔太太听他这么问,一脸狐疑地露出冷漠的表情。她不情不愿地承认自己是本地土生土长的人,丈夫去世后自己就接管了商店和邮局,丈夫是二战前夕去世的。

"战争期间儿子不在身边,您一定觉得很孤独吧。"

"还好吧,那时候大家都这样。"

"我记得您的儿子是在北部工作吧?"

"是的,在兰开夏郡。他给飞机引擎制造一些特殊零件,这是份技术活。他从小就心灵手巧,文法学校的同学和老师对他评价很高。如果不是战争,他应该上大学的。"

杜德尔太太为儿子感到自豪,但是她的自豪感很奇怪,似乎在防着什么,又似乎要攻击什么。奈杰尔随意地说道:"我想他很像他父亲吧?"

如果一根铁棍能肉眼可见地变得愈加僵硬的话,杜德尔太太现在看起来就是如此。她蜡黄的脸上泛起一阵红晕,生气地说道:"您这话是什么意思？"

"嗯，他看起来不太像您，不是吗？我其实指的是他的机械技术和头脑方面。他的父亲一定是个非同凡响的——"

"上帝就是这样创造丹尼尔的。"杜德尔太太强硬地回答道。

奈杰尔注意到，当他进来的时候，商店和会客室之间的门是开着的。他想丹尼尔肯定在那里听他们说话，那么丹尼尔怎么看待这种上帝创造了他的评价呢？接着，奈杰尔开始询问杜德尔太太邮局的日常事务是怎么安排的。商店生意不忙的时候，她就会清理邮筒，给信件盖章，但是按照规定，她必须在邮车到达前十五分钟再次清理邮筒，然后等邮车到达时还要再清理一遍。当然，她的儿子有时会帮她清理和盖章。如果最后一次要清理的信件很多，她可以不加盖邮戳就把信件寄往莫尔福德，这样邮车司机就不用一直等待，但是她必须确保所有从此地邮筒寄给此地人的信都不会先被送到莫尔福德。一般来说，村里的邮局每天寄出和收到的信件在一百到三百封之间。不过，她和丹尼尔都没有特别注意到匿名信，甚至没发现第二批匿名信。很多村民都用大写字母写信封上的地址，而她不会窥探信件内容。

"有趣的是，按常理，那些匿名信应该从这个邮局寄出去，对吧？一般人都会觉得从其他地方，比如从莫尔福德寄出会更安全。当然，除非写信的人与邮局有某种联系，或者这个人在莫尔福德寄信会引起特别注意。"

杜德尔太太的眼睛就像摩擦的火石般冒着火花，但她什么话也没说。

"我的意思是，"奈杰尔和蔼地笑着，继续说道，"比如，是您和您儿子寄的这些匿名信，当然，这看起来很奇怪，简直多此一举，就像给纽卡斯尔（十六世纪以后为英国主要的煤港）运煤一样。"

"我们已经跟警察说过所有的细节了，您这样说太恶毒了。并且，不管怎么说，如果有人想在信上盖上莫尔福德的邮戳，他们根本不需要到莫尔福德去盖。"杜德尔太太补充说道，语气里充满不可辩驳的胜利的口吻。

"哦？那是怎么回事？"

"你只要把信件放在村子另一头的邮筒里就行，那个邮筒就在纽因酒店对面。邮车会把信件从那里清理出来，并且直接送到莫尔福德的邮政总局。"

话音刚落，门铃发出了响声，一个顾客走了进来。与此同时，丹尼尔·杜德尔的脑袋出现在会客室的门边，他的头像奈杰尔昨天注意到的那样莫名地晃来晃去。

"啊，斯特雷奇威先生，我就说我听到您的声音了。请往这边走，先生。"

小会客室和商店一样逼仄，一样紧紧有条，一尘不染。窗台上的叶兰和铁线蕨让房间蒙上一层绿色的阴影。丹尼尔·杜德尔就像一只被关在火柴盒里的毛毛虫，被人用精心准备的绿叶喂养。他请奈杰尔坐在一张光亮的黑色扶手椅上，自己则在沙发上蜷成一团。

"您的调查有成果了吗，先生？"

"简直太多了，都可以做成一道水果沙拉了。"

丹尼尔礼貌地笑了一下,"嗯,这是个好消息。当坏人自食恶果时,我们都会感到非常开心。"

"你会吗?你们所有的人都会吗?这个人一定有朋友,有亲戚,有爱她或他的人。"

"先生,您一下子就把我驳倒了。对那些与恶人亲近的人来说,这的确是件痛苦的事情。尽管如此——"

"然而,'倘若你一只眼叫你跌倒,就把它剜出来丢掉'(源自《圣经》)?"

丹尼尔抬起头,厚厚的眼镜闪过亮光。他声音洪亮,语气中带着一种威严。

"天选之子不受这个世界的审判。"

"你认为那个写匿名信的家伙是天选之子吗?"

丹尼尔的脸色惨白,薄薄的嘴唇轻轻地撇了撇,"先生,您就是这么想的,是吗?我听到您对我母亲说的话了。"

"我并没有对你母亲进行指控,但如果你问我的想法是什么……"奈杰尔停顿了一下。丹尼尔那厚厚的眼镜和源自《圣经》的言语背后隐藏的意志显然十分坚定,奈杰尔虽然想动摇他,但更想与其进行交流接触,不管哪种形式都行。"如果你问我怎么想,我会直接告诉你。首先,任何住在邮局的人都具备寄匿名信的特殊条件;第二,写这些信的人通常对生活心存不满;第三,这样的人通常认为自己是揭露和惩罚邪恶的神圣人选。"

"我们都是神圣人选。"杜德尔平淡地回答道。奈杰尔对此未做任何回应，而是任由沉默蔓延，落地摆钟发出"滴答滴答"的声音，听起来像是一种缓慢的折磨。最后，丹尼尔·杜德尔倾身向前。

"您认为我母亲或者我对生活有什么怨恨？"

"嗯，以你的能力，你应该过得比现在好——"奈杰尔指了指这间又小又破的房间，接着他补充道，"还有你的母亲——不要告诉我她是一个知足或者顺从的女人，也不要告诉我你对上帝将你召至低下的社会阶层感到快乐。"

"快乐！那是不思悔改之人的伪善言辞。"丹尼尔轻蔑地说道。

"这是你父亲吗？"奈杰尔盯着一幅巨大的照片问道。这幅照片被装在相框里，挂在丹尼尔脑后的墙上。但是丹尼尔猛地把头偏向一边，似乎想要回避这个问题。

"是的，没错，那是爸爸。您问这个干什么？"

"我很感兴趣，"奈杰尔一边回答，一边起身走近照片仔细端详，"非同寻常。"

"我没看到有什么特别的地方。"

"哦，请原谅我，我不是那个意思。这张脸不错，看起来慷慨大方。其实，我在想别的事情，在想你收到的匿名信。"

"我不明白您的意思。"

"要想明白相当困难。你千万不要生气，我到村里以后听说了很多事情，其中之一就是你不是杜德尔先生的儿子。不，且慢！毫无疑问，这只是村子里愚蠢的流言蜚语。但是为什么那个写匿名信的人不在他的信里写上这件事，而要写一些关于烈酒的废话呢？明明那样会更伤人，更符合他的风格。"

丹尼尔沾满污渍的纤细手指不停地在膝上扭动着。奈杰尔确信在他那厚厚的镜片后面一定有一些外露的情绪，但不知道那是悲伤、羞耻、愤慨，还是纯粹的报复性仇恨。奈杰尔继续说道："我还有一件事想问你，钱特摩尔小姐一封信都没收到，你不觉得这很奇怪吗？"

杜德尔站起身来，弯腰站在奈杰尔面前。

"出去！出去！我已经受够你了！"他浑身颤抖，脸不受控制地扭曲着。

"不，还没有结束。为什么这个问题会让你如此不安？"

"我为什么要回答你的问题？你以为你是谁，凭什么管我们的事情？"

"钱特摩尔小姐的事是你的事吗？"

丹尼尔·杜德尔的嘴倔强地抿成一条线，和他母亲的形象如出一辙，他不肯回答这个问题。

"你是在保护别人吗？"奈杰尔继续追问道，但是丹尼尔像个倔强的孩子一样别开脸，而奈杰尔带着无情的好奇心，用淡蓝色的眼睛审视着他，"好吧，那么，我走了，我会再来见你的。"

听到这，站在壁炉边上的丹尼尔转过头来，奈杰尔惊愕地看到，他的脸上露出了一个隐秘的傲慢的笑容，笑中充满了孩子气。

"你知道你对此无能为力。"

"也许你是指很难给匿名信作者定罪，但有人可以让他们吓一大跳，希望他们能就此收手。再见。"

回到酒店后，奈杰尔拿出一张纸。虽然奈杰尔有着非凡的记忆力，但他喜欢用文字列出记忆的结果和理清思绪。半个小时后，纸上的内容如下：

匿名信

（ⅰ）除了牧师和约翰·斯马特收到的信件（也许还有坦普尔顿小伙子的信件？）以外，其他的都是根据流言和/或者观察写的。有关牧师的妻子和斯马特往事的信息是如何得知的？答案虽然明显，但需要牧师的朋友证实。警察必须查清斯马特的母亲是否收到过他的信。同时，警方还应该从另一头着手——所有1940年涉嫌蓄意破坏的案件。

（ⅱ）第二个邮筒，位置在纽因酒店对面。这肯定能提供新的思路。

（ⅲ）为什么钱特摩尔姐妹没收到信？或者还有查尔斯·布利克？需要查证。

（ⅳ）动机：(a) 故意作对；(b) 疯狂——性和/或宗教；(c) 蓄意破坏莫尔福德工厂——工头和秘书无法工作：据阿奇博尔德爵士所说，生产遇到困难。

有趣但无关的情况

（ⅰ）阿奇博尔德爵士的直接提示。

（ⅱ）钱特摩尔姐妹的经济来源：资助斯坦福的实验。

（ⅲ）萝斯贝的"困难"。

（ⅳ）斯坦福和雷纳姆的关系，还有他的临别赠言。

（ⅴ）丹尼尔昨晚的外出。

（ⅵ）马克·雷纳姆既轻率又含蓄的复杂个性。

其中一个问题的答案来得比奈杰尔预期中要快。中午刚过，酒店老板将头探入客厅说道："先生，有位女士要见您，是萝斯贝小姐。"

奈杰尔原本认为萝斯贝的父亲给自己的孩子取了个牵强附会的名字，但看见这位钱特摩尔家的妹妹后，他的第一印象是这个名字取得非常恰当，她一头深棕红色秀发，浓密而有光泽。虽然此刻在昏暗的小客厅里，她的发色似乎比在斯坦福工作坊的窗户透出的灯光下看起来更深，但那匆忙的步伐，无精打采的步态，以及走路时带点歉疚的姿态，绝对和他昨晚见过的一样。现在那个女人快速地走了进来，经过门口时差点被垫子绊了一跤。

"非常抱歉。"

"这是垫子的错，你不用道歉。"

"什么？哦，好的，我真蠢。"她迟疑地笑了笑，"我打扰您了吗？我想我应该——但我想着您很忙。"

"一点也不，过来坐下吧。"

她慌忙坐到椅子上，放下包，说了声"对不起"，之后又把它拿起来，紧紧地抱住。

"这就像夏洛克·福尔摩斯故事的开头，"奈杰尔一边说，一边微笑看着这个女孩，"'一位年轻女士来访，并呈现出'一种高度不安的状态',别告诉我你在被一个左手没有小指的坏人追赶!"

萝斯贝·钱特摩尔平息了一下紧张的情绪,就像一个结巴数到五才说话一样,然后她说:"我是来接您去吃午饭的,今天是我姐姐的生日。"

"谢谢你的好意,但没必要这么麻烦,我知道怎么走。"

"嗯,其实还有别的事情。斯坦福说我应该给您看看——希望您不要介意。"

当她在包里摸索的时候,奈杰尔端详着那张低下去的脸庞。她脸型不错,白皙的脸上有几粒雀斑,口红涂得不均匀,颜色也选得很不合适。她弓身贴着手提包,看起来更加瘦小。奈杰尔想,她不给自己展示的机会,或者也许她从来没有被允许这样做。但是,查尔斯肯定……

"我们4月7日收到了这封信,"萝斯贝开口说话的样子仿佛在背书一般,"是寄给我姐姐的,但是是我收到的。马克·雷纳姆一拿到他的信就给我打电话,而邮递员十分钟后才能到我们这儿,所以我一直在等信来。"

"牧师想得真周到,但他为什么要假定?"

"哦,那是为了以防还有其他匿名信在寄送中,您明白的。"

"所以你觉得自己应该拦截它?"

"当然,当我看到它的内容时,我没有告诉马克我们也收到了匿名信。我的意思是,这是一个家族秘密。"

"一个你想对姐姐保守的秘密?"

"您很聪明,猜对了。"

她这话说得有些勉强,就好像虽然她在纸上读到男人应该一直被奉承,但是实践这一准则的机会太少了。她把信拿出来,绿色的眼睛急切地注视着奈杰尔。

"秘密是,大约三十年前,你父亲有一个私生子?丹尼尔·杜德尔?"

"我的天啊!您是怎么……谁告诉您的?"她的声音突然变得尖锐而富有攻击性。

"牧师泄露了一部分……不过,他并不是有意的。还有就是丹尼尔头发的颜色,他的手,他的头脑,以及其他一些东西。但你的意思是说,你姐姐不知道这件事吗?"

"我一直——瞒着她,她很崇拜父亲,这对她将是一个可怕的打击。"

"你'一直'瞒着她。你知道这个秘密多久了?"

萝斯贝疲惫不堪的脸上完全失去了生气,她现在看起来心情抑郁,充满抵触情绪,饱满的下唇也噘了起来。

"嗯,你不打算读一下信吗?"她笨拙地把信塞给奈杰尔。

"如果你想的话。"

信上写着:

"你亲爱的、高尚的爸爸有个私生子。所以安息吧,肮脏的老家伙。"

"嗯,分成了几节。那么针对这封信,我要怎么做呢?"

萝斯贝的语气变得激烈，带着责备。"别傻了，当然是要找出是谁写的信。这难道没有帮助吗？——我指的是这封信本身。"

"但是，你不明白吗？如果你要帮我查出写这信的人是怎么知道这件事的，我就得弄清楚你是如何得知杜德尔是你父亲的私生子。"奈杰尔耐心地说。

"你的意思是你认为信是我写的？"她一边说着，一边冲奈杰尔噘起了嘴。

"我完全不是这个意思。我猜测杜德尔在敲诈你，是什么时候开始的？"

"尽管想象吧，如果这能让你高兴的话。"

"我想不出你为什么要向我隐瞒这件事，现在你给我看这封信有什么意义呢？"

"哦，很好。"萝斯贝不客气地嘀咕道。她站了起来，迈着奇怪的大步伐在客厅里走来走去。突然间，她停止了走动，同时放声大哭。"这还不明显吗？没有人喜欢让自己难堪。好吧，是我软弱胆小。我本应该告诉他适可而止，但是我做不到，我害怕他。这就是他为什么找我麻烦，换成汀妮就不会屈服于他。"

"你姐姐？但你这样做是为了保护她，你不应该为此责备自己。"

"保护！"萝斯贝倒在椅子上，痛苦地喊道。

"敲诈是什么时候开始的？"

"大约六个月前。"

"为什么？为什么不是六年前？"

"也许在那之前他自己并没有发现。"

"你还记得那段时间发生的任何事情吗？任何可能让他发怒的事情？"

萝斯贝如孩子般专注地咬着她的拇指，"哦，天哪！是的，我从没想过这点！那个会议。"

"会议？"

"是的，曾经召开过一个村民大会，会议内容与查尔斯的工厂有关。我想你不知道乡下的人能有多小气。有人反对查尔斯的夜班方案——工作非常紧急——这意味着人们有时不得不工作到星期天早上6点。当然，这是自愿的，还有加班费，等等。可是杜德尔带头反对夜班，他一直都在反对工厂。对于这件事，他的说法是亵渎了安息日。他的口才很好，最后赢得了会议的支持。但后来汀妮站了出来——我是指她坐在电动助力车上发言。她调侃了杜德尔的演讲，甚至连普利茅斯兄弟会的人都开始窃笑。这一切都做得很好——你知道——没有对他个人进行讥讽，也没有冒犯宗教的敏感处——而是轻微地让他难堪，并强调了重整军备的紧迫性。但事实是，尽管杜德尔看起来是个宗教狂徒，但他内心充满了虚荣。"

"这我已经注意到了。"

"好吧，你不觉得像这样在公众场合打击他可能会让他对我们怀恨在心吗？"

"我想不出比这更可能的原因了，所以他就开始勒索你，但他给了你什么证据证明他是你同父异母的兄弟？"

丹尼尔给萝斯贝看了一封埃德里克·钱特摩尔写给他母亲的信，这封信敦促他母亲尽快与一直在追求她的艾伯特·杜德尔结婚。信中明确暗示，她要让艾伯特相信她怀的孩子是他的。

"你知道我为什么要瞒着汀妮了吧。瞒着的原因倒不是父亲有一个私生子，而是他写的这封信——惊慌失措、刻薄无情，他还把孩子推给了别人。你知道的，汀妮一直活在对他的幻想中。"萝斯贝的声音变得苦涩起来，"他就是她的上帝，没有人能替代他。"

"所以你给了他钱，给了多少？"

"到目前为止，我已经给了他两回钱，每次五十英镑。"

"你疯了吗！那可是一大笔钱。"

"哦，我不在乎钱。我是……我是被他吓到了。"女孩哀号起来，突然发出难听而痛苦的抽泣声，她脸上完全是一副绝望的表情。奈杰尔仿佛看到了二十年前那张从采石场边缘往下望的苍白小脸。

"我想……他……疯了。"萝斯贝呜咽着说。过了一会儿，她控制住自己的情绪，说："不要理会我说的话，很抱歉我出洋相了。"

"你从哪里得到的钱？"奈杰尔轻声问道。

"我的储蓄。"

"你和你姐姐是怎么支撑下来的，我一直对此感到困惑。据我所知，你父亲把钱都赔光了。"

"他是这么认为的，但其实并没有全部赔光。"萝斯贝朝门外看了一眼，然后压低声音说道，"哦，你还是知道的好，但你必须保证不向我姐姐透露一个字。我们靠救济生活，斯坦福和查尔斯在我父亲去世后一起设法解决了这个问题，让我们以为我父亲的钱有一部分幸免于难——就好像有东西从沉船中被救了出来。我想这其实是他们的钱，或者是他们父亲的。总之，钱是通过律师给我们的。如果汀妮知道的话，她绝不会从布利克家拿一分钱。"

"我明白了。所以这就是你和斯坦福的秘密谈话内容？"

萝斯贝猛地一惊，把包从椅子的扶手上撞了下来。"什么？谁告诉你的？"

"他告诉我你们见面的事，当然并没有说你们聊了什么。"

"确实，斯坦福不可能说的。"她自言自语道，脸上带着淡淡的微笑。奈杰尔觉得这个笑容相当神秘。

"丹尼尔·杜德尔昨晚是不是从你那里拿回了一些封口费？我看见他沿着你家的方向走下来，时间大约是在 11 点的时候。"

"昨天晚上？不，这太不寻常了！那个时候他来干什么？你是说从我们的房子那里？"

"那可能只是出来散散步吧。还有人知道勒索这件事吗？"

萝斯贝看上去心神不定，她犹豫了一下，接着慌忙说道："嗯，实际上我最近告诉斯坦福了。"

"不是告诉他的弟弟？"

"查尔斯？不是。"此刻萝斯贝·钱特摩尔第一次看上去有二十九岁的女人该有的镇定自若，而不是一个紧张的、信心不足的小女孩。"查尔斯有太多的事情要做，我不想用这样的事情来打扰他，"她坚定地说，"也许我们现在该走了。"

"那斯坦福的建议是什么？"

"哦，他赞成告诉警察，这是最好的解决办法，但汀妮一定会知道这件事，然后——"

"也许惯例该变一变，应该有人成立一个协会来保护你。"奈杰尔轻轻地说。

萝斯贝脸上又出现了孩子般叛逆的表情。"哦，我不重要。"她从椅子上起身站起来，"不要告诉我姐姐我们说了这么久的话。我是去买完东西再来接你的。"

第六章

美女的生日

奈杰尔对克兰汀·钱特摩尔的记忆总是与水仙花混合在一起,仿佛交织编成了花环一般。当年采石场边缘的那几簇水仙花在寒风中瑟瑟发抖,而现在当萝斯贝领着他走上屋后长满青苔的石阶时,奈杰尔看到她姐姐在远处的花园里,水仙花像喷涌的金色喷泉一样围绕在她身边,打开的落地窗似乎成了画框。阳光下,她头发的颜色看起来更加金黄,她的脸上几乎看不到岁月或受过苦难的痕迹。虽然妆容精致,但她有波提切利式的纯真脸庞,这种纯真经过岁月的流逝只会变得纯粹,而不会变得粗俗。克兰汀坐在那里,周围的花开得生机盎然,似乎就像一幅永恒的春之图。你不必礼貌地对轮椅和盖在她膝上的厚毯子视而不见,因为无论坐在哪里她都备受尊崇。

奈杰尔注意到她的身体在优雅地晃动着,手不停地摆动,像长春花一样湛蓝的眼睛里流露出雀跃的神情,声音像汩汩的喷泉一样清脆悦耳。

"这里是不是很美?很高兴你能来,让我度过一个快乐的生日。'我的心如同浪花般雀跃',这句话真是极富表现力呀!现在我来给你介绍一下,这位是你认识的牧师,而这位是查尔斯·布利克。"

一个男人从她身边的躺椅上站了起来,他看起来四十岁出头,皮肤黝黑,表情严肃——这个人跟斯坦福如出一辙,只是身材更高大,衣着整洁,看上去更靠谱,他和他哥哥一样有一双深棕色的眼睛,但现在看上去心不在焉又忧心忡忡。

"你好,"他说道,"你能来真是太好了,恐怕这个任务对你来说并不那么让人愉快。"

"哦,查尔斯,你真傻,"克兰汀叫道,"我相信斯特雷奇威先生很喜欢深入探究隐秘,我想这就像小孩子喜欢在别人家的阁楼上自由玩耍一样。你还记得我们以前是如何探索你家庄园的阁楼吗?"

"斯坦福把整个庄园弄成了一个巨大的杂物间,恐怕你会认不出来它的。"

"我希望他能拿出其中一些东西给我做旧物义卖。"马克·雷纳姆说。

"哦,你的旧物义卖!"克兰汀开心地举起了她的手,"村子里所有最可怕的物品，年复一年地从一个人手里流向另一个人手里，简直是血腥的循环。"

牧师笑了起来，"我必须承认这些东西造成了很多不好的影响，最近一次义卖甚至变成了一种打砸抢的劫掠。"

"但是论唤起纯粹的激情，"克兰汀说，"没有什么能比得上一场全员参与的精彩乡村惠斯特牌会。"

"也许不包括写匿名信的人。"

刹那间周围鸦雀无声，大家都沉默地看着独自站在酒水托盘旁的萝斯贝·钱特摩尔。奈杰尔想，她今天好像一直沉默不语，似乎要在这个喜庆的日子刻意躲着大家，让大家忘记她，就像人们都会忽略正午时光的阴影一样。

"贝，亲爱的！别毁掉了我的生日。"克兰汀对她的妹妹露出迷人的微笑。萝斯贝微微地皱了皱眉，眯起眼睛，仿佛是为了躲避一束让人难以忍受的光芒。

"没有人想喝一杯吗？"她说道。

查尔斯·布利克似乎想走到她身边去，但并没有，只是拿出了烟盒，并把它递给了克兰汀和奈杰尔。

"你最好让马克倒下酒，"克兰汀说完，转身面向奈杰尔，"贝是个容易出乱子的人，杯子被她看一眼都会摇摇晃晃。"

"哦，胡说八道，汀妮。"查尔斯说。

"但这表现了一种大方而冲动的天性。我希望自己能打倒一切。"

"你把我们都惊到了。"牧师一边说，一边发出他那响亮的粗哑笑声。

"真的,马克!你是个和蔼可亲的牧师,可是这也不妨碍你喝一杯宾治酒啊,给斯特雷奇威先生倒一杯。"

奈杰尔之后回想当时克兰汀·钱特摩尔在花丛中召开宴会的情景,他绞尽脑汁也没能找到任何与随后发生的骇人事件有关的迹象。要知道,当时他与女主人聊天时,依然一直在留意周围的人是否露出什么蛛丝马迹。

奈杰尔注意到萝斯贝看向查尔斯·布利克的目光,但他只是漫不经心地想着这是否是一个求救信号或只是她缺乏自信、紧张不安的又一个表现。那么,查尔斯,那个坚实可靠的人——是什么让他的眼中充满忧虑?是工厂的问题,还是过去某个挥之不去的回忆?或是不知怎么成为两姐妹紧张关系的中心人物?至于马克·雷纳姆,他的心在哪儿毋庸置疑,他不是一个含蓄的人,和克兰汀说话的语气已经出卖了他。

但克兰汀的特点就是,只要她在场,所有问题都会退避三舍。她没有施展魔咒让你忽略它们,也没有挥舞魔杖让它们消失,只是通过她,你似乎可以从既不模糊也不特别遥远的视角去看待它们,就像她很好地调整了你心灵之眼的测距仪。

"她非常完美,过于完美。"斯坦福·布利克这样称呼她。牧师曾经天真地说道:"她有一颗金子般的心……富有同情心。当然她有时也挺难对付的,她有一点蛮横……"斯坦福对她的评价似乎带点讽刺,但这也许是一个男人故意抗拒她的魅力的体现。"有时也挺难对付的",

她当然有可能这样。就在刚才,她就小小地发了一下脾气。萝斯贝给她端了一杯马提尼。

"不,亲爱的,我想要一杯杜博尼酒。"

"但是你一直最喜欢马提尼,这是我特意为你准备的,并且实际上杜博尼酒已经喝完了。"

"哦,而且还是在我生日的时候!我就不能在生日时喝我喜欢的东西吗?不,亲爱的,我真的不喜欢马提尼。给我奎宁杜松子酒——其他任何酒都行。"

克兰汀故意装得像一个被宠坏了的美女,她的举止传递出这样的信息:"我有资格反复无常,任性妄为,如果谁惹恼了我,这就是我的反应。"她的反应虽然很轻微,轻如羽毛,但是奈杰尔看到萝斯贝窘迫地转过了通红的脸,他想,这样的羽毛如果够多的话,也可以让人窒息。

女仆夏瑞蒂·库伯通知午饭好了,克兰汀把轮椅转到前门处。牧师把她从椅子上抱起来,抱进餐厅。她的身体又小又轻,像个小雕像一样脆弱。她努力使这个过程看起来像是世界上最自然的事情,而不是一个瘸子无助的情景。

"你可以把包放在那里。"她指着桌子上首的一张椅子说道,她的蓝眼睛雀跃地看着马克·雷纳姆。"包裹!"她看着墙边堆满包裹的桌子惊呼道,"就算我活到一百岁,拆生日礼物的时候还是会兴奋得要命。斯特雷奇威先生,你坐这儿,查尔斯坐这儿,马克坐在查尔斯旁边。这就对了。"

不一会儿,她转身对着奈杰尔说:"这是一个由来已久的仪式。我们还是孩子时,我父亲总是把礼物留到午饭后拆开,我的心会怦怦直跳。是的,那就是他。"她指着奈杰尔一直看着的一幅肖像画说道——画上的男人留着金色的小胡子,长相既英俊又精致。

"前几天我读了他的一些文章,写得很好。"

"我很高兴你喜欢它们。"她眼睛的颜色似乎变得更蓝了,"我多希望你能认识他,他是我此生见到过的最优秀的男人。查尔斯,你能拿下酒吗?"

她以一种既动听又具有占有性的语气叫着查尔斯·布利克。嗯,他们是老朋友了,奈杰尔这样想着。他们之间曾经有过默契,也许现在默契又出现了。但是查尔斯为什么这么沉默,这么不自在呢?

餐桌上,大家一起举杯祝愿克兰汀·钱特摩尔健康。马克·雷纳姆做了一个愉快又朴实的小演讲,但他的表情比他的话更多——多到以至于当他坐下时,席间出现了片刻相当尴尬的沉默,金属碰撞的叮当声都清晰可闻。萝斯贝放在桌子上的手剧烈地颤抖着,震得她手里的餐刀碰到勺子上。她急忙把手放到大腿上。

"嗯,斯特雷奇威,你的调查目前有什么进展吗?"查尔斯·布利克问。

"关于那些信?是的,我想我知道是谁写的了,但要证明这一点并不容易。"

"已经知道了?"克兰汀的眼睛睁得大大的,"你真是可怕,我都不太确定请你参加我的生日宴会是该喜还是该愁,"她带着极其美丽的微笑继续说道，"你像阅读一本打开的书一样看透我们灵魂中最阴暗的秘密。"

"别傻了，汀妮。你没有任何阴暗的秘密。"萝斯贝急忙说。

一种半认真半戏谑的奇怪神情掠过克兰汀的脸，就像云影穿过金色的玉米田。"难道我没有吗？有这么一个人，我杀了他，而且我很高兴这么做。如果有机会，也许我还会这样干。这够阴暗吗？"

牧师笑了起来，笑声好像打破了紧张的气氛。"哦，我们都有想杀的人，这没什么可夸耀的。"

"但是你太大度了，所以不会杀人，不是吗——除非是公平格斗。"克兰汀的声音变得有点尖锐。她转向奈杰尔，毫无顾忌地说道："我真希望你要抓的人不是马克。"

"我亲爱的姑娘，你在说些什么？"查尔斯说。

"匿名信。"她顽皮地看了牧师一眼，"毕竟，他是牧师，牧师的忏悔室里有很多秘密，足够他写匿名信了。我很高兴我没去忏悔。"

查尔斯和萝斯贝一起脱口而出："真的，汀妮，这太过分了。"

"但马克自己也收到过一封匿名信。"

"写匿名信的人总是会给自己也写一封，难道不是吗，斯特雷奇威先生？马克，你的信里写了什么？我相信你一生清白。"

"阴暗的秘密。"牧师回答道，他憔悴的脸上露出痛苦的表情，这与他故作轻松的语气相互矛盾。他温柔而坚定地补充道："我不会利用人们在忏悔室里倾吐的秘密写这种逼得人自杀的信。"

克兰汀向他伸出了一只手，"真蠢，我只是在开玩笑。今天是我的生日，原谅我？"

午餐结束后，男人们把放满包裹的小桌从墙边搬到了他们的女主人面前。她如孩子般快乐地扑向这些礼物，迫不及待地撕开包装，像孩子一样无所顾忌地评论着里面的东西。大家都围着她，她的快乐极具感染力，以至于奈杰尔感觉好像自己在过生日一样。

"这是什么？哦，马克，你不应该，但这个东西最精致。"克兰汀一边喊道，一边打开一个箱子，里面装的是一幅小画像……"查尔斯？你送的？海蓝宝石！哦，你真是个天使！看看这个吊坠，就像冰蓝花一样……现在，大家要小心了，我警告你们，这是妇女协会送来的。他们一直在编织什么东西，我预计这是最糟糕的礼物。"她低头看着那个可怕的东西，笑得肩膀直颤。"不，这比我最可怕的噩梦还可怕。祝福他们，可怜的爱好……哦，贝，亲爱的，你真好，这正是我想要的，你这个聪明的家伙……现在到哪个了？斯坦福送的！这真是罕见。"她从包装袋里取出了一个用贝壳精心制作的建筑，建筑上面用玻璃圆顶盖住了。"一定是他自己做的。你看到了吗？这看上去像是陵墓，相当奇怪，也相当漂亮，不是吗？完全是斯坦福的做派……但是查尔斯——真想不到你哥哥会送这样的生日礼物……好重的包裹啊！天哪，非常好，不是吗？但是谁送的呢？"

她从一个结实的纸箱里拿出一副双筒望远镜，举到眼前。"我什么也看不见。查尔斯，你挡住光了。"查尔斯移到一旁，她把望远镜对准一扇窗户。

"我还是无法聚焦……这个旋钮很难拧动。"她说着把中指放在测距仪上。

"来,让我试试。"萝斯贝说道,一把从她姐姐手中拿过望远镜。她一边把望远镜拿得离她的头稍远一点,以便更好地采光,一边把拇指和食指放在旋钮上。

就在那一刻,查尔斯·布利克突然伸出手,好像要从她手里抢走望远镜似的。但是还没等他碰到望远镜,就听到"咔嗒"一声,然后望远镜像一只愤怒的小动物在萝斯贝手中猝然一动,掉在了地上。

查尔斯像被蜇了似的收回自己的手,傻傻地看着上面开始渗出血。

萝斯贝尖叫一声,弯下腰,捡起望远镜,把它拿到她姐姐的面前。两根针从本来放置目镜的末端刺出来。

查尔斯·布利克站在萝斯贝的身边,"啊,亲爱的,你差点失明了,"他慌乱惊恐地喊道,"你没事吧,亲爱的?"

"该死,这本来是针对克兰汀的……"牧师开口说道,而克兰汀·钱特摩尔已经艰难地挪动到桌子边上,紧紧抓着桌角倚靠着,她春天般的脸上露出难以置信的表情,蓝色的眼睛血红血红,嘴角歪斜。然后她轰然倒在桌上,滑倒在地。

马克·雷纳姆把她抱到一楼的卧室,萝斯贝紧随其后。他们离开之后,查尔斯与其说是对奈杰尔,不如说是对自己喃喃道:"我的天哪,这太可怕了!我——简直让人难以置信。"他盯着自己松松垮垮绑在手上的手帕,上面血迹斑斑。"我当时有种不祥的预感,这就是为什么我试图夺下望远镜——它会杀了她,不是吗?"

"杀了或者弄瞎了,但要做到这样不是很容易。好小伙子,快去给莫尔福德的警察打电话。"

地上到处都是纸、绳子和包装袋。奈杰尔突然意识到自己口干舌燥,就好像他差点被炸弹击中一样。他将一杯水一饮而尽,然后跪在地上的杂物碎屑之中。

当查尔斯·布利克回来时,他发现奈杰尔一只手拿着半张纸,另一只手拿着纸盒。

"看看这个,"奈杰尔说,"不,不要碰它。我在盒子里的包装纸下发现了它。"

查尔斯一看,脸色变得很难看。那张纸是文具店里的便宜货,信纸上用大写字母写着这些话:

"读读这个,明亮的眼睛,如果你可以的话。"

查尔斯·布利克给自己倒了些威士忌,然后把信一下子扔了回去。"那个东西是寄来的吗?"

"显然不是从邮局来的,是自己送来的。信封上面没有邮戳,名字和地址就像其他匿名信一样,是用大写字母写的。"奈杰尔一边说着,一边举起那张棕色的纸。

"天哪,这是同一个小丑干的,是吗?"

"有可能是,也有可能不是。停下,如果你想看的话,就用这块手帕包着吧。"奈杰尔在查尔斯弯下腰拿望远镜时快速说道,"如果你口中的小丑留下了任何指纹,现在你这样做会把它蹭掉。"

查尔斯·布利克小心翼翼地摸了摸测距仪和伸出来的针。"这是某人精心设计的小花招。这个装置伪造得很好，松开了旋钮的两个弹簧，这些针头大概是放在末端的。用塑料代替移除的目镜，针尖与塑料上钻的孔齐平。"

"是的，做出来这些需要相当精密的工具。"

"你这话究竟是什么意思？"查尔斯用力地抿着嘴，嘴唇变得像他父亲的一样又薄又硬。

"正如我所说的,只有技艺娴熟的人用专门的工具才能制作出来。"

"如果你真的认为我会对萝斯贝做那样的事——"

"我没说是你做的，而且你忘了——望远镜是送给她姐姐的。"

"对不起，我说错话了，我被吓坏了。如果不是那个旋钮有点难拧……"查尔斯喘了口气，抬头望着天，"针像眼镜蛇一样'嗖'地刺出来。"

"这提醒了我，你马上去把刺伤的地方消下毒。不，按我说的做。我们不能冒任何风险。"

"噢，别太夸张了。有毒的针头？那是博尔吉亚时代才会用的手段。"

"让女仆去——哦，你来了。"萝斯贝走进了房间，说她姐姐要见查尔斯。查尔斯转向萝斯贝，奈杰尔几乎能听到他眼里无言的疑问，萝斯贝则几乎难以察觉地耸了下肩。

"不，我很抱歉，但是我真的不能。"查尔斯·布利克喃喃自语道，他的声音十分紧张，刚从克兰汀房间里走出来的牧师惊愕地望着他。

但是查尔斯并不理会牧师,而是冲出房间,冲出了庄园。奈杰尔看着他匆匆经过窗户,逃也似的离开了,仿佛有什么东西在追赶他。

"到底怎么回事……"马克·雷纳姆开口说道。

"请回到钱特摩尔小姐身边,"奈杰尔说,"她绝不能一个人待着。"

"她不想我在那儿。"马克的表情流露着悲伤,"我想贝最好再上去一趟。"

"不,我得马上和贝谈谈,让女仆上去。"牧师离开后,奈杰尔缓慢而温和地说道,"现在坐下来,告诉我这个包裹是怎么到这儿的。"

萝斯贝绿色的眼眸透着对他的不信任,但她还是听从了奈杰尔的话。"它一定是被放在前门外的壁架上了,我正好把它和其他包裹一起拿进来。"

尽管萝斯贝拧着手帕,一直不停地看查尔斯留在桌上的望远镜,但这会儿她似乎已经控制住自己的情绪了,奈杰尔的问题引出了以下信息:村里的邮递员经常把包裹放在外面的壁架上,而不是等到前门打开。今天早上,萝斯贝在吃早餐时听到了邮递员的敲门声,于是走了出去,并从壁架上拿了三个包裹。她注意到其中一个包裹虽然不大,但异常沉重,然而她没有注意到它没盖邮戳。她把这三个包裹和之前送来的包裹一起放在餐厅墙边的桌上,这些都是预备在生日午餐后拿给姐姐的。

"那你昨晚从霍尔庄园回来,有没有注意到它在那里?"

"回来?哦,不,没有,我没有。"

"或者有没有听到有人夜里或清晨的时候在外面走动?"

"没有，但是——"

"但是什么？"

"嗯，你说你昨晚看到丹尼尔·杜德尔从这里路过。"

奈杰尔不置可否地凝视着她，一句话也不说。

"我的意思是，这看起来的确很奇怪，不是吗？"

"是的，但如果杜德尔想让你姐姐死，那不是更奇怪吗？"

"对不起，我不是很……"

"你就不需要再付给他任何勒索费。你付钱是为了保护她，而不是你自己。"

"哦，我明白了。"萝斯贝的眼神避开奈杰尔，然后又回到他身上，"嗯，事实上——我今天早上没有告诉你，上次我给他钱的时候，说我不打算再付钱了。"

"你没有什么经验，是吗？"奈杰尔喃喃说道。

"经验？"

"在撒谎方面。"

萝斯贝·钱特摩尔像火箭一样蹿了起来，在房间里走来走去，她红色的头发像着了火似的燃烧着愤怒，她不再怯懦害羞，大声斥责奈杰尔的粗鲁、冷漠和无礼的好奇心。奈杰尔想，她可能不会撒谎，但她具备一个优秀女演员的素质。他感觉这种爆发对她来说是一种解脱——她在发泄一些郁积已久的恼怒，这些懊恼与他的挑衅言语无关。当她猛地走到门边，最后非常愤怒地看了他一眼时，奈杰尔想起查尔斯·布利克离开得特别不绅士。这个女孩深深的懊恼是由于查尔斯在某种程度上让她失望了吗？当然，他表现得很不好，因为他没有去看克兰汀，而是一溜烟地逃离了。奈杰尔现在明白斯坦福提到的家庭"难处"并不主要集中在丹尼尔·杜德尔身上，然而，兰德尔探长和一名警察的到来使他无法继续进行推测。

兰德尔的胡子刮得干干净净，面色红润，他说话时有农夫的深思熟虑，目光中则透着警察的精明稳重，奈杰尔一下子就喜欢上了他。当奈杰尔把午餐后发生的事情和自己的其他观察结果完整地叙述了一遍后，探长若有所思地看了他一会儿，然后说道："所以事情看起来是这样，罪犯是一个技术熟练的人，并且可以接触到合适的工具。可能是附近的人，因为这个陷阱装置——"他用手指戳了戳望远镜，"是有人亲自送来的。第一项工作——记下这个，哈利——追踪望远镜。调查可不容易，因为这家伙把商标和序列号都锉掉了，而且我估计他不会给我们留下指纹。盒子和包装纸没多大用，它看起来像一个去掉了隔层的鸡蛋盒，随处都可以买到。那么，最可能完成这项工作的地方是斯坦福·布利克先生的工作坊和莫尔福德工厂。如果是前者，装置可以由布利克先生或杜德尔完成制作。昨晚有人看到杜德尔从这个方向走下来，他有技术，也参与了布利克先生的工作坊，他对钱特摩尔小姐有怨恨。但是，正如你所说，先生，为什么要杀能下金蛋的鹅？假设布利克先生做了这件事，我们不知道他有什么动机，但这不要紧。他把东西交给杜德尔或萝斯贝小姐去送，或者自己去送。无法确定他是否和杜德尔密谋。昨晚你离开霍尔庄园后，庄园里的仆人应该很快从莫尔福德的电影院回来了。问问仆人们，当他们回来时斯坦福先生是否在家，或者那天晚上晚些时候狗是否叫了，叫了的话就表示他出去散步了。"

兰德尔探长对奈杰尔露出一个狡黠又幽默的微笑，"到目前为止，我做得还行吗？"

"分析得很到位。"

"接着是萝斯贝小姐，她昨天晚上去了霍尔庄园，她和斯坦福先生的关系非常友好。也许她有充分的理由想杀死姐姐。她吃午餐时一直处于紧张的状态，嗯，现在这一切都非常说得通。但是首先，为什么要采用这种奇特的方法？我可以想象到是斯坦福先生想出的这个方法——他总有一些有趣的想法——但萝斯贝小姐想不出来。可斯坦福先生会为了一个爱上别人的女人费这些力吗？假设是他做的，假设这是他们之间的一个阴谋，那么，为什么萝斯贝小姐要在关键时刻把望远镜从她姐姐那里抢过来？"

"她可能失去了勇气。"

探长疑惑地撇了撇嘴唇，"我想这是可能的。那另一条思路呢？查尔斯先生有接触的途径，也有技术。他一直在工厂工作到很晚，我们要查一查他昨晚的行迹。假设是他设计的望远镜，他看到萝斯贝小姐从她姐姐那儿拿走了望远镜，并把它放在自己的眼睛上，所以他试图把它从她手里打掉。他为什么要这样做，除非他知道它是致命的？"

"他说他有'一种事情不对劲的预感'。"

"这个说法很省事。不过，我不喜欢这么早下定论，但目前最符合事实的是查尔斯·布利克。"

"动机?"

"他爱上了萝斯贝小姐,她的姐姐在制造困难——也许她想独占查尔斯先生,并决心不让萝斯贝拥有他。"

"这很明显,你知道的。但如果这是真的,就会出现另一种可能。假设克兰汀想除掉她的妹妹,恨她抢走了自己的旧爱,她有一个同伙,目前还不知道是谁,将改造好的望远镜送给了她,这样就消除了她自身的嫌疑。她打开包裹,试图将望远镜聚焦——"

"但你说萝斯贝小姐从她那儿抢过了望远镜。"

"这是我的印象,但事情发生得非常快。你一定要记住,每个人都费尽心机揣测克兰汀的愿望,并时刻准备予以满足,哪怕那个愿望微不足道。她可以利用这一点。当她平淡地说'这个旋钮很难拧动',并且也许还向妹妹投去一个恳求的眼神时,萝斯贝就会习惯性地从她手中拿过望远镜。而在调整测距仪时,眼睛贴近望远镜的镜片是很自然的。"

探长疑惑地盯着他,"是的,我想这是可能的。好吧,我必须去看看克兰汀小姐,这是常规的流程。她是否知道有谁可能想伤害她,还有其他诸如此类的问题。这将是一件麻烦事。"

"有一件小事让我特别困扰。"

"哦,是吗?"

"我想,一个有技术能安装这个可怕装置的人应该能够使它万无一失,但为什么旋钮这么难拧?"

第七章

查尔斯的困惑

兰德尔探长跟克兰汀·钱特摩尔的会谈很短，也没什么收获。他事后对奈杰尔说她看上去很安静，但其实非常坚强。她不认为有任何阴谋针对她，也不相信她有任何敌人（但是兰德尔说她说这话的时候露出了深思的表情），她觉得所有这一切只是有人在开玩笑。她问查尔斯在哪儿，问探长匿名信案件的调查有什么新的进展。"但实际上她对我说的并不感兴趣，她似乎心有旁骛。"探长最后这么总结自己和克兰汀之间的谈话。

兰德尔随后跟女仆夏瑞蒂·库伯谈话。她有点耳背，那天晚上没有听到什么异常的声音。萝斯贝小姐大约晚上 9 点 20 分散步回来，之后就锁了前门，并告诉她自己要睡觉了。女仆发誓萝斯贝小姐进屋的时候没有拿包裹，但是探长认为这说明不了任何问题，因为她完全可能在进门之前把它放到屋外的窗台上。园丁赫伯特·佩茨说，他记得早上邮递员来之前窗台上有一个包裹。

探长跟钱特摩尔小姐谈话的时候，奈杰尔在跟莫尔福德的年轻医生谈话。这个医生是牧师找来的，医生显然很不高兴因为一次治疗晕倒的出诊被问话。钱特摩尔小姐几年前才成为他的病人。

"我给她注射了镇静剂，随后她在起居室醒了过来。我猜想她是受了惊吓，她不告诉我到底是怎么回事，牧师也讳莫如深。"

奈杰尔告诉了他事情的原委。医生惊呼道："这太卑鄙了，比那些匿名信还卑鄙。普莱尔斯翁伯恩这个地方简直太变态了。"

"钱特摩尔小姐得的是什么病？是癔症性瘫痪吗？"

"应该是的。之前给她看病的医生诊断她脊椎有肿瘤，建议她做手术，但她不愿意做，认为她不可能有肿瘤。发现她父亲去世让她备受惊吓，加上长期照顾父亲带来的精神和身体的疲惫，以及遗传性的神经疾病，所有这一切足以摧毁她的健康，导致她瘫痪。就像我们常说的，心力交瘁，积劳成疾。"

"但她真的是瘸子吗？"

医生尖利地看了他一眼，说："你在想些什么？难道你认为是她寄的匿名信？"

"不是这个意思，我只是想排除这个可能性。"

"好吧,从实际的角度出发,你可以排除。人的身体是不会说谎的。如果你想孤立无援,你就会变得孤立无援。这就是癔症性瘫痪的病因。钱特摩尔小姐从中得到很多好处,她怎么可能想康复呢?"

"人们通常如此,对吗?"

"有时候如此,卢尔德治愈过类似的病例。也许是精神上的突然刺激,也许是宗教信仰。我们医生也没法回答这个问题,相信我。"

"那么你本来也可以用类似的方法尝试治好钱特摩尔小姐?"

"是的,任何时候都可能。你看,她的肌肉并没有萎缩。虽然身体一直没有活动过,但是它时刻准备着重新启动,只是需要一个契机去触发它。这恰恰是钱特摩尔小姐一直没有的。如果有的话,她多少年前就应该可以走了。但是她已经养成了瘫痪的生活方式,而且对此非常满意。我告诉你,想知道布丁的味道,最好的方式就是去品尝它。如果她想走的话,她就能走;如果她没走的话,那说明她不能走。"

"她的朋友或者亲人有没有来咨询过你?"

"有,她妹妹来找过我,但是我告诉她的也就是刚才我跟你说的这些。"

兰德尔探长和奈杰尔一起朝霍尔庄园走去。兰德尔脸色红润,走路摇摇晃晃,带着审视的眼神看着眼前的草坪,不像是个警察,倒像是个农夫。

"我倒是想退休后在这里定居。这地方不错,在这里种点花花草草。我希望能在这儿找出点犯罪的味道。"

"这些匿名信的确有种邪恶的味道。你有什么新的进展吗?"奈杰尔问。

探长告诉奈杰尔，在他的要求之下伦敦警察厅的政治保安处正在查找 1940 年发生的蓄意破坏案的记录，看看有没有符合约翰·斯马特特点的人被起诉或者被怀疑。

奈杰尔说："我还有一个建议，让诺丁汉郡的警察去找斯马特的母亲，问她斯马特找到工作以后是否给她写过信，信里是否提到过 1940 年发生的事。"

探长朝奈杰尔笑起来，那笑容带着农夫式的淳朴与狡黠。

"我已经这样做了，看起来咱们俩的思路非常一致啊。"

"这么说，阿奇博尔德·布利克爵士把我从伦敦请过来破案实在是浪费钱啊。"

兰德尔微微鞠了个躬，带着点讽刺意味。"他的钱多得很，烧都烧不完，不必为他担心。而且，我估计斯坦福先生已经烧了不少钱了。"正说话间，一辆赛车从霍尔庄园前面呼啸而过，把树上的乌鸦都惊得飞起来了。

两人走进斯坦福的工作坊的时候，斯坦福正站在一堆油乎乎的东西前面擦手，眼睛闪闪发光，神采飞扬。

"我找到答案了，伙计们，这次我终于找到答案了。你这可爱的家伙。"他边说边满脸溺爱地轻轻拍打着面前的气缸。

"快过来，我们得为她喝上一杯。"

这时，奈杰尔看到丹尼尔·杜德尔坐在屋子角落的长凳上，他瘦高又佝偻的身材看上去很奇怪。

"快过来，杜德尔。"斯坦福热切地叫着，"别喝蓝带啤酒了，喝杯苹果酒。"

"对不起，布利克先生，打扰您了，今天来找您是有公干。"探长说，然后从他随身带的盒子里拿出望远镜，又在手上铺好手绢，把望远镜放到手绢上，问，"先生，您认得这个望远镜吗？"

"是哪个牌子的？"斯坦福发出一声叹息，露出他发黑的牙齿，"天哪，看看这些指针，太粗糙了，太粗糙了。"

"您还没回答我的问题呢。"探长冷静地看着斯坦福，就像一个农夫在审视他的家当。

"我亲爱的警察大人，给我点时间想想。我想这个望远镜不是我的。我是有几副望远镜，有时候拿来玩玩，看看远处，但是这一副太专业了，完全不是玩票的人用的，对吧？"

"我必须请您现在马上去查看一下，看看您的望远镜有没有丢失。一会儿我的人要过来搜查您的工作坊，希望您不要反对，当然，我可以申请搜查证，不过——"

"非常乐意，"斯坦福假模假式地说，接着又问，"杜德尔，你都干了些什么？背着我制作邪恶的机器，太可恶了。"

丹尼尔·杜德尔弯着腰仔细端详望远镜，好像被迷住了，听到斯坦福这么说，谄媚地笑了笑。奈杰尔听这笑声却觉得很可怕。

探长带着他那典型的西部口音慢吞吞地说："邪恶的机器。非常正确。收到这礼物的人没有瞎，简直是不幸中的万幸。"

"我知道，但是克兰汀本来就很幸运。"

兰德尔深深地看了他一眼,然后懒懒地说:"先生,我并没有提到钱特摩尔小姐,是吧?"

"是的,的确没有提过。"斯坦福好脾气地说,"但是查尔斯已经告诉我所有事情了。克兰汀怎么样了?后遗症不严重吧?可怜的查尔斯被吓坏了。但是女人往往更坚强。"

"依我之见,她没有因为今天的事情变得更糟。"

"但也没有更好,对吗?"

丹尼尔·杜德尔又不合时宜地笑起来。

"您这么说是什么意思,先生?"兰德尔的蓝眼睛瞪得老大。

"噢,你应该明白的。一个女人,一辈子被人宠爱,时时有人鞍前马后地照顾,那对她肯定是非常有益的,但是一旦发现有人恨她,那无异于在她明亮的眼睛里刺了一根针。"

奈杰尔绝对不是一个神经过敏的人,但是"刺"这个字眼让他十分不安。

兰德尔却完全不为所动,他叫杜德尔到工作坊外面去等着,他要单独讯问斯坦福。他问了斯坦福一些问题,然而斯坦福的回答不能提供任何有用的证据。杜德尔经常一个人长时间待在工作坊,不过斯坦福并没有发现他做什么不该做的事情。"但是,你也知道,老兄,任何人要做这类事情都会把现场收拾得干干净净,不留痕迹。我相信你的手下不会发现橡胶或塑料的碎片。"

说完,斯坦福就去房里翻找他的望远镜了。兰德尔把丹尼尔·杜德尔叫了进来。

"请你详细讲述昨晚9点以后你所有的活动。"

杜德尔的眼珠在厚厚的镜片后面转来转去。

"活动？昨晚我在家读《圣经》。"

"整个晚上？从9点开始？都在读《圣经》？"

"我已经说了，正是。"

兰德尔久久地盯着他，说："那为什么斯特雷奇威先生11点钟看到你从小庄园走出来？"

杜德尔心虚地笑了，随后又歪着头伸伸脖子，想要掩饰他的慌张。

"他做伪证。"

"胡说八道，"奈杰尔气愤地喊起来，"你心里清楚昨晚你在哪儿，你休想用那些吓唬人的法律术语来搪塞。"

杜德尔厚厚的镜片后面射出狠毒的眼神。

"我做的事情跟上帝有关。"

"把望远镜送给钱特摩尔小姐做生日礼物？"兰德尔问。

"不是。"杜德尔断然否定，脸上带着一种高傲的赴难般的神情，似乎他在为某项伟大的事业受难，而这项事业是眼前这个盘问他的人无法理解的。

"你跟萝斯贝·钱特摩尔小姐见过面？"奈杰尔问。

丹尼尔拒不回答，额前红色的头发下面渗出了汗珠。

"这次她给了你多少钱？"奈杰尔继续问，"我们知道你一直在敲诈她。"

"如果是那个女人这么说的，她在撒谎。"杜德尔猛地喊出来，"人们会因为正义的事业而遭受迫害。"

兰德尔不为所动，冷静地说："我只需要你直截了当地回答我的问题，昨晚你有没有去小庄园？如果去了，为什么去？如果你不回答，我自然会调查清楚的。我还会再找你的，再见。"

说完，他们转身就走了。杜德尔显然被这戛然而止的谈话弄得困惑不安，他一脸茫然地看着两人走出房间，走到院子里。

"情况越来越复杂了。"兰德尔似笑非笑地说。

他们又找仆人谈话，谈了几分钟之后，奈杰尔就确定他们不认得这副望远镜，不知道那天晚上奈杰尔走之后斯坦福是不是一直在家，不知道他后来有没有出去，也不知道午夜以后狗有没有叫。

正在这时，斯坦福拿着几副望远镜出来了。"我想全部都在这里了，"他不太肯定地说，"但是也不一定，我的东西太多了，这里一些，那里一些，保不齐别处还有。噢，天哪，又来警察了。"

窗外来了一辆警车，下来几个警察。兰德尔探长指示他们搜查工作坊，然后他和奈杰尔去跟查尔斯·布利克谈话。查尔斯的房间在三楼，跟这栋房子的其他房间截然不同：干净整洁，装修简单，中规中矩，完全看不出他个人的任何特点，唯一比较特殊的就是书架上堆满了科学方面的书籍，还有一些体育赛事的奖杯，壁炉上放着银色的奖杯，墙角挂着几顶褪色的足球帽和板球帽。

他们进去时，查尔斯正在写信，他拿纸盖住信，站起身来迎接他们。午后的阳光照在他忧郁的脸上，他的表情彬彬有礼，但是显得心事重重。奈杰尔想起他父亲阿奇博尔德·布利克爵士提到他时那种不耐烦又略带鄙视的口吻。查尔斯是个闷葫芦，只会读书，无足轻重，父亲对他很失望，这是人们对他的印象。像阿奇博尔德·布利克爵士这样的人绝对不会因为厌弃一个跟不上他节奏的儿子而感到内疚，这就足以解释为什么查尔斯的脸上总是有一种忧郁的神情。但是奈杰尔认为他脸上的表情并不只是忧郁，而是某种根深蒂固的罪恶感，这种罪恶感使得他像是被复仇女神追赶一样地从钱特摩尔家逃了出来。

兰德尔探长把手放在膝盖上，笑眯眯地靠在椅子上，似乎一点也不着急直奔主题。他问起莫尔福德工厂的情况，工头死了，查尔斯的秘书精神崩溃了，工厂业务受到的影响大不大？查尔斯说他最近常常加班到很晚。兰德尔探长问他，是在自己的办公室吗？查尔斯说一般都是，但是他每天晚上都要到车间巡查至少一次，监督最后一班工作的情况。兰德尔探长又问，昨天晚上呢？查尔斯说他是晚上 11 点 45 分离开工厂的，午夜过了才回到霍尔庄园。奈杰尔迅速计算了一下，如果查尔斯从莫尔福德工厂快速离开，开车到小庄园，那么他是有时间把望远镜放在那里再返回霍尔庄园的。但是这样一来，他必须开车穿过村庄，通过坦普尔顿农庄，这在晚上是十分打眼和冒险的。而且，他也不太可能把车停在村子南边的某个角落，这样做一方面有让人注意到空车的危险，另一方面他也没有足够的时间步行到小庄园再步行回去。

探长问道："你以前从没见过这个望远镜吗？"

"就我所知，没有。"

"我的困惑在于，"探长温和地继续说道，"我的困惑在于这一带似乎只有两个地方有可能制作这么诡异的装置。"

"我完全理解,但是坦率地说,我不明白怎么可能有人在工厂做这样的装置。非授权人员是进不来的,而且,如果有人摆弄望远镜,他的工友立刻就会看到。不,这简直无法想象。"

"那么工厂里除了主要的工作间,还有没有特别的房间,类似于实验室的房间?"

"有,但那是私人的,我们把门锁着,只有厂长和我有钥匙。未经我们的允许,任何人都不能进入。而且,即使他未经许可进入实验室,流水线上少了一个人是很容易就被发现的。"

奈杰尔想,查尔斯非常愚蠢,他不知不觉就泄露了一个信息,那就是通往实验室的唯一入口是他的办公室。

"先生,我必须请你同意我的人搜查实验室。"兰德尔探长说。

"那会让我处于很尴尬的境地,"查尔斯终于看起来有些不安了,"你知道吧,我们在那里进行极度机密的工作,我不知道如果我父亲——"

"噢,没关系的,先生,我的人都是十分可靠的。"

"我不怀疑这一点,但是——"

"如果你愿意的话,我自己来搜查,当着你的面,如何?"

"我——但是,这么做有什么意义?你想想,我或者厂长怎么有时间去开这种龌龊而有实际目的的玩笑?"

探长带着沉思的眼神盯了他好半天,说:"有实际目的,是的,但是你为什么把它叫作玩笑?"

101

听到这句话,查尔斯那种心不在焉的眼神一下子消失了。"我明白了,所以你对一切了如指掌。听着,探长先生,我从小就认识钱特摩尔小姐,她是我的老朋友,你不能怀疑——"

"钱特摩尔小姐患的是癔症性瘫痪。"奈杰尔突然插了一句。

"那究竟跟这事有什么关系?"

"这种病最显著的特征就是病人会变得极其具有阻碍性。"

"具有阻碍性?"查尔斯气若游丝,声音听起来像是快要断的线。他茫然无措地看着奈杰尔,突然一下子站起来,走到壁炉前,点上一支烟,然后转身对探长说:"你想什么时候搜查工厂?今天吗?"

"越快越好,先生。"

"我会给厂长弗兰克斯写张纸条,他会让你搜查所有地方,包括实验室,但是不要带一堆警察去,好不好?"

"先生,非常感谢。这样也节省时间,我不需要去申请搜查令了。我会联系你的,你明天早上之前都在这里吧?"

"应该会。"

探长拿着望远镜和查尔斯写的便条离开了。奈杰尔对查尔斯说:"现在你干劲利落地甩掉了他,有什么想对我说的吗?"

刚才查尔斯对警察一副全面合作的态度,现在像是换了一个人。他坚决地说:"我希望你能进一步解释'阻碍性'这个词,你是什么意思?但是首先我要问你,你是为我父亲工作还是为警察工作?"

"两者都是。当然,你父亲只雇我调查匿名信的事,但是他们把匿名信案和望远镜案联系起来了。"

"好吧，那么？"

奈杰尔走到窗户前朝外看，窗外院子里的草坪郁郁葱葱，绵延不绝，暮色优美，但这一天的经历是他这一生中最糟糕的。

"这真是不太让人开心，"奈杰尔沉默了半晌，终于若有所思地开口说话了，"但是我不得不说了。我们来做个假设，假如你爱上了萝斯贝，假如克兰汀爱你并相信你也爱她，你怀疑克兰汀对你抱有不切实际的期望，也许很多年前你们相爱过，最近你频繁去她家找她妹妹，让她误以为你想再续前缘。你知道，一旦你的真实意图被她发现，也就是你想跟萝斯贝结婚，她一定会不顾一切加以阻拦。所以，也许是跟萝斯贝密谋，也许是你自己的主意，你准备了望远镜。也许你是想除掉会阻挠你好事的克兰汀，也许只是想吓唬吓唬她，毕竟那个发射刺针的旋钮很难拧动。我的这个假设怎么样？"

查尔斯久久沉默不语。最后，他脸上露出一种奇怪的释然的表情，说："这假设听起来很合理，而且，有些部分确实是真的。克兰汀和我，二十年前，的确非常亲近，但是我现在喜欢上了贝，我想克兰汀错误地理解了我的频繁到访。有一点我可以向你保证，她对我和贝之间的感情毫不知情，我们是完全秘密交往的。"

"因为你怕她？我是说，你，不是你们。"

"怕她？好吧，也许是有一点怕她，也怕她知道以后会干出来的事。"

"你说的确实是实话。"奈杰尔说，"你认为克兰汀是个报复心很强的人，什么事都干得出来。"

"不不不,简直一派胡言。"查尔斯忙不迭地说,"我只是想说——"

"而且,如果她隐约感觉到你对萝斯贝的感情,她可以让人在望远镜上做手脚并在生日午餐后递给萝斯贝,这样就能确保萝斯贝不可能跟你在一起,或者把她从你身边吓走。"

"这太荒唐了,没人会这么做,庸俗透顶的戏剧里才有这样的情节。"查尔斯气愤地说。

"情节的确很庸俗,但是不荒唐。萝斯贝十分敏感,那样吓唬一下可能轻而易举就把她逼到崩溃的边缘,那么你就不会跟她结婚,或者你父亲会出面干涉这桩婚事。历史总是惊人的相似。"

查尔斯的脸涨得通红,"我不知道你的意思——"

"二十年前,克兰汀变成了瘸子,你们的订婚或者是恋爱关系就终止了。这很可能不是出于你个人的本意,但事实是订婚关系终止了,这就是我说的历史总是惊人的相似。"

"如果你真的认为克兰汀会对贝做出这样可怕的事情,就像是因果报应一样,那你一定——"

"并不是。为什么你当时要像飞似的逃走?"

查尔斯的脸又红了。他看上去精神备受折磨,满脸绝望,但是极力控制着情绪。

"我不介意谈谈这个。"他僵硬地说。

"那么,我们来谈谈。你不敢面对克兰汀,因为你知道自己已经露出了马脚。当那个可怕的望远镜射出刺针的时候,你对萝斯贝大喊'亲爱的,你差点失明了'和'你没事吧,亲爱的'。不,等等,你不明白吗？如果那是克兰汀第一次感觉到你对萝斯贝的爱，她就不可能在望远镜上做手脚。"

"是的。"查尔斯说，声音小得几乎听不见。

"如果不是她或者你准备的望远镜，唯一可能的人就是萝斯贝。"

"但这太荒诞了，她究竟怎么——"

"萝斯贝有作案动机，那就是扫除她和你结婚的障碍。她最近跟你哥哥过从甚密，你哥哥完全有能力给望远镜做手脚。"

"斯坦福？那简直太荒谬了。听着，我们都是正常人，不是恶魔。我知道斯坦福有一点古怪，但是……"

"好吧，那么，不是你，不是克兰汀，不是萝斯贝，不是斯坦福，不是你们单独作案，也不是合谋，那么，是不是丹尼尔·杜德尔？"

查尔斯听了这话，明显松了一口气，又赶紧掩盖自己的情绪。"杜德尔？他确实不招人喜欢。但是他的动机是什么呢？他跟钱特摩尔家并没有什么瓜葛。"

"显然他很恨克兰汀，而且他一直在勒索她妹妹。这就是他跟钱特摩尔家的瓜葛。"

"勒索贝？这是你编造出来的吧？"

"我向你保证，勒索的理由跟她的名誉没有关系。"

"那她为什么不告诉我？"查尔斯痛苦地自言自语，"她为什么要遮遮掩掩？"

"因为这是一个家族的秘密。"奈杰尔回答说。他并没有告诉查尔斯，萝斯贝已经就这件事跟斯坦福商量过了。

"显然她并没有对你保守秘密。"查尔斯的语气酸酸的,俨然是在恋爱中受伤的小伙子的口吻。

奈杰尔笑着说:"她不告诉你是因为她想你已经有太多事情要操心了。"

"噢,天哪,这些女人,总想着要保护别人。对不起,但是我对这一切都感到厌倦了。你刚才说丹尼尔·杜德尔?"

"有可能是他,但如果我是你,我不会把赌注都压在他身上。"

查尔斯咬着指甲在房间里来回踱步。终于,他停了下来,突然开口说道:"听着,那个人会受到怎样的惩罚?"

"我想会被判谋杀未遂。"

"这简直是场噩梦,"查尔斯一字一顿地说,"我只是不太理解。汀妮的生日宴会上,每个人都很开心,很幸福,阳光灿烂。而那个望远镜在等着射杀,像个定时炸弹。天哪!"

"出席生日宴会的某个人肯定没有一点心思去庆祝生日。"

查尔斯突然调皮地笑起来,这让奈杰尔想起了斯坦福,"也许是马克。"

"我认为牧师不会伤害克兰汀。"

查尔斯似乎有点微微的恼怒。奈杰尔想,他还是会为克兰汀吃醋呢。

"当然不会,我只是开个玩笑。马克是个极好的人。"查尔斯稍微停顿了一下,眼睛里又出现那种被噩梦困扰的神情,他继续说,"我有种很不舒服的感觉,像是一种不祥的预感,好像有种力量让我从贝手里抢走望远镜,我一定是有通灵术。噢,真该死,以后不会有更糟糕的事情要发生吧。"

他似乎想要从奈杰尔那里得到肯定,但是奈杰尔沉默不语。

"我真希望自己不用打理工厂。听着,你应该去照顾——"他的声音越来越小。

"照顾?谁?萝斯贝?克兰汀?"

"两个,当然是两个都照顾。"查尔斯紧张地说,听起来好像经历了痛苦的挣扎。

奈杰尔起身告辞了,但查尔斯依旧沉浸在痛苦中。奈杰尔揣测,他的痛苦源于忧惧和无法逃脱的罪恶感。

第八章

匿名信作者的失误

奈杰尔正要离开霍尔庄园,斯坦福叫住他,刚刚克兰汀·钱特摩尔打电话来,让斯坦福转告奈杰尔,说她想马上见他。奈杰尔边往小庄园走,边思考着查尔斯·布利克这个人。查尔斯是个普通人,但良知和同情心泛滥。不管二十年前他和克兰汀之间分手的真相如何,他从未真正地离开过她——也许他也从未想要摆脱她。他做了某种安排,让钱特摩尔姐妹有了一笔收入,使她们能够在小庄园里继续生活下去。奈杰尔确信是斯坦福策划了这个安排,但具体操办的应该是查尔斯,而且查尔斯还要确保让克兰汀无法知道这笔收入的来源。他处理私事和管理工厂一样认真负责。而现在，他爱上了萝斯贝，对她姐姐的愧疚使他成为一个懦夫。因为怕对克兰汀造成伤害，或者仍未断绝旧日的爱慕之情，他不能公开对萝斯贝的感情。查尔斯在克兰汀面前暴露出他对萝斯贝的感情后，惊慌失措地逃跑了，这一举动正是他道德上怯懦的体现，也至少在一定程度上解释了萝斯贝的不快和怀疑。

查尔斯在两个女人之间左右为难——这点是肯定的。而一个人如此纠结，良心一直在不停地受折磨，肯定很容易崩溃。奈杰尔认为，从心理上来说，那个把自己逼到死角的查尔斯比那个古怪且任性的斯坦福更有可能给望远镜做手脚，望远镜很容易成为他无意识地反抗他痴迷的女人的象征。他可能已经人格分裂，对他自己和他周围的人会产生致命的威胁。他是否也怀疑自己人格分裂？这就是他恳求奈杰尔"照顾"钱特摩尔姐妹的原因吗？

然而，奈杰尔内心深处始终确信，方才霍尔庄园里有人说的某句话为望远镜事件提供了一个线索。他努力地在记忆中搜寻它，但它像水银一样难以捕捉。

克兰汀坐在起居室里，马克·雷纳姆在她旁边。她似乎没有被刚才的恐怖事件所影响，唯一的变化仿佛就是眼里的光芒比之前更加耀眼，让她整个人有一种充满活力的兴奋感。

"我刚才告诉马克，他真的不必为我的小事烦忧，我很好。"她一边说着，一边用自己的手轻轻地碰了一下牧师的手。

"她的情况很糟糕，"马克说，"她应该躺在床上。我在战争中见过太多迟发性休克的案例。"

"嗯，现在还没到睡觉的时间。"克兰汀那波提切利式的精致脸庞转向了奈杰尔，"我们还没有好好地谈一谈，斯特雷奇威先生。我迫不及待地想听听匿名信的事，你在午餐时不是说你知道是谁写的吗？"

"是的，我想我知道是谁。"

"克兰汀，你真的应该……"

"哦，马克，别这么大惊小怪的。我不是塞夫尔的牧羊女（比喻源自法国画家米勒的《牧羊少女》，该画描绘了牧羊女的忧伤和虔诚，体现了画家对贫苦劳动者的悲悯和同情）。警察很快就会实施逮捕吗？"

"不会，有几个疑点还需要进一步核实，而且我们还没有确凿的证据。对了，牧师，你可以帮忙——我现在想和你谈谈。"

"我们是多么神秘啊，"克兰汀笑起来，"这都是男人的共识，保护小妇人免受生活中残酷现实的困扰。"

"你一直受到保护，你也应该受到保护，"牧师说，他的语气既粗犷直率，又充满怜惜，"要是我能找到给你送那东西的人，我一定——"

克兰汀的笑声像清澈的泉水般响起，"马克，你简直就像《国王的叙事诗》里的人物一样无所畏惧，但你没必要为一个愚蠢的小把戏上火——"

"克兰汀，你太轻描淡写了，把这么严重的事说得好像只是经受了一个满座哄笑的恶作剧一般。"

"我根本就不想谈这个，我担心的是贝，斯特雷奇威先生。我希望你能和她谈一谈，看看到底是怎么回事。她像个蛤蜊一样闭口不言，每当她走进我的房间——嗯,她总是非常奇怪地盯着我看。"

"瞎说,亲爱的,你在胡思乱想。而且她毕竟也受了惊吓,你一定要记住这点。"

"这不是瞎说,"克兰汀耐心地回答道,"贝这样,查尔斯也不来看我——这让我感觉自己好像待在隔离医院里。他们都怎么了?"

马克·雷纳姆快速地看了奈杰尔一眼,眼里带着恳求,但是克兰汀飞快地拦截了他的目光。

"别傻了,马克,"她温柔地说道,"我太了解他们俩了,我非常喜欢他们。你真的以为我不会用自己的眼睛去看吗?"

奈杰尔张嘴想说话,想了想还是算了。如果克兰汀知道查尔斯和萝斯贝的事还采取这种态度,那就没什么可说的了。马克·雷纳姆的反应则非常不同,他那张满是皱纹的脸因为一丝希望的曙光而变得神采奕奕。他率真地说:"那么说,你不介意,克兰汀?我一直以为你——我是说——"

"查尔斯和我曾经订过婚,我在父亲去世后解除了婚约,整个事情就是这样。"克兰汀若有所思地看着牧师,"真正的问题是我的妹妹,斯特雷奇威先生。她照顾了我这么久,本来应该是我照顾她的。残疾人都非常自私,我想,她感觉自己时时刻刻都被我拴住了,这对她来说并不好。"

"哦,贝没事,你不需要担心她。"牧师说。

"但是我真的担心,马克。她几年前就有过一次严重的精神崩溃,那是在你来教区之前,我觉得我应该对这事负责任。她内心深处是如此善良。我后来试着劝说她去度假，但她不愿意离开我。所以你看，斯特雷奇威先生，这是你可以帮忙的地方。"克兰汀做了一个迷人的恳求的姿势，她的眼睛在傍晚的余晖下湛蓝如洗，"外人可能比我们自己圈子里的人做得更多。"她向奈杰尔伸出手，做出一个既威严又亲密的姿态。"我知道我们可以依靠你。"当奈杰尔站起来要走时，她又说，"如果匿名信的阴谋要完蛋了，到时候别忘记告诉我。马克，你最好和斯特雷奇威先生一起离开——他想和你谈谈。"

"非常好的女人，不是吗？"牧师一边说，一边一瘸一拐地随奈杰尔走出小庄园。

"十分了不起，没错。"

"你知道吗？她说的有关于查尔斯的话让我心里如释重负，我还以为她对他有点念念不忘呢。"牧师开始欢快地吹起口哨。

他们走到了牧师的住所，奈杰尔问他是否可以立即与朋友联系，就是那个他曾经写信说过他妻子的事的朋友。马克·雷纳姆打了一个伦敦长途电话，那位朋友确定他从未向任何人透露过马克来信的内容。

第二天早上，奈杰尔按照他和兰德尔探长头一天的约定前往莫尔福德。探长将消息当面告诉了他，政治保安处已经找到了约翰·斯马特在1940年涉及一起严重的蓄意破坏案件的信息。尽管没有任何证据可以证明他的罪行，但他所在工厂的保安人员有充分的理由怀疑他作为一名地下激进分子，与因蓄意破坏而被捕的两个人是同谋。约翰·斯马特之后被解雇了，并一直受到监察。但没过多久，当俄罗斯参战时,他也参军了,并且他的服役记录非常好。此外,诺丁汉郡警方再次讯问了斯马特的老母亲,经过反复劝说,她终于承认她儿子去普莱尔斯翁伯恩后不久就给她写了一封信。信中说,实际上他认为自己现在已经忘记了1940年的那件事,还说他已经改变了政治观点,能够重新开始了。

"这就差不多说得通了。"奈杰尔说。

"我想是的,但是到底是他们中的哪一个?他们母子亲密无间,你是否觉得可能是两个人共同实施了这个阴谋?"

"不,写匿名信的人肯定总是单独行动。不过,要证明这一点非常困难。"

"我认为那女人是个突破点,可以从她入手。她给我的印象是紧张得像只猫。假设她自己没有参与其中,一旦她知道自己最亲近的人做这种事情,一定会吓坏的。"

"是的,我也有这种印象,但我很高兴对付她不是我的任务。"

兰德尔探长朝奈杰尔慢慢地绽开他那乡下人般狡猾的微笑,"你可以挣到阿奇博尔德爵士的钱了。告诉我你是怎么知道这点的,用了最新的心理学理论,嗯?"

"根本用不着心理学!只要证实其中两封匿名信是基于村里其他人不可能知道的信息,一切就都清楚了。"

"啊!"探长睿智地点了点头。

"除了牧师和他的朋友,还有斯马特和他的母亲,我们关注的人里没人知道这些秘密。但是这些秘密在雷纳姆和斯马特写给他们信赖的人的信中提过——这些信是从普莱尔斯翁伯恩寄出的,而信件要经过邮局,因此,唯一可能发现这些秘密的人就是邮局里的某个人。这个人对刚到村里来的人的事情感到好奇,这种好奇心令人憎恶,充满恶意,十分扭曲。他用蒸汽把信封熏开。我告诉丹尼尔·杜德尔,任何住在邮局的人都有写匿名信的特殊条件,我希望这能震慑他。不管怎样,匿名信事件暂时停歇了。"

"你是说这件事是杜德尔干的,而不是他妈妈干的?"

"是的,这些信有一种文艺气息,我相信她没有这样的能力。丹尼尔是从他父亲那儿继承了这种艺术感,我想——是从已故的散文家埃德里克·钱特摩尔那里。"

"嗯,什么意思?"

"是的,他是个私生子,这解释了他对钱特摩尔姐妹的憎恨——嫉妒她们得到了钱特摩尔家族留下来的钱财,而这些东西本来他也应该拥有的,这也是他勒索萝斯贝的原因。我们马上就会说到这个,这在很大程度上解释了他扭曲的个性。当然,在他写给自己的匿名信中,可以看出来他对此有多么痛苦。本来你可以写一封有关私生子的信,这样的信非常有趣刺激,为什么一定要指责自己酗酒?唯一可能的答案是:因为前者是一个太痛苦的话题。反过来说,如果是其他人写的匿名信,一定会提到'丹尼尔是私生子'这样轰动全村的传言,而不会无力地指控他喝烈酒。丹尼尔聪明一世糊涂一时。"

奈杰尔停下来又点了一根烟,"然后是另一个邮筒的线索。"

"但另一个邮筒从未被使用过。是的,这里有线索。"探长面无表情地说道。

"你们这些乡村警察除了跷着脚读夏洛克·福尔摩斯的故事，难道就没有别的事可做吗？"

"哦，我们是这里的聪明人。正如你想说的那样，所有的匿名信都有普莱尔斯翁伯恩的邮戳，这一点很重要。如果有任何信件是从村子的另外一个邮筒寄出的，它们就会直接进入莫尔福德，在那里盖上邮戳。为什么没有任何一封是从另一个邮筒寄出的呢？因为它刚好就在纽因酒店的对面，即使晚上在那里寄信，也会有被人看到的风险——也就是说，如果你是丹尼尔·杜德尔，或者杜德尔太太，这样就会显得非常奇怪———一个住在邮局的人把信放到村子另一头的邮筒里。"

奈杰尔和探长带着互相欣赏的目光对视了一下。"我们俩可真的是旗鼓相当，机智聪明啊。"奈杰尔说。

"这很简单，如果杜德尔像写其他匿名信一样只使用通过流言或窥探得到的信息，那就又是一个'把警方难住'的案件了。"

"好吧，覆水难收悔无用。我们接下来该怎么做？"

"我能以涉嫌勒索罪逮捕他吗？我想知道这方面的更多信息。"兰德尔说。

奈杰尔把萝斯贝说的一切都告诉了他。显然，除非萝斯贝收到并保留了丹尼尔索要钱财的一些信件，或者准备与警方合作，在他下一次索要钱财时将其抓住，否则无法立即对杜德尔采取任何措施。

"但是我怀疑她是否会配合。她一旦这样做了，勒索的实情就很难不被大家知道，而她不希望公开——她的姐姐会知道她们父亲的丑事。"奈杰尔从他的钱包里拿出了她妹妹截获的那封写给克兰汀·钱特摩尔的匿名信,并把它递给了探长。

"我怀疑这与企图杀害钱特摩尔小姐有关。"

"怎么这样说?"

"萝斯贝一直付钱给丹尼尔,让他对埃德里克·钱特摩尔的事保持沉默。然而,在这封信中,他却泄露了秘密。因此,萝斯贝肯定已经告诉他自己不打算再付钱了。所以,前天晚上当他走到小庄园时——"

"如果他去了。"

"如果他去了,就不可能是为了拿另一笔钱。因此,他可能是为了放望远镜。"

"没错,这点很重要。而且,如果他没有做不可告人的事,他为什么要在散步的事情上撒谎?"

"另一方面,"奈杰尔说,"昨天午饭后我和萝斯贝谈话时,她确实让我注意到了杜德尔。她还说不久前她最后一次给了他钱,那时她告诉杜德尔她不打算再付钱了,但我很确信她在这件事上撒谎了,这使问题变得相当混乱。她究竟为什么要撒谎呢?"

兰德尔探长目不转睛地盯着奈杰尔,看得近乎出神。"哦,好吧,如果我们只是用推论来热身,我可以告诉你一个推测,萝斯贝是望远镜事件的幕后推手。她和杜德尔约好那天晚上见面,答应他再给他一笔封口费。杜德尔去了小庄园,或者是附近的某个会面地点,却发现那里没人。萝斯贝使用手段让他有去放望远镜的嫌疑。这也是非常巧妙的设计,他不能告诉我们他去那里的目的,否则就要承认他的勒索行为。"

"是的,这听起来很有道理,"奈杰尔说,"接着我们来看杜德尔制作望远镜的难题。他为什么要杀了克兰汀?要知道,克兰汀活着他才有敲诈的可能。我看不出萝斯贝有这么聪明。"

"无论如何,她一定有一个同伙,这个人改装了望远镜。我估计是布利克家的人。"

"有什么进展吗——我是说望远镜的事?"

"我们把望远镜送到了伦敦警察厅刑事部的检测人员那里,一起送去的,还有从斯坦福先生的工作坊和莫尔福德工厂的实验室取走的各种金属屑。很高兴有人为我做这种工作,然后我就可以坐下来思考了。"

"非常正确。最近有什么好的想法吗?"

"我告诉你我一直在想的一件事。望远镜的事——它看起来不合常理。你能想到用任何比这更愚蠢的方式来谋杀一个人吗?"

"这确实令人难以置信。"

"但这种事并不是第一次发生。刚才伦敦警察厅刑事部打电话给我,说他们在黑色博物馆(英国伦敦警察厅的犯罪博物馆)里找到了一副望远镜。罪犯将它寄给了一个从某军种(三军种之一)复员的女孩——据他们发现,这个女孩很安静,从来没有树敌。警察没有发现寄件人的踪迹,整个事情是一个毫无头绪的谜。那副望远镜比送给克兰汀的这一副要简陋得多,但它们都安装了针头。所以,当然,我问过我们的嫌疑人中是否有人参观过黑色博物馆。"探长恼火地停顿了一下。

"怎么样?"

"答案是否定的,但是,一个有趣的巧合是,你的雇主在一年或两年前被带到那里参观过。"

"我的雇主?"

"是的,了不起的阿奇博尔德·布利克爵士。"

奈杰尔在莫尔福德一边闲逛,一边思考刚才听到的信息。莫尔福德是个乡村小镇,除了每周一次的集市,其他时候都一片沉寂。在集市广场上,几个村民站在牛栏边,漫无边际地聊天,聊的时间太久了,腿都站酸了,只好把重心从一条腿移到另一条腿上。一群死气沉沉的村妇站在公共汽车站,耐心等车,那样子如死人等候卡戎(在冥河上摆渡亡魂去阴间的船夫)的渡船一般。一个正在执勤的警察无望地寻找一些可以指挥的交通。街道上弥漫着粪便的味道,隐约还夹杂着汽油味。奈杰尔下坡朝车站走去,他来时雇的车就停在车站旁边。

他的右边是一座粗糙的红砖厂房。越过铁路线,小镇被分成了几块绿地。太阳从四月的浪状云后面暂时露出来,铁轨在阳光的照耀下闪闪发光,如同水银一样。突然,奈杰尔在脑海中抓住了一直想不起来的东西——斯坦福·布利克的一句话:"有人恨她,那无异于在她明亮的眼睛里刺了一根针。"随望远镜一起送来的纸条上写着:"读读这个,明亮的眼睛,如果你可以的话。"不对,奈杰尔想,这很可能是一个巧合。他就像把一条小鱼扔回水里一样做了一个不耐烦的手势,这引来了坐在栏杆上的一群孩子的注意,他们大声喊:"你是不是疯了?"奈杰尔冲孩子们发出冲锋枪般"嗒嗒嗒"的声音,他的模仿如此逼真,吓得一个男孩从栏杆上向后倒下,其他人嘴巴张得老大,瞪眼看着他往前走。

斯坦福曾说过一些话，但是奈杰尔记不清了。他在脑海中努力搜寻着他们在霍尔庄园的最后一次谈话，直到他想起那些话的全部内容。是的，即使考虑到斯坦福是个怪人，这也真的是一件非常奇怪的事。奈杰尔把他的司机从铁道兵酒吧里找了出来。他脑海里闪过一个诡异但又合理的想法。

奈杰尔指示司机带他去霍尔庄园。出于习惯，他绕到后面的作坊。一进去，院子里的狗就和往常一样魔鬼般地喧闹起来。他把头伸进作坊的门，发现里面空空无人。

当他关门时，他注意到一个影子以一种令人不寒而栗的速度在院子里拉长，并沿着他面前的墙跑动。转过身来，他发现自己正面对着丹尼尔·杜德尔。

"我想和你谈谈，斯特雷奇威先生。"

"当然可以。在这里吗？"

杜德尔摇了摇头，带着他穿过草坪，进入房子北边的一个围场。他们离两晚前奈杰尔看到杜德尔匆匆走过的那个篱笆缺口不远。

"我们在这里说话不会被人听到的。"丹尼尔说道。他穿着黑色的西装，戴着帽子——毫无疑问，这是他在星期天去福音堂时穿的衣服，黑色的衣服愈发显得他的脸和手像死人一般的苍白。他站在那里，头上是四月的天空，脚下是四月繁茂的草地。他看起来就像来自另一个世界的人——来自非人类世界的人——一个从梦魇重重的深渊中召唤出来的人。奈杰尔不难想象为什么萝斯贝·钱特摩尔会对她同父异母的兄弟感到恐惧。

"你昨天对我提出了指控，"丹尼尔说，"在一个证人面前，一个诽谤性的指控。"

"是的。"

"舌头无人能驯服，它邪恶无比，难以管控。"

"是的，笔也是如此。"奈杰尔平静地说。

"不过，我警告你管好你的舌头。主在此地赋予了我权力。"丹尼尔·杜德尔突然用手威吓性地指了指，"我告诉你，小心点！我们不会允许陌生人在我们的地盘为天选之子设置陷阱。"

奈杰尔想，在这套冗长的废话背后有一种强大的力量，这非同寻常。这个人只是被他自己神圣化的妄想所支配。可以想象到的是，那嘹亮的声音和怪异的个性会把迷信的村民煽动起来进行一场迫害。

"如果有人阻挡我的道路，我将粉碎他，就像我粉碎这朵花一样。"丹尼尔用脚跟将一朵毛茛花碾碎在地上。

"哦，别这样，这朵可怜的花并没有对你造成任何伤害。"

"大自然是邪恶的，"杜德尔异常激动地喊道，"它的美丽是敌人设下的陷阱。"

"这就是你想和我谈的吗？"

"我是为了警告你，也是让你防备那个女人，萝斯贝·钱特摩尔。"

"你认为她告诉我你在勒索她是撒谎吗？"

"我只是要回属于我的那部分。"

"哦，我明白了，你父亲的钱。但这不是你父亲的钱。埃德里克·钱特摩尔死的时候已经很穷了,你肯定知道吧?"

"不是我父亲的钱?"丹尼尔惊呼道,他看起来显然十分惊讶。

"你威胁一个女孩,榨取她自己的积蓄,你还有脸把这称为'上帝的事',简直虚伪到令人鄙视。"

杜德尔顶着黑帽的脑袋在长长的脖子上扭动着,他的嘴角还挂着泡沫。但他现在看起来就像一个处于戒备状态的人,而不是一个受到全面谴责的小先知。他阴郁地说:"我没有用那些钱来满足肉体的欲望。"

"我很愿意相信你把它全部捐给了你的小教堂,并自欺欺人地说你在善待埃及人(源自《圣经》,指迫使敌人提供自己所需的东西),但这仍然是讹诈。你用这笔钱为自己在教区买到了更大的权力,报复心和权力欲——这些是支配你的动机,而且在它们的驱使下你做的事不只是勒索。你很清楚。"奈杰尔淡蓝色的眼睛一动不动地盯着杜德尔。

"我是无辜的,我没有企图伤害钱特摩尔小姐。"杜德尔舔了舔嘴唇说道。

"我指的不是这一点,但你能给我什么证据?"

杜德尔慌张地为自己辩解。他发誓说,那天晚上他去小庄园是因为萝斯贝·钱特摩尔写了一张纸条,他是按照纸条上所说的去赴约。他已经毁掉了那张纸条——这并不奇怪,因为它提到了另一笔封口费的支付。但是萝斯贝没有出现在屋后小树林边的会面地点,丹尼尔等了二十分钟后就回家了。

如果这个说法是真的,那么它就非常令人信服地证明了探长的推论。但是，杜德尔很可能在撒谎。

"这并不能证明什么，我怎么知道你不是为了自保而编造的？"

"问问萝斯贝那个女人吧。"杜德尔的眼镜闪着昏暗的光，他像一只无脚蜥蜴蠕动似的把自己的头靠近奈杰尔的头，"同时也问问她，她说的'没有用'是什么意思？"

"你在说什么？"

杜德尔一副得意扬扬、幸灾乐祸的表情，让奈杰尔觉得恶心透顶。

"刚才，当我还在布利克先生的作坊时，电话响了。你知道的，他在那里有一个分机。我碰巧就站在他身边，他说'你好，贝'。斯坦福还没来得及警告她旁边有人，我就听到萝斯贝说：'斯坦福，没有用。'你觉得怎么样，斯特雷奇威侦探先生？"

那人得意扬扬的语气令人憎恶。

"我会调查的。"奈杰尔激动地说，"你已经警告过我要管住我的舌头，你也警告过我要防备萝斯贝·钱特摩尔小姐，现在轮到我发出警告了。我告诉你，当村里人发现是谁写了那些匿名信，他们一定会对他处以私刑。"

奈杰尔转过身，穿过阳光照耀的围场，留下丹尼尔·杜德尔那高高的黑色身影一言不发地站在开满鲜花的草地上，一动不动，仿佛中了奇怪的非洲巫术。奈杰尔已经开始后悔因为一时冲动说出这些话。许多天过去后，他还会为这些话感到更加后悔。

第九章

妹妹的发现

奈杰尔进去的时候,斯坦福·布利克待在他的"窝"里,身边放着一壶酒、一盘面包和奶酪。

"嗨,老伙计,步步紧逼啊。你看上去又热又心烦意乱的,来一杯酒吧。"

说完,他在抽屉里一阵乱翻,找出一只漱口杯,倒了一杯苹果酒。

奈杰尔说:"是的,我已经跟杜德尔谈过了。"

"那么那个亲爱的家伙跟你说了什么?"

"他说了不少,他警告我小心萝斯贝,还告诉我今天早上他无意间听到的电话里的对话。"

斯坦福仔细地把他桌上的面包屑扫下来,然后笑嘻嘻地看着奈杰尔。

"啊,疯狂的科学家要露出真面目了。"

"她说'没有用'是什么意思?"

"不是你想的那样。"斯坦福边说边搓着他那脏兮兮的手。

"那么你认为我是怎么想的?"

"太有趣了,简直像是轻喜剧里的恐怖游戏。你认为她指的是望远镜,告诉她的同谋那邪恶的装置并没有刺中她姐姐的蓝眼睛。"奈杰尔表示反对,斯坦福并不在意,摇摇手继续往下说,"下面是我对你疑问的回答:一,贝没有必要在事发一天后才给我打电话,告诉我我已经知道的事情。二,就算她真想说,她还不至于傻到不确定她的同谋周围有没有其他人就在电话里说谋杀的事情。"

说完,他吃了一大口面包。

"那么,她跟你说了些什么?"奈杰尔追问。

斯坦福显然知道他要这么问,早就做好了回答的准备。萝斯贝昨天晚饭前到霍尔庄园来了,她想见查尔斯,但是查尔斯出去散步了,所以她跟斯坦福聊了一会儿。萝斯贝对查尔斯犹豫不决的态度很苦恼,他不愿意跟克兰汀说清楚他和萝斯贝的关系,不愿意跟克兰汀做个了断。斯坦福第二天早上给她家打电话,建议她直截了当地跟查尔斯说,他必须在她和她姐姐中做出选择,否则她以后不会再和他见面。既然望远镜事件并没有对克兰汀造成什么影响,那么她的身体状况应该能够承受查尔斯要娶她妹妹的打击。

"那应该不算是打击,"奈杰尔说,"昨天她明确告诉我和马克·雷纳姆,她不介意查尔斯爱上她妹妹。"

"好吧,贝和查尔斯可能还不知道。贝只在晚餐的时候跟姐姐见过面,然后就出门了。查尔斯今天早上没去看汀妮,只给她留了口信,他对贝的最后通牒依然没有正面回复。那就是她说'没有用'的原因,她的意思是我们谋划的小小计谋没有成功。"

斯坦福的眼神中带着恳切。奈杰尔想,他说的也许是真的。就算不全是真的,也应该可以找到一些真实的细节来和我自己了解的事实互相印证。

"你在这整个事件中的身份真是令人费解。萝斯贝费尽心思让她姐姐心情愉悦。查尔斯因为不再爱克兰汀而良心不安,快把自己逼疯了。而你——你的角色又是什么呢?你是克兰汀的密友之一吗?我相信是你安排克兰汀的日常开销。每个人都费尽心力保护克兰汀,不让她受现实生活的一丁点儿伤害,为什么?"

斯坦福严肃地看着奈杰尔,他说话的语气相当古怪:"我们中有人对她抱有负罪感。贝之所以对姐姐那么好,只因为她是贝,她是个好姑娘,你知道的。"

"你父亲知道这些吗?"

斯坦福耸耸肩,搓搓鼻子,说:"你可以给他点启发,他从来不相信我们兄弟俩。"

"我是受雇来调查匿名信案件的,不是来理顺家庭关系的。对了,你倒提醒我了,我该给他写报告了。"

"给我父亲吗?不用了,老伙计,他明天就要过来。"

"是吗?为什么?"

"噢,我不用想就知道,就是来给查尔斯打打气,然后告诉我不许浪费布利克家族的钱来玩摩托车。他就是个苦行僧。"

奈杰尔告辞离开,顺着林荫道朝石柱门方向走去。他想在回酒店吃午饭前散散步,就朝右拐了。他边走边琢磨这两天的情形,突然听到身后传来"嗡嗡"的声音。他吓坏了,一瞬间甚至以为他要被箭射中了,还没等他四顾张望或者躲闪开来,他就看到克兰汀·钱特摩尔小姐坐着电动助力车赶上他了。

"这个车的声音可真小,我一点都没听到你过来了。"

"我在做每日必做的早锻炼。"克兰汀迷人地笑着,"感谢上帝,没人告诉我必须天天躺在床上。"

"当然不会,你看上去像春天一样生机盎然。"

"奈杰尔,你这么说太好了。我可以叫你奈杰尔吗?我觉得你就像是我家的老朋友似的。"

"很乐意你这么叫我。虽然我们只见过一面,也没有深入交谈过,但是我好像很了解你。马克·雷纳姆,乔·萨摩斯,这里的每个人都对你赞不绝口。"

"村里的人对你也很有兴趣,要知道,他们可很少见到从伦敦来的侦探。我刚刚看到村里的孩子学你走路的样子呢,你看看你多有名。"

奈杰尔走在电动助力车旁边,他们一起沿着蜿蜒的小路走了几百码。走了一会儿,他们碰到一处树丛,克兰汀停下来,奈杰尔把她抱起来,他们坐在树下的草坪上,周围满是野花和蓝莓树。

"我父亲经常到这里来,他对村里的每一寸土地都了如指掌。他常说,没来过多塞特郡就不知道春天是什么样子。他在法国参加一战的时候,我妈妈每年都把春天的第一朵花寄给他。"克兰汀双臂举过头顶,感叹着。小动物在灌木丛里窸窸窣窣,斑鸠从树丛里"嗖"地一下飞起来。

"真美,真安静,"她说,"日子这么美好,我真的不愿去想任何不愉快的事,不管是匿名信还是原子弹。你是不是觉得我太自私了?"

"我觉得你非常明智,何必为了解决不了的事情烦恼呢?"

"但是,我的确是个自私的女人。我从小就被娇宠,我的腿出问题之后,周围的人对我更好了,我被大家宠坏了。"她指指自己的腿,直直地伸着,像是木偶一样僵硬而无力。

"也许有一天你还能再走路,这种事是有的。"

"马克告诉我,我需要信念。起来,拿起你的被褥走吧(语出《圣经》)。好吧,信念这种东西我是没有的。不是那种信念。所以我是大家的负担。但是,也许他们也会善待那些静坐不语的人。"

奈杰尔笑了:"你看起来不是那种需要别人来鼓励说教的人。"

"噢,我是装出来的,我想尽办法躲开善意的怜悯。"

她说这话的时候,看起来像是阿尔忒弥斯(希腊神话中的女神)一样纯洁又坚毅。"怜悯,我周围的人个个对我无比怜悯——贝,查尔斯,马克。这就是为什么我要让自己像不锈钢一样百毒不侵,完全是自我保护。"她的神情变了,"贝应该出去放松一下,她又开始做梦了。"

"噢?"

"昨天晚上,她梦到听见我父亲的房间里有脚步声。我父亲生病期间晚上经常起来四处走动,那时她还是个小女孩,住在我父亲楼下的房间,经常被脚步声吓坏。几年前她做了这样的梦,之后就精神崩溃了。"

"你的意思是,梦让她精神崩溃?"

"噢,不是,是因为不堪重负。战争的最后一两年,我们没有用人,她要做所有的家务活。你知道的,自从她那年看到我父亲的尸体以后,她就变得神经紧张。你可以想象,这对我们俩都没有任何好处。"

"你觉不觉得她遗传了你父亲精神状态不稳定的特点?"

"天哪,不!"克兰汀应声答道,"他和你我一样神智健全,那件事情对他打击太大,才要了他的命。"她的眼睛在树荫下蓝得越发让人心醉。她好奇地盯着奈杰尔,说:"你不会认为我妹妹跟匿名信有什么关系吧?"

"不,不,她不可能写那些信。"

"你倒是提醒我了。我希望你能去看看她,劝她休个假。她可以去我们的亲戚家走一走,我完全可以照顾自己,虽然她总不相信这一点。"

"我下午就去。"

"你真的是太好了。现在请把我抱回到轮椅上吧,快到午饭时间了……"

"你姐姐认为你应该出去度个假。"

"噢？为什么？"萝斯贝没好气地说。

此刻，奈杰尔和萝斯贝坐在二楼她的房间里。这个房间很小，朝西，屋子里乱七八糟地堆满了各种东西。奈杰尔想，这些东西放在这里不是出自萝斯贝的品位，而是其他房间都不需要。她的品位，或者说她的梦想，都体现在沙发旁的书架上了。书架上放满了戏曲和芭蕾方面的书，书桌边的墙上贴着一些戏剧界小有名气的人的签名照。整个房间看起来有点寒碜，小姑娘味十足，同时又弥漫着一种绝望的情绪，这种绝望是源于她被束缚和被压抑的梦想。

"为什么？"她不耐烦地又问了一遍。

"她告诉我你需要换换环境，因为你老做噩梦，是这样吗？"

"梦！我总是做梦的。"

"为什么不把梦变成现实？"奈杰尔理解了她说的"梦"的意思，他看看书架，说，"为什么不一走了之？"

"那是男人爱说的话，好像谁都可以随时背起包一走了之似的。况且，我现在已经不年轻了。"

萝斯贝看着窗外，看向远处的树梢。两人都不说话。

"那么，昨晚的噩梦是怎么回事？"奈杰尔问。

"噢，没什么特别的。父亲的房间在我楼上，是一个阁楼改建的狭长的房间。我以前常听到他在楼上来来回回走动，那时我还很小，他正在病中，挣扎着起床，脚步声听起来拖沓无力。现在我还总做梦听到他的脚步声。"

"你确定昨晚是在梦中听到的脚步声？"

萝斯贝猛地回头，眼睛瞪得老大，"确定？你到底是什么意思？当然是做梦。你不会是说那是他的鬼魂吧？"

"你大概是什么时候做的这个梦？"

萝斯贝气愤地看着他，眼神里带着挑战，"你认为这是我编造的？"

"不是，我也不相信鬼魂。"

萝斯贝的表情变了，眼神里浮现出一种隐隐的恐惧。好像是要赶走这种恐惧似的，她猛地挥了挥手，说："1点40分。我记得我在梦中哀号，然后梦到我父亲的房门打开了，听到他下楼的脚步声，就醒了。我看了一下手表，是1点40分。接着我就听到汀妮大声问我怎么了。你知道的，她的房间在我下面。所以，不可能是鬼魂。"

"你总是做这个梦吗？每次都一模一样吗？"

"是的，但后面那一部分是第一次做。"萝斯贝想起什么似的耸耸肩，"如果汀妮认为我可能再一次精神崩溃，那她就太傻了。"

"那一次是因为你太劳累了？"

"是的。"

"没有别的原因吗？"奈杰尔温和地问。

"没有，还能因为什么呢？"萝斯贝说，语气里带着一点挑衅。

"你今天早上跟查尔斯说了这件事吗？"

"当然没有。我为什么要说？我有别的事要跟他说，私密的事。噢，好吧，我不介意告诉你。我们已经秘密订婚了，我告诉他是时候公开了。"

原来如此，奈杰尔想。他说："为什么你们要秘密订婚？你们都是成年人，完全可以自己做主。"

"你的问题太多了。你应该看得出来，查尔斯性格并不强硬，他担心他蛮横的父亲会反对我们的婚事，而我担心汀妮不高兴。"

"你姐姐似乎很忍耐。"

"忍耐？但是——"

"她非常明确地暗示我和马克·雷纳姆，她知道你和查尔斯的事，而且并不介意。"

萝斯贝猛地转身，好像不想让奈杰尔看到自己泄露内心的表情。窗外的阳光照在她红色的头发上，她的肩膀习惯性地佝偻着，好像被一生不得实现的梦想压弯了。

"她不介意？"

奈杰尔几乎听到萝斯贝难以置信的惊呼，虽然她并不想让他听到。

"我想你应该出去走走，"奈杰尔说，"这也许可以让查尔斯想清楚一些事情，让他知道自己必须做出决定。我一点也不愿意看到你这么不开心。"

萝斯贝把脸转向他，紧张地扯着窗帘绳，眼里流露出不解。

"你不愿意？你为什么会介意？"她嘴唇颤抖着，双手捂住脸，"天哪，你不知道我从小到大多么寂寞。这是谁的错？不是别的任何人，是我自己。我是个胆小鬼，这就是我为什么不愿意走出去的原因。我从来没有学过如何与人相处，所以我总是让人难堪。现在你知道了。我甚至不相信查尔斯爱我，这是——"她泪流满面，像孩子似的呜咽着。

奈杰尔不知道说什么好，他把手放到女孩瘦弱的肩膀上。女孩浑身颤抖，好像体内有个无法控制的引擎。她看着他，眼里泪光点点，孤苦凄凉。奈杰尔突然对所有人升起一股怒气——克兰汀，查尔斯，阿奇博尔德·布利克爵士，甚至他自己。

"我去跟查尔斯谈，别哭了。"

"你不是真的信任我，对不对？"萝斯贝立刻问。

"怎么会呢？再说你也没有说什么。"

"是的，但是我不能，现在不能……"

接下来的一天，时间过得很慢。奈杰尔感觉事情已经超出他的能力范围了，他应该向阿奇博尔德·布利克爵士递交调查报告，然后离开。兰德尔探长可以找到更多指控丹尼尔·杜德尔的确凿证据，望远镜事件可能会成为不解之谜。奈杰尔现在很确定这件事的背后主使是谁，还有为什么。但是他觉得很难证实自己的想法，除非他怀疑的对象里有一个人感情失控，或者不小心留下证据被伦敦警察厅检查出来。晚饭的时候，他对牧师说起了一些自己的想法。

"你好像安之若素，或者说你认输了？"马克·雷纳姆说。

"兰德尔会继续调查的，他效率很高，你得给警察时间。"

"时间！但是，亲爱的伙计，我太担心克兰汀了，万一又有人要对付她呢？"

"不会的。"奈杰尔武断地说。

"好吧，希望你是对的。万一她……我永远不会原谅自己。"

"你不用担心克兰汀，她妹妹才需要帮助。"

"我又没有爱上她的妹妹,"牧师断然回答道,"帮助萝斯贝是查尔斯的事。"

但是,第二天早上奈杰尔去找查尔斯谈话的时候,他表现得十分不满。他父亲下火车之后径直去了工厂,他这会儿正一门心思忙着应对父亲的视察。

"恐怕父亲知道我同意兰德尔进入实验室搜查会打断我的腿。"他很羞愧地对奈杰尔说。

"那不是我的事。我想萝斯贝·钱特摩尔也不是我的事,但是你没有权力让她一直这么紧张不安。"

查尔斯的态度变得冷漠起来,"如你所说,这不是你的事。你并不了解实情,不要对我指手画脚,告诉我该做什么不该做什么。"

"我了解得很多,我告诉你,萝斯贝正处于崩溃的边缘,如果你感兴趣的话。"

"太无礼了!你是什么人?有什么资格?"

"我是外人。我从来没想要卷入你们的家庭纠纷,但是我不愿意看到有人无缘无故地遭受痛苦。你和萝斯贝结婚,克兰汀并不会死,事实上,她说她已经知道你和她妹妹的事了。"

"知道?我相信,但是她接受这件事吗?"

"所以你要做的是顶住你父亲的压力,或者,如果你还不能在萝斯贝和克兰汀中做出决定,就干脆放弃,跟她们俩一起做个了断。"

"提这种建议简直太容易了,"查尔斯疲倦地说,"我早就这样想过,可是,说起来容易,我根本做不到……算了,说点别的,到底是谁给克兰汀送的望远镜？"

奈杰尔盯着他看了半天，最后开口说道："这对你来说并不重要。我要走了，麻烦你转告你父亲我今天想见他。"

下午3点30分，阿奇博尔德·布利克爵士叫人通知奈杰尔去见他。奈杰尔来到霍尔庄园，被人带进一个房间，就是他第一次跟斯坦福长谈的那间屋子。阿奇博尔德爵士讲究的衣着和这个房间乱七八糟的陈设看起来极不协调，不过，他在这一片混乱中给自己营造了一个相对整洁的空间，他坐在房间正中央的一张长桌旁，指着对面的椅子叫奈杰尔坐下。

"我在等你的报告。"他严厉地说。

"我听说您要过来，就把交报告的时间推迟了，打算当面交给您。"

"那么？"

奈杰尔详细汇报了他针对匿名信展开的所有调查，还有他和兰德尔探长形成的调查结论。他说话的时候，感到阿奇博尔德爵士的眼睛一直盯着他。爵士的态度让人很不安，他一动不动地坐在那里，像一只趴在墙上的蜥蜴一样，带着一股子神秘的满足感，仿佛随时要给奈杰尔突然一击。

"所以毫无疑问，丹尼尔·杜德尔就是写匿名信的人。兰德尔也许觉得证据不足，不能对他进行起诉，但是，现在已经没有匿名信出现了，以后也不会有了。杜德尔被吓住了。"

阿奇博尔德爵士舔舔嘴唇，听到奈杰尔的总结，他露出一丝冷笑。

"不会再有匿名信了？恐怕我不能相信你。我今天下午就收到一封。"说完，他把一封信扔到奈杰尔面前的桌上。

"那太奇怪了，"奈杰尔拿过信封说，"难道丹尼尔·杜德尔又开始了？"

"这封信盖着莫尔福德的邮戳。我刚刚跟兰德尔探长联系过，他告诉我警察最近一段时间一直在监控杜德尔，他昨天既不在莫尔福德，也没有靠近村子的邮筒。"阿奇博尔德爵士冷冷地说，"你怎么解释？"

"显然有其他人开始写匿名信了。"

阿奇博尔德爵士撇撇嘴，"那对我可不是显然的，你不准备承认你的推测全是错的吗？"

"除非我有证据证明我的推测是错的。"

"那么，我看你最好马上开始找证据，比如，从这封信里找找证据。"

奈杰尔想，阿奇博尔德爵士是那种天生就要故意让人难受的人。他打开信，跟以往的匿名信一样，是用大写字母写的，用的是同样的便宜信纸。

"查尔斯·布利克和萝斯贝·钱特摩尔在一起。"

奈杰尔笑着说："你可以放轻松了。"

"我不懂你的意思。"阿奇博尔德爵士冷冷地说。

"其他的匿名信说的都是收信人的家丑，但是，像您这样正派的知名人士肯定没有家丑，我不得不说，有点奇怪的是——"

"我告诉你，不要用这种语气跟我说话。"阿奇博尔德爵士瞪着奈杰尔。奈杰尔不为所动，泰然自若地接着说："奇怪的是写匿名信的人把这当成丑闻。"

阿奇博尔德爵士眼神闪了一下，"我对这个家伙写的什么不感兴趣。他说的查尔斯的事情是真的吗？"

"查尔斯最近确实常去见萝斯贝。"

"你应该知道我的意思，这个女人是不是缠着我儿子？"

"这个问题您最好去问您儿子。"

"我当然要问他，但是我有权利从你这里听到答案，你必须配合我，斯特雷奇威。"

奈杰尔不动声色地看着阿奇博尔德爵士，冷静地说："我是来调查匿名信事件的，不是来撮合姻缘或者破坏姻缘的。"

"所以，他真的想跟她结婚？"阿奇博尔德爵士说，那口气仿佛是律师在诱导目击证人说实话。

"他想，又不想。"

"他绝对不会跟她结婚，我把话放在这儿。"

"你为什么要这么强烈地反对他们结婚？"

"她们家的血统不好，就像是失效的股票一样，他父亲神智不健全。"奈杰尔注意到，他说这话的时候带着无法抑制的愤怒在颤抖。"你知道吗？她姐姐拒绝见我。我一收到这封信就给她打电话，她居然拒绝见我！我今晚要登门去找她。"

"我不明白，如果您儿子真的想跟萝斯贝·钱特摩尔结婚的话，您如何能阻止得了？"

"我可以切断他们的财源,这样就能让他们恢复理智。"

奈杰尔思量着这令人不快的回答,过了半晌,他说:"您确定钱特摩尔家的血统有问题吗?毕竟,您的大儿子也有点反常,但是没人说布利克家族血统有问题,也不会因为这个原因反对女儿嫁到你家来。"

阿奇博尔德爵士非常生气,"如果你是认真的,那你的话真是既荒唐又无礼。"

"并不荒唐,我甚至能想象人们会认为您有点神经兮兮,您大把大把地花钱满足斯坦福的奢侈爱好。"

"他们是这么说的吗?"阿奇博尔德爵士言不由衷地说。他看上去很不安,这种不安对其他人来说有点滑稽,但是对于一个理智至关重要的银行家来说,不安就显得很不寻常了。"胡说八道!我资助过我大儿子做了不少实验。如果现在正在做的实验失败了,或者他超支了,他马上就一分钱也拿不到了。我可不会让我的钱打水漂。"

"但是,这个实验不会失败的,爸爸。"楼下传来斯坦福的声音,接着就是一阵搞笑的歌声。

阿奇博尔德爵士听到儿子的声音,脸上的表情很复杂,既生气又有点开心,既有父母对儿女的偏袒,又怕奈杰尔刚才说的话应验了。但是他脸上的表情转瞬即逝,很快就又摆出他一贯冰冷又趾高气扬的面孔。

"既然你已经完成了制造引擎的工作,那就赶快解雇那个叫杜德尔的家伙。而且我要叫他和他妈妈滚出邮局,如果邮局不出面的话,我也会出面的。他们最好离这里越远越好,那家伙借着宗教的名头满口胡说八道,把村子搅得人心惶惶,影响简直太坏了。"

"老爸这一席话简直像是坦曼尼协会(十九世纪和二十世纪初期操纵美国纽约市政界的腐败政治组织,有时泛指腐败政治组织)的老板一样,对吧?"斯坦福钦佩地说,"雷霆万钧扫平小镇腐败。"

"我第一个想扫平的就是这个房子,从没见过比这邋遢的地方。"

"您没见过是因为您从不到这里来,您是一个从不去自己房子的房东。那么您清算了杜德尔,教育了查尔斯,清理了霍尔庄园之后,下一个打算教训谁?我们来看看,牧师挺不靠谱,我怀疑他是阿米念主义(一种神学教义),最好让他乖乖听话。"

"斯坦福,别阴阳怪气的,我对雷纳姆也没有十分不满意。当然,我还是要跟他谈谈的。他总发表一些绥靖主义的胡说八道,那些话都被登到本地报纸上去了。"

"好得很,让他脑袋搬家。"斯坦福边说边在地毯上傻兮兮地跳来跳去,"那么下一个我们来清理谁?"

"我想斯特雷奇威先生没必要卷入我们的家务事,他可能还得继续全力以赴对付匿名信的事情,但是就目前的结果而言,我想……"

事实上,阿奇博尔德爵士的两个预言都大错特错了,他关于改造普莱尔斯翁伯恩的计划也化为乌有。第二天早上 9 点,乔·萨摩斯给奈杰尔送早餐进来的时候告诉他:"先生,我刚听说,山上发生可怕的事情了。阿奇博尔德爵士死了,萝斯贝小姐在采石场发现了他的尸体。"

第十章

可怕的深坑

奈杰尔赶紧三口两口喝完茶,飞快地朝山上的采石场走去。这又是一个晴朗的早晨,远处薄雾迷蒙,树篱和小树林中传来零星的鸟鸣。奈杰尔看到他前面有一些村民,大部分是孩子,他们匆匆忙忙地走着,像是赶着去参加什么盛大的活动。他们之中有一道瘦高的身影,那个人就是丹尼尔·杜德尔,穿着一身黑色的衣服。

奈杰尔想,这件事一定会引起一场巨大的骚动。像阿奇博尔德·布利克爵士这样的名人,或者说臭名昭著的人,死在采石场,必然会引发轩然大波。他是自己掉下去了,还是被推下去了?阿奇博尔德爵士不是那种会在采石场边上绊倒的人，或者说不是那种会在晚上去野外散步的人。人们肯定认为事故发生得很晚，否则他失踪的消息早就会被报道出来。而且就在昨天下午，他还亲切地指出了一群可能是凶手的人。他和其中的多少人见过面？如果都见过的话，至少五个人有各种各样的动机要杀他。这简直太巧了。如果这是虚构的，匿名信和望远镜事件在某种程度上也恰好吻合，可现实生活并不那么井然有序。

克洛特沃西正在把孩子们从采石场南面用绳子围起来的地方赶出去，那里有人正在安装滑轮。尽管母亲们大声呼喊着，孩子们却在采石场边不愿离开，有的吃着面包和果酱，有的互相打闹，有的佯装要爬到下面的坑里。奈杰尔可以看到一群警察在下面围着一个平展的尸体，他们忙着拍照和测量，蹚着坑中间的浅水不停地寻找线索。二十年前的情况一定与这很相似：同样的戏码，不同的演员。

奈杰尔走向用绳索围起来的地方时遇见了丹尼尔·杜德尔，他站在矿井的上方，使劲地摇晃着脑袋，仿佛是为了嗅出血腥味。那人喃喃自语："这是上帝的旨意，在我们眼里是荣光。"奈杰尔想，尽管人们不能假装认为阿奇博尔德爵士是虔诚或美德的光辉榜样，但这么说也有点过分了。

克洛特沃西仔仔细细，甚至有点夸张地把奈杰尔检查了一番，才允许他进入绳索围住的地方。那里丛生的水仙花一动不动，因为今天没有风，所以它们不再瑟瑟发抖，而是在胜利的荣耀中闪闪发光。但是有一些花低垂着，茎秆从中间折弯，毫无疑问，这是早上有人因为惊慌误伤了它们。也许是萝斯贝·钱特摩尔看到了下面的尸体后，惊慌失措地跑回小庄园时踩到了它们。草皮很硬，奈杰尔注意到到处都有淡淡的压痕——他猜想这是克兰汀的电动助力车的车轮印。她经常会到这里来祭拜父亲：这里有几组残留的车轮痕迹，有些模糊，有些稍微清晰，但都不深。奈杰尔观察到一些遭殃的水仙花呈一条直线，就像一个车轮从一丛又一丛的水仙花上驶过。他的脑海中浮现了一幅奇妙的画面：克兰汀把老对手的尸体运到采石场的边缘，然后带着强烈的复仇情绪把他丢下去。不，不可能——他们的重量加起来形成的车轮印要比这深得多，他不辞辛劳地自己驳斥自己，然后嘲笑自己竟然有这样疯狂的幻想。也许那个家伙只是自杀了，可那就更荒唐了——不管发生了什么，你能想象阿奇博尔德爵士会自杀吗？但是，在检查尸体上方的采石场边缘后，奈杰尔没有发现任何挣扎的迹象。

奈杰尔的想法似乎和他面前的整个场景一样不真实——破碎的玩偶摊在采石场里，孩子们对后来的人大喊道："快来，快来！这儿有个死人！"丹尼尔·杜德尔独自站在深坑上方，就像个高高在上的魔鬼，看着一堆警察在那里例行公事地拿着手电筒和卷尺忙忙碌碌地进行现场勘查和盘问。村里的妇女都跑来了，还有几个男人，一言不发、全神贯注地盯着警察的一举一动，就像伦敦人看道路开挖一样。这些人宛如原始绘画作品中的蒙福之人，俯视着被诅咒者的滑稽行为。

此时，一辆汽车沿着小路驶来，一个穿戴整齐的人大步走到现场，克洛特沃西向其敬礼。来者是警察局局长比尔少校，奈杰尔向他作了自我介绍。

"啊，是的。听说你来这儿了，很抱歉之前没有去拜访你。这件事真是糟糕，他为什么要这样做，嗯？都快要引起轩然大波了。看看那些人，对凶杀案这么感兴趣，团团围坐在那里，搞得跟野餐似的！"

警察局局长用力摸着胡子，露出上面吃早餐时留下的鸡蛋痕迹。他大步走到采石场边上，大声吼道："兰德尔，我要下来了！"

接着，他再次转向奈杰尔，说："回头见，告诉钱特摩尔小姐，我会去找她。"然后，他轻快地挥了挥手，蹲下来，把整洁的灰色西装和所有的东西放在采石场的边缘，像一个男孩似的敏捷地爬了下去。

奈杰尔待在这里也做不了什么，于是他沿着贯穿树林的小路向小庄园走去。他被领进起居室，屋里坐着钱特摩尔两姐妹，还有斯坦福·布利克和马克·雷纳姆，他们一副平静且听天由命的样子，奈杰尔对这种态度并不陌生，很多人在亲人惨遭不测的时候都会有这样的神情。

他向斯坦福表达了同情。斯坦福嘴朝下一撇，向奈杰尔表示感谢，说话时有点颤抖。

"有趣的是，"他补充说，"我开始意识到我是喜欢爸爸的。不管别人怎么说，他并不是一个恶棍，我们只是需要合适的相处方式。"

现场出现了一阵尴尬的沉默，没人对这个半真半假的老套陈述感兴趣。他们不喜欢那个刚刚死去的人，而且无法强迫自己假装喜欢。克兰汀·钱特摩尔转过她美丽的脸，萝斯贝不安地揪着沙发上的彩色穗带。牧师干咳了一声，打破了沉默。

"警察发现什么了吗？我的意思是，这事是怎么发生的？"
"我不知道。"奈杰尔回答道。

他们一言不发，仿佛死人就在屋里，窗帘也被拉上了。萝斯贝突然突兀地尖声喊叫起来:"为什么我们都要装模作样?我们在等什么?"

"在等警察,亲爱的,"克兰汀说,"他们必须讯问我们每个人,你不要这么生气。"

"我害怕和他们见面,我不知道该对他们说什么,为什么偏偏是我看到了——看到了尸体?"

"总会有人看到的,贝,"斯坦福非常温和地说道,"他们不会欺负你,你只需要坐下来回答他们的问题,这是小事一桩。"

萝斯贝心不在焉、有气无力地朝他笑了笑,"但我能告诉他们什么呢?我不知道发生了什么。我只是在早餐前出去了,然后我——我发现了他。我起初以为有人往采石场丢进去一套旧衣服。哦,上帝!你认为他是被扔在那里的吗?我是说他是被谋杀的吗?"

"真的,贝,你必须重新振作起来,"她姐姐说,"他当然不是。"

"我们都想谈谈这件事吗?"奈杰尔问,"我想这可能是一件好事。"

"为什么不呢?在进入中场之前,让我们进行一点网前练习。"牧师说,"但也许斯坦福——"

"不用管我,说出真相,让魔鬼感到羞愧。"

"好吧,那么,谁最后见到了阿奇博尔德爵士?"

"晚饭后他过来了,"克兰汀说,"我本来不想见他,但他——嗯,他差不多是强行进来的。对不起,斯坦福,但情况就是如此。"

"他到底想来干什么?"萝斯贝话中明显带着怒气,让人感到尴尬。

"讨论私事。"

斯坦福露出了一丝和以往一样的顽皮笑容,"探长在此时会问这样一个问题:'他看起来是否处于一种激动的状态?'"

"哦,他确实很激动。我们讨论的话题肯定会使他激动,但没有任何迹象表明他后来会跳进采石场,"克兰汀说,"简单来说,他当时的心态是想要杀人,而不是自杀。"

马克·雷纳姆惊愕地注视着她,"哦,拜托,克兰汀,你一定不是这个意思吧?"

"她为什么不能这样说?我确信阿奇博尔德爵士宁愿看到我死在他的手上,也不愿让我嫁给他的儿子。这就是你和他谈的事,汀妮,对吗?"萝斯贝说完之后,房间里又是一阵令人不自在的沉默。

"我想我们应该回到时间的问题,"奈杰尔建议,"他是什么时候离开这里的?"

"大约 11 点 20 分。"克兰汀犹豫了一会儿,"他并不是非常清醒,他在这里喝了相当多的威士忌。"

奈杰尔注意到斯坦福·布利克以一种奇怪的方式看着克兰汀——他专注且不解地看着克兰汀,好像在研究一个新公式。他说:"无论喝没喝,爸爸都没有走到采石场那边,他在 11 点 30 分左右回到了霍尔庄园。"

"你看到他回来了吗?"奈杰尔问。

"狗叫了,那时其他人都在屋里,肯定是他。"

"所以你实际上并没有看到他。"

"没有,但厨师看到了,我今天早上得知消息后问了她。那些狗把她吵醒了，她从窗户往外看——她的房间就在院子后边——她看到他从后门进来了。"

众人在沉默中消化这个信息，然后马克·雷纳姆突然说："我说，这太奇怪了，不是吗？如果他要在采石场自杀，为什么要先回自己的房子？"

"他没有自杀，显然也没有再出去。那是最后一次有人听到狗叫声。"斯坦福严肃地说道。

"但这是不可能的，"牧师说，"他肯定又出去了。该死的，他是在采石场被发现的。"

"如果有人悄悄地从前门出去并且绕道而行，狗就不会叫，对吧？"奈杰尔问。

斯坦福皱起了眉头，"是的，没错。但是，如果你知道这是最后一次散步，为什么要绕道而行，以免打扰到狗？"

"你弟弟在家里吗？"

"在家，我们俩都睡得很早，10 点 30 分刚过不久就睡了。今天早上查尔斯必须很早赶到工厂。"

"嗯，这一切都很奇怪，"克兰汀说，"但原因一定很简单。"

即使有什么简单的原因，那天下午坐在警察局局长书房里的那群人也想不出来。阿奇博尔德爵士的尸体解剖结果刚刚出来，他是在晚上 10 点到 12 点之间死亡的。他的脖子断了，头部受伤，大概是从采石场边缘坠落时受的伤。在采石场峭壁的突起部分发现了血迹，这些血迹是在坠落过程中碰撞造成的，这表明他坠落时还活着，再加上上面没有任何挣扎的痕迹，所以是自杀或者意外。对器官进行检查后，发现了大量的安眠药，但不是致命的剂量。最后的这个事实使警察局局长忧虑地皱起眉头，这似乎与自杀的推论相吻合。

他说："够直白了，不是吗？布利克想要自杀。他没有勇气直接跳下去。尽管他在钱特摩尔小姐家喝了很多酒为自己壮胆，但还是回到家里，喝下高浓度的安眠药，又很快地溜了出来，以防有人过来阻止他，然后走到采石场。当他到那里的时候，已经被麻醉得差不多了，跳下去时几乎没有痛苦。怎么样，兰德尔？"

"我完全不赞同您的观点，先生，"探长说，"他有什么理由要自杀？我们都知道他的经济状况良好。就他的年龄而言，他的健康状况还不错。除了他的儿子和萝斯贝小姐的事，他没有任何烦忧。他去了小庄园，向克兰汀小姐施压，让她和他一起反对那两个人结婚。根据她自己的证言，她拒绝这样做——我们没有理由不相信这点。我们推测他下一步会做什么呢？反正不是因为她不肯合作而气冲冲地跳进采石场，他不是那种人。如果他这么想阻止这桩婚姻，他就必须确保自己活着。"

"他会回到霍尔庄园，直接和查尔斯摊牌，嗯？"警察局局长敏锐地说道。

"就是这样。他不是那种让草在他脚下生长的人，看看他那天下午到这里之后的几个小时里都做了些什么吧——在工厂里大吵大闹，派人去找斯特雷奇威先生谈匿名信的事，把大手大脚花钱的斯坦福臭骂了一顿，见了雷纳姆先生和丹尼尔·杜德尔，然后又去见钱特摩尔小姐，真是忙碌的一天。他对每件事都感到十分气愤，所以我想他需要安眠药助眠。问题是，谁给他的？"探长转向了奈杰尔，"霍尔庄园里的女仆说今天早上没有见到任何地方有脏杯子。"

"你的意思是，一个想要自杀的人在喝完安眠药后不会去费心地洗杯子吗？"

"我认为阿奇博尔德爵士这辈子都没有洗过杯子。"警察局局长说。

"还有一点，"奈杰尔说，"如果你有足够多的安眠药，可以在家里悄悄地自杀，为什么还要费尽周折地去采石场自杀呢？"

"嗯，"警察局局长停顿了一下，说道，"我们对自杀持怀疑态度，那会不会是意外？"

"如果没有人看到他回到家并且没有在他身上发现安眠药，那么他就有可能是因为愤怒而失去理智地从小庄园里冲出来，然后走错了方向，来到了采石场边缘。昨天晚上天特别黑，所以——"探长耸了耸肩。

"我同意，意外被排除了。"警察局局长轻快地说道，"那么，是谁干的，兰德尔？"

探长温和而聪明的眼神在他上司的身上停留了一会儿。"看起来是他们兄弟中的一个。他们有很多动机，比如因为他的钱，或者因为他反对婚事。他们都说他晚饭后离开了庄园，之后没有看到他再出现。假设他回来之后上去和查尔斯摊牌，威胁说如果他和萝斯贝小姐结婚就解雇他，并只给他一先令。阿奇博尔德爵士在他们争吵的某个时候服了安眠药，或者查尔斯偷偷把安眠药放进他的饮料里。没有人会听到他们的声音——仆人的房间离主人的房间很远。查尔斯把睡着的父亲带到采石场。斯坦福也有作案动机,他将继承他父亲的大部分财产,他是这么告诉我的。阿奇博尔德爵士的体重很轻,他们中的任何一个人都可以把他背到那里。你怎么看,斯特雷奇威先生?"

"他们没有那么充裕的时间。如果像医生说的那样,12点是时间的上限,那么所有这些都必须在半小时内完成——与父亲争吵,安眠药生效,走差不多一英里把他搬到采石场,还不说要绕道,以免再次惊动那些狗。也许可以这样做,但即使是背着羽量级(57公斤以下)的人走那么远,也必须时不时停下来休息,而且这不是很冒险吗?"

"你正在调查那晚是否有人看到任何可疑的行动,是吧,兰德尔?"警察局局长问。

"是的,先生,这是我们目前的主要调查方向。"

"杜德尔又在夜里散步了吗?"奈杰尔问。

"你提到的这个很有意思,我让几个人轮班盯着他,这就是我们为什么知道他不可能发出这最后一批匿名信。他和他母亲在这些信被寄出的那段时间里都没有离开过房子,所以我把这些人都撤走了,反正也用不着他们了。对了,昨天晚上杜德尔去了纽因酒店,在那里半死不活的。"

"半死不活?他被袭击了?"

"不,先生,这是我们这一带醉酒的说法。这发生在他与阿奇博尔德爵士见面之后。他在10点钟离开酒馆,他和他母亲起初都发誓说他五分钟后就到了家,但我们有一个证人说看到他在11点30分左右沿着从霍尔庄园出来的路回到了村里。面对这一证据,杜德尔承认他在 10 点 05 分时没有回家：他说他有点醉了，想走动走动，估计他不敢回家见他的母亲，想在外面清醒一下再回去，结果他掉进了沟里，在那里睡了一会儿。对了，他还在纽因酒店发泄了对阿奇博尔德爵士的不满。"

"好吧，他没嫌疑了，"局长说，"那个证人给了他一个相当好的不在场证明。除非你是说他在 11 点 30 分后不久又回到了霍尔庄园，并以某种方式把布利克诱骗到外面，然后谋杀了他。"

"哦，不，不用考虑他，先生，我赞同。"

"我怀疑，"奈杰尔说，其他两人有些惊讶地看着他，"让我再看看那份证词——霍尔庄园厨师的……是的，在这儿。被狗的叫声吵醒了，下了床，走到窗前，刚好瞥见阿奇博尔德爵士从下面走过——觉得他走路有点不稳——不知道他是不是生病了。"

"你到底想说什么？"

"我们假设那个人一定是阿奇博尔德爵士，他走路不稳是因为在小庄园喝了太多威士忌。好吧，杜德尔也喝了酒，或者已经喝醉了。假设他遇到了离开钱特摩尔家的阿奇博尔德爵士，把他打昏迷——尸体的头部有伤，然后把他扔进采石场。假设杜德尔试图制造一个不在场证明，请注意，他可一点都不傻。他走到霍尔庄园，装作进去的样子。厨师从上面看到了他的身影，因为隔着玻璃看，身形看起来很矮小，除了阿奇博尔德爵士，她不会想到是别人，反正她也睡得迷迷糊糊了。杜德尔有一套黑色的西装和一顶黑色的帽子——我们必须确认他在纽因酒店是否穿着这套衣服、戴着这顶帽子，毕竟厨师很容易把他误认为是阿奇博尔德爵士。"

"我再跟她谈谈,"兰德尔探长说,"确定她是否真的听到他进屋,她在窗前待了多长时间,等等。你认为他有可能在狗还在叫的时候又溜走了吗?"

警察局局长不耐烦地打断道:"这是不可能的。这个推理很巧妙,但难以解释安眠药的事。如果布利克没有回家,他是什么时候服的药?"

"他可能向钱特摩尔小姐要了一些。"

"你认为她之后会在自己的证言中提到它。"

"人们在压力下会忘记一些事情。她有没有被问及此事,兰德尔?"

"没有,斯特雷奇威先生。我跟她面谈时,我们还不知道验尸结果。我会再查一查这个的。"

奈杰尔心不在焉地凝视了他一会儿,然后说:"既然我们谈到了冒充的问题,我想指出还有一个人,他有黑色的衣服和帽子,走路不稳,而且有充分的理由不喜欢死者……马克·雷纳姆。"

第十一章

老灰狼与瘦肉

布利克案迅速从一件轰动乡村的事件变成一场举国知晓的灾难。记者和专栏作者蜂拥而至，普莱尔斯翁伯恩本地人面对涌入的城里人，一边盯着赚钱的大好机会，一边领着他们在田间乡野寻觅乡村生活的田园诗意。大家喝着免费的啤酒，漫无边际地幻想。没有人比斯坦福·布利克更擅长后者，他告诉那些容易受骗的报社记者很多编造的假料——新闻记者在挖掘新闻素材的时候虽然冷酷无情，但是没有人比他们更天真、更好骗，由此炮制出很多虚夸的故事。报刊上大量刊登着家长里短和犯罪推理，读者们看完之后打几个小时的电话聊这些八卦。这些故事和推理的离谱程度只稍逊于日报和周刊在讣告中对死者生前光辉历史的夸张表述。

据悉,阿奇博尔德爵士不仅是"死在采石场的神秘银行家"和"被谋杀的百万富翁",他还对国家经济具有持续性影响。他是优生学的倡导者,是一个不错的教徒,还是一个平凡的居家男人,晚间最喜欢和家人在壁炉边安静地消磨时光。他虽然信奉苦行禁欲的生活方式,但为人谦逊,性格讨喜。他贪污腐败,是英国保守党实权派的一条走狗,他还是剑桥大学的民法学荣誉博士。为了向英国公众呈现死者的形象,且该形象既要符合报社老板制定的方针,又要合乎编辑对读者需求的理解,记者和作家们不惜一切代价,用尽一切陈词滥调。

追封阿奇博尔德·布利克爵士为圣徒的仪式还没开始,布朗特警司就赶往莫尔福德了,他受副局长的指示接手此案。比尔少校在上次讨论结束后就立即去往伦敦警察厅了,留下奈杰尔、克兰汀·钱特摩尔及牧师坐在小庄园的草坪上。

之后奈杰尔和兰德尔探长一起回到了村里,并对霍尔庄园的厨师进行了第二次讯问。这位善良的女士这一次不敢发誓说她前天晚上在窗下看到的就是阿奇博尔德爵士,实际上,她没有看清正下方的那个身影。但是她仍然记得,厨房的灯透过窗帘投下的光线很微弱,她依稀看到那个身影在屋外一闪而过,她看见了一顶深色的帽子和一套深色西装,或是一件大衣——阿奇博尔德爵士要求留着这盏灯,以防他回来得晚。他说他会从后门进来,因为那里离小庄园最近,之后他会自己关掉厨房的灯。这里有两个有趣的问题:第二天早上灯还是亮的,而且晚上厨师把门锁上了，第二天门还是锁着的。她不能确定那个人是否真的进屋了，她不可能听到钥匙开锁的声音，也不可能听到开门和关门的声音，因为狗的叫声太吵了；而且她马上就回去睡觉了，所以没有看到那个人走近门后的任何动作。她的印象太模糊、太短暂，无法基于此做出任何推断，但是有一点她很肯定，就是她看到那人走了几步，姿势看起来很奇怪。没错，他可能是喝多了——他的脚步的确看起来不稳，厨师如此说道。那看起来像一个受伤的人走路的样子吗？嗯，可能是。或是瘸子？不完全像个瘸子，更像是一个蹒跚学步的孩子走路的样子。不过，这可能是因为一条腿受伤了——走路有点不平衡——但她不能确定。

探长讯问了其他女仆和阿奇博尔德爵士的贴身仆人，他们睡得很沉，甚至没有被狗吵醒。之后探长与奈杰尔一起继续前往小庄园。克兰汀·钱特摩尔面带极其迷人的微笑迎接他们，并建议他们都到花园里去。牧师把她抱上放在前门外的电动助力车。

"恐怕你得推我，"她说，"昨天电池没电了，还没有从车库拿回来。"

"这对你来说真是不方便，钱特摩尔小姐，"探长一边说着，一边在牧师之前快步走到助力车前，"它没电多长时间了？"

"我昨天还用了它，我下午开了很长时间，幸运的是，快到家的时候电量才耗尽。"

"你应该备些备用电池，克兰汀。"马克·雷纳姆说。

"我了解到你最近去了采石场。"探长对钱特摩尔小姐说。

马克突然转过身来，表情严肃地看着他，"我希望你不是在欺负钱特摩尔小姐。"

"哦，真的，马克，别犯傻了。你知道我经常去那里。事实上，我昨天也去了。我想你看到车轮印了吧，探长。"

"没错，女士。"

"我想你还测量了压痕吧？"奈杰尔插了句嘴，玩起了兰德尔的小把戏。

"压痕！这是什么意思？"克兰汀高兴地叫道，"怀疑我吗？"

"你看，女士，是这样的，"探长从容且和蔼可亲地说，"假设有人想把一个人运到采石场，并为此借用了你的助力车，两个人的重量加起来会比你当天下午自己留下的痕迹更深。当然，按你说的话，助力车已经没电了，所以这个人只能用助力车把尸体推到那里。而这样做留下的印记不会比你的更深，已故的阿奇博尔德爵士体重很轻。"

当探长面带最温和的表情说这番话的时候，他们绕过房子来到了花园里，萝斯贝正在花坛除草。奈杰尔注意到她的身体紧绷，一只手紧张地握着小草叉。她本来弯着腰听兰德尔说话，看到奈杰尔的目光落在自己身上，她急忙把叉子插进一堆树叶里。

"哦，千万小心点，贝！"她姐姐喊道，"不要挖掉我珍贵的橙色三色堇！"克兰汀的声音听起来似乎非常不安，而当她再次转向探长时，她的表情比奈杰尔所能想象的还要慌张，"对不起，兰德尔先生，我比较宝贝我的花，你刚才说什么？"

"探长你看，"牧师粗暴地打断了她，"这一切有什么意义呢？你是说阿奇博尔德爵士同意某个人用这辆助力车把他推到采石场去？这说不通啊。"

兰德尔用从容不迫的深沉目光看着他。"不完全是这样，先生。他当时睡着了，你明白吧。"

"睡着了？到底是什么——"

"在他死前不久，他被注射了或者他服用了一种强效安眠药，因此，用钱特摩尔小姐的助力车把他运到采石场很容易——比背着他容易得多。女士，我听说你存放车的小屋子离房子有点远，而且很少把小屋锁起来。"

"但我以为他离开这里后就回家了。"克兰汀说。

"他可能没有到家。"

"但斯坦福告诉我们他回到家了。"马克·雷纳姆争辩道。

"我现在感兴趣的是安眠药。"探长说，"他没有问你要安眠药，是吗，钱特摩尔小姐？"

"没有，不过他的确可能服用过镇静剂。贝，你把他的威士忌拿进来之前是不是在里面撒了点药粉，亲爱的？"

克兰汀的笑声就像春天的喷泉。她的妹妹此刻站在她身边，愠怒地嘀咕道："别这么荒唐，汀妮！我当然没有。"

"他已经死了，克兰汀，记住这点。"马克·雷纳姆的声音里带有一丝特别轻柔的责备。

克兰汀仰起美丽的脸庞，直视着他的眼睛回答道："贝或我没有理由突然变得虚情假意，假装为他的死感到痛苦。我们可以放心地把这句话告诉媒体和教堂讲坛里的人。"

马克蜡黄而憔悴的脸涨红了，嘴巴也抿了起来。兰德尔探长轻轻地笑了笑，若有所思地看了看周围的人，然后请求克兰汀允许他的人检查电动助力车和晚上放车的小屋。克兰汀被移到一张躺椅上，探长把助力车推走了，他要返回莫尔福德去讯问查尔斯·布利克。一两分钟后，萝斯贝悄悄走了，没有再回来。奈杰尔和牧师在克兰汀旁边的躺椅上坐了下来，克兰汀后悔地向牧师请求原谅。

"我很抱歉，马克。虽然那样说惹人厌恶，但我不会为阿奇博尔德爵士的死放声大哭——我甚至感觉不到他真的死了。对我来说，他是一个完全不真实的人。可能由于他对我父亲所做的事，他的形象在我的脑海中被扭曲了，但是并不真实。"

"哦，我不知道，"马克说，"我敢说他还是有自己的优点。"

"要我说，鬼魂也可能有优点，但它仍然是不真实的。而阿奇博尔德爵士生活的世界，在我看来只是一个充满虚幻的世界。你怎么看，奈杰尔？"

"一个抽象的世界？是的，金融大鳄的生活氛围一定与常人截然不同。"

"噢，还不止这些，"她强烈的情绪让奈杰尔想起了她妹妹，"像他这样的人看一切事情的角度都跟常人不同，处事没有人情味。所有的事物都会自行转化为金钱，变成货币值的代码。这不只是痴迷金钱的问题，任何小店主或为生计而挣扎的家庭主妇都痴迷金钱，但他的痴迷程度与普通人的痴迷程度相比，就如同高等数学与简单的加法运算相比一样。而且，由于他的业务性质和规模，他与现实隔绝，周围只有秘书、电话和文件。他对普通人的人际关系没有丝毫概念，就像坐镇基地的将军，生活在充满地图和战略的世界里，不知道战争对普通列兵意味着什么。即使是床，也会变成一个抽象的概念——想想他那些关于优生学的胡说八道。"

克兰汀的脸因为一种非凡的活力变得通红，奈杰尔在生日宴会后从她身上感受到了兴奋感，现在这种兴奋感表现得比以往更强烈。

"他坚决反对查尔斯与你妹妹结婚？"

"是的，对他来说，这不是两个活生生的人的问题——只是基因的问题。我试图说服他，但这就像试图徒手在保险箱上破个洞一样。他的意思差不多就是贝的精神不正常，真是可恶！"克兰汀的手在腿上攥得紧紧的，眼神更幽暗了。

"但我还是不明白他怎么会认为自己能阻止这桩婚事。"马克·雷纳姆说。

"实施制裁，切断资金。马克，你不知道他能有多无情。"

"但查尔斯肯定能找到另一份工作，如果他真的想娶贝的话？"

克兰汀的嘴角泛起一丝苦涩，"切断查尔斯的钱，也切断我们的钱。我确实很不谙世事，我从来没有怀疑过我们的钱是从哪里来的。他们告诉我，我父亲死后，他们设法拿回来一部分钱。阿奇博尔德爵士让我恍然大悟，这些年来我们一直靠他的施舍——确切地讲，是靠他的钱生活，我之前从未怀疑过这是来自斯坦福或者查尔斯的救济。如果贝不放弃查尔斯，他就会停止我们的资金供应，这是一个非常漂亮的最后通牒。"

"最后通牒！"马克激动地喊道，"那是胁迫。多么卑鄙的行为！"

"他已经死了，马克，记住这点，"她讽刺地喃喃道，"所以贝和我也有很强的动机，那就是想让他离开这个世界，奈杰尔。"

"贝知道这个威胁，是吗？"

克兰汀看起来有点不安，她很快说："不，她不在场，我的意思是她不知道他威胁我们。"

奈杰尔的目光在树丛上停留了一会儿，萝斯贝的草叉还插在那里面。"相当幸运的是，你的电动助力车昨天晚上没电了。"

"幸运？没错，我想是的。"

"你非常喜欢花，我想你特别喜欢自己种在采石场边上的水仙花吧？"

"噢，是的，但我不明白——"

"我注意到有一丛水仙花最近被车轮碾过，我敢肯定不到万不得已，你绝不会自己开车碾轧这些花。"

"你想说什么？"马克问。

"哦，这很明显，"克兰汀说，"要么是我在黑暗中不小心轧到的，要么是别人用了我的助力车。这就说得通了，对吧？"

奈杰尔点了点头，"我告诉你这些是因为兰德尔已经意识到了这一点——我是说有人用你的助力车的可能性。总之，他们已经向伦敦警察厅求援，而我的一个老朋友——布朗特警司要来了。布朗特很少会错过什么。"

一阵紧张的沉默蔓延开来。马克和克兰汀明显地避开了彼此的目光。最后,马克说:"那么就没有疑问了?这一定是谋杀?否则他们不会派来一个刑事侦缉部的警司,对吗?"

"布利克是要人,又死于谋杀,伦敦警察厅必须派最强人马。"

"他真该死。"克兰汀的声音纯真而冷酷,"我很抱歉,马克,但现在他要第二次毁掉我们的生活了。我们本来都很开心,现在一切又成了噩梦。一切都变得悬而未决,我们都得互相揣测、琢磨……"

奈杰尔站起来要走。牧师从草地上拿起他的拐杖和黑帽子,也告辞离开。他脸色憔悴,表情看起来好像在忍受折磨。当他们一起走到车道上,他突然痛苦地说:"上帝原谅我,但我本可以亲手杀了他。"那情状宛如受刑之后终于说出了实情。

奈杰尔对他的痛苦表示同情。牧师道出一切,他的声音颤抖且凄厉。阿奇博尔德爵士在被害的那个晚上来过牧师的住所,他是来做最后通牒的,他威胁说要针对马克的反战布道和文章找他麻烦。对于马克,他提出的制裁措施非常简单,而且非常有效。

"他发现了我妻子的事,你明白吗?哦,他没有威胁我,那不是他的行事方式。"牧师的脸已经变白了,"他说要让大家知道这件事,他觉得有责任把他知道的告诉大家。我本来可以掐死他。但他是怎么发现的呢?"

奈杰尔对这一点并不怀疑。阿奇博尔德爵士之前曾见过丹尼尔·杜德尔,丹尼尔很可能试图获取他的好感,并报复自己的宗教对手。

"那么你是怎么说的?"

"告诉他让他公开,并且诅咒他,然后把他赶出了家门。之后我开始意识到我让自己陷入了什么境地。他可能不会解雇我,但他可以毁掉我的声望,让我在这里无法工作。后来,我出门去找克兰汀,想和她谈谈这件事。"

"你们谈了吗?"

昨晚10点过后不久,牧师走到了小庄园。看到前面没有灯光,他绕着房子走了一圈,打算如果在起居室看到克兰汀就敲敲落地窗。她确实在那里,但阿奇博尔德·布利克也在。

"所以你又走了?"

"实际上我没走,没有马上就走。我有个愚蠢的想法,她可能需要我的帮助。他们没有听到我的脚步声——我走在草地上。所以我在那里站了一会儿,一边听,一边自欺欺人假装没在听——我还是想做个绅士的。"

"你听到什么了?"

"只听到他们说的只言片语,落地窗并没有大开,而且布利克从不对人大喊大叫,尤其是发怒的时候。不过,我可以看到他在颤抖。他说了一些关于杜德尔的话,但我没听清。然后我听到了'写匿名信的人就在这个家,查尔斯要和这样的家庭结亲',克兰汀盯着他,仿佛他已经失去了理智。她开口说:'你敢说贝——'然后他说了一些我听不懂的话,听起来像是'你们两姐妹还有个兄弟'。之后他压低了声音。可怜的克兰汀看起来很不舒服,我差点就冲进去了。我想他是在告诉她杜德尔是她父亲的私生子。你知道的,对吗?"

"是的,你只听到这些吗?"

牧师点了点头,"我后来就马上离开了。我觉得如果再待下去,我就无法控制自己了。我走了一个多小时,或者更久,想让自己平静下来。"

"遇到什么人了吗?"

"没有,我也不太清楚我去了哪里。"马克·雷纳姆苦涩地咧着嘴笑,"所以你看,我有动机,没有不在场证明。"

两人又说了一会儿就分手了。奈杰尔决定去找萝斯贝,而霍尔庄园似乎是她最可能在的地方。听了牧师刚才的话,奈杰尔发现自己的兴趣集中在死者对小庄园的造访和他在那里与克兰汀的长时间交谈上。萝斯贝的未来取决于那次谈话,那么,她是不是听到了其中的某些内容?

然而,萝斯贝完全否认了这一点。她说自己在阿奇博尔德爵士和她姐姐见面的时候一直待在房间里,听到起居室的铃声响起时她才下楼去看看克兰汀需要什么,克兰汀让她把威士忌酒瓶和两个杯子拿来。她说这发生在布利克离开她家前不久——她想大约是在 11 点 10 分。她端着托盘回来,给两个人倒了酒,然后又回到了自己的房间。

奈杰尔观察着她——焦躁不安的手,挂着泪痕的眼睛,沙哑疲惫的声音。她的眼神不停地在奈杰尔和斯坦福·布利克之间徘徊,后者像守护神一样盘腿坐在沙发上。他看起来很疲乏,但又很警觉。

"查尔斯在哪里?"奈杰尔问。

"我们预计他随时会回来,我认为老兰德尔正在工厂里讯问他。"

一只乌鸦在外面的花园里突然发出了几阵悦耳的叫声,然后就像一个艺术家反常地胡乱涂画自己的作品一样,以刺耳的尖叫结束。

"布朗特警司会对望远镜的事非常感兴趣。"奈杰尔说。

萝斯贝本来无精打采地坐在窗台上,听到这句话后身体突然变得紧绷起来。

"它与本案无关,"斯坦福用活泼的男中音说道,"它与本案无关。"

萝斯贝紧张地笑了起来,但笑声有点太大了。

"如果你们两个承认是你们送来的,就会省去很多麻烦。"奈杰尔说。

房间里一阵沉默。

"你真的认为我会对自己的姐姐那样做吗?你一定是疯了!"萝斯贝喊道,她的绿眼睛里闪烁着愤怒的光芒。斯坦福只是坐在那里,面带微笑。

"我一直告诉这个女孩她应该上舞台当演员。"他评论说。

"别傻了,斯坦福,你知不知道斯特雷奇威先生指控我们——"

"送望远镜,好的,我注意到了这是指控。冷静点,老伙计。现在也许这位著名的侦探将会详述我们涉嫌犯下这桩重罪的动机,我们停下来听他怎么说。"

斯坦福停了下来,他那张古灵精怪的脸上一副兴致勃勃的神情。然而,在奈杰尔回答之前,他们听到了车道上有汽车驶来的声音。萝斯贝从打开的窗户向外疯狂地挥手。

"是查尔斯!"她喊道。

"马弗京城的解围,"斯坦福喃喃着,"在紧急关头,驾车人独自挽救了不堪的局面。"

房间里堆满了斯坦福弃之不用的东西，从这些东西可以看出他反常的品位和各种三分钟热度的爱好，斯坦福·布利克和这个奇怪的房间确实是一个可怕的组合。奈杰尔想知道布朗特会怎么做——布朗特那匹克威克（狄更斯所著《匹克威克传》中的主角，相貌滑稽可笑）式的外表掩盖了一个像导弹一样无情而果断的头脑。

查尔斯·布利克看起来对萝斯贝的热情感到很惊讶，他走进房间，萝斯贝扑到他的怀里哭着说："哦，查尔斯，感谢上帝，你终于回来了！"

他心不在焉地吻了她，然后抽身去倒酒。

"哦！还以为我永远无法摆脱兰德尔了呢。"

"你还没有被逮捕，查理小子？"斯坦福说。

"抱歉，斯坦福，你不得不在这里承受压力。你今天早上打电话告诉我的时候，我们正开始解决工厂的一个难题。花的时间比我预计的要久。当然，如果我意识到父亲已经——我是说，我以为那是个意外。还有人要喝酒吗？"

在奈杰尔看来，查尔斯·布利克显然已经接近忍耐的极限。他已经给自己倒了两杯烈酒，手在倒酒时剧烈地颤抖着，左眼皮时不时地抽动；他的声音和萝斯贝的声音一样粗哑。他不停地瞥着萝斯贝，又瞥向别处，表情既疑惑又不耐烦，好像等不及要和她单独相处，以便可以问一些只有她才知道答案的问题。

"那么，警察问了你什么？"

"哦，和你想的一样，贝。昨晚 10 点到 12 点之间我在哪里？我听到父亲回来了吗？他有没有到我的房间来？他之前有没有和我讨论我与你结婚的事？我们有没有安眠药？听着，斯特雷奇威，这是真的吗？他是被谋杀的？"

"是的，恐怕是这样。"

查尔斯·布利克用颤抖的手捂住脸，"这太可怕了，我从来没有经历过这样的事。我受不了了，我已经筋疲力尽了。"他的声音几乎微不可闻。萝斯贝迅速走到他身边，把他的脸紧紧地贴在自己的肩上，几乎像要把他颤抖的嘴唇捂住。

"好了，亲爱的，"她热切地低声说，"没事了，我在这里，不要担心。不要再说了，一切都结束了。"

斯坦福对着奈杰尔做了一个小小的鬼脸，然后溜出了房间。奈杰尔犹豫了一会儿后跟着出了门。走到门口，奈杰尔转过身，看到查尔斯用力从萝斯贝的臂弯里挣脱出来，抬头看着萝斯贝，脸上又出现了困惑的表情，随即他听到查尔斯低沉的声音："贝，你昨天晚上怎么了？为什么不来？"

萝斯贝的眼睛瞬间睁大了，似乎被查尔斯的话吓呆了。然后她颤抖着把查尔斯的头抱进自己的怀中，同时说道："你是不是该走了，斯特雷奇威先生？"

奈杰尔便离开了。

第十二章

谁是邪恶之手？

奈杰尔8点30分回到甜蜜蜜酒店。他看到布朗特警司和兰德尔探长正在酒吧交谈，但他们的出现对于当地人来说就像用假饵钓鱼一样，他们被勾得心痒痒，但是无法知道案件的调查情况，于是又感到很恼怒。兰德尔朝奈杰尔眨眨眼，布朗特深深地看了他一眼，又重重地握了握他的手。

"很高兴再次见到你，斯特雷奇威。"布朗特有时候过于正式，让人觉得又好笑又可怕。

"我看未必。"奈杰尔促狭地说，就像人们有时候也想要捉弄一下太阳神巨像。但布朗特的大圆脸泰然自若。

"我——呃,只是问问兰德尔先生附近有没有好的海边度假胜地可以推荐给我下次度假。"

"这里海域很广,只是浑水太多。"奈杰尔说。

"我想也是。我已经派年轻的亨利今晚去钓鱼,他很善于对付难缠的鱼。"布朗特边小口吸着鼻烟边说。

侦缉警长亨利·瑞德应该没有辜负探长对他能力的高度赞扬。兰德尔很快就走了,乔·萨摩斯立刻靠过来,神神秘秘地对警司说:"酒吧里有很多人在找你,我猜是记者。我能不能告诉他们——"

"告诉他们我明天见他们,我有话对他们说。现在我要吃饭。"

"太好了,先生。您的餐备好了。"

布朗特对付媒体很有办法。记者们知道不能在吃饭时间打扰他,奈杰尔也是如此。记者们边闲谈边等他把饭吃完。

布朗特吃完饭,用头巾擦着光头,说:"那么,斯特雷奇威,你现在可以告诉我所有情况了。兰德尔已经向我汇报了案情,但是我想有些情况还需要补充。我们明天再来细谈。你已经见过跟案情相关的人了,有什么想法?"

奈杰尔有大把时间和一定的推理能力,总是时不时地被卷入犯罪事件。这是布朗特对奈杰尔的评价和定位。

奈杰尔说:"关键点在于布利克从小庄园出来后是否回过家,或者是不是有人假扮他回家。"

"这样啊。"布朗特点点头,一副洞悉一切的样子。他的眼睛在镜片后看起来昏昏欲睡。

"如果他回家了,唯一的可能性就是他两个儿子中的一个杀了他。你知道的,他们俩都有很强的作案动机。也许查尔斯的动机更强,但是除非我们知道斯坦福和他父亲昨天下午到底发生了什么,否则我们还不能确定这一点。如果是另一种情况——"

"等等,等等。"布朗特抬起手,"我们先来讨论一下这两个年轻人。我是个笨警察,从来不读心理学方面的书。现在请你告诉我,布利克兄弟俩是什么样的人?"

"作为谋杀嫌疑人吗?斯坦福做事狂热,性情古怪,但并不是个疯子,他没有责任心,感觉还没有长大。以望远镜事件为例——你听说了吧?"

布朗特点点头。奈杰尔说了他对斯坦福作案动机和计划的分析。

"嗯,很有可能。我要从那个叫萝斯贝的女孩入手,她应该更容易突破。"

"你不要太肯定。她喜怒无常,而且不太聪明,但是她非常忠实,总是护着别人。如果她知道你想要打听斯坦福和她的行为背后到底暗含着什么,她可能会一言不发。"

"对斯坦福忠实?"

"是的,但是我说的是对她姐姐忠实。"

"我明白了,对。"布朗特慢条斯理地说,"现在来说说查尔斯·布利克。"

"查尔斯个性比较软弱,在某种程度上很善良,但是他父亲对他的态度让他很受伤害。阿奇博尔德爵士觉得他死气沉沉,缺乏雄心,天生就没法出人头地。还有一点,他对解除和克兰汀·钱特摩尔小姐的订婚有负罪感。当他爱上克兰汀的妹妹以后,这种负罪感更重了,不敢让克兰汀知道,也不敢告诉他父亲。他很可能因为精神紧张而崩溃。最近他听说克兰汀祝福他和萝斯贝,所以他父亲成了唯一的障碍。从理论上说,这个动机足够强烈。"

"从理论上。这样啊。"

"即使有上面这些因素,我还是怀疑查尔斯是不是有勇气杀他的父亲。当然,他也有可能一时冲动。我们永远不知道那些精神压抑、时常被罪恶感缠绕的人会做出什么,当他们真的爆发的时候,很可能做出平时不敢做的事。"

"那绝对不是一时冲动,否则不会用安眠药。"

"的确如此。假设他父亲当晚回来了,没能争取到克兰汀站在他这一边来反对查尔斯和萝斯贝的婚事,他很可能气冲冲地来到查尔斯的房间,朝他发泄一番,但是他会带着安眠药来找查尔斯吗?这完全不合情理。另一方面,如果查尔斯下决心要除掉他父亲,并用某种办法让他父亲服下安眠药,那他也一定会给他吃过量的药,让他躺在床上,在睡梦中死去,而不是让他神志不清,以便把他带到采石场去。"

布朗特按铃叫了酒。萨摩斯把酒端过来,等他退下以后,布朗特说:"那么你还有什么别的推测吗?"

"我愿意打个赌,布利克是 11 点 30 分之前被杀的,凶手假扮他回到霍尔庄园,假装从后门进入。阿奇博尔德爵士说过他回家的时候会关厨房的灯,但第二天灯还是亮的,我认为他不是那种忘事的人。而且我非常确定钱特摩尔小姐的电动助力车被使用过,第二天早上采石场附近的草地上有车辙,而且车轧过了一片水仙花。那些水仙花是她为了纪念她父亲种的,她非常爱惜,绝对不会有意去碾轧,因此这可能是黑暗中无意轧到的。她不可能自己开着电动助力车去,因为电池已经用光了,所以一定是有人借了她的车把布利克推到采石场,这就说明布利克是在小庄园附近被凶手袭击的。"

"那么你怎么解释安眠药的事?"

"布利克一定是在小庄园吃的安眠药。要么他在跟钱特摩尔谈话后很生气,觉得自己需要镇静,趁她不注意把安眠药放进威士忌了;要么就是其他人把安眠药放进去的。"

"两姐妹中的一个?"

"是的。"

"也就是说,她们两个人中有一个是凶手,或者至少是同谋?"

"那倒未必。克兰汀有可能知道这个不受欢迎的拜访者一定会不依不饶,唯一能摆脱他的办法就是让他犯困,他就不得不走。或者萝斯贝——她拼命都要保护姐姐。她很可能会这么想:阿奇博尔德爵士还在纠缠可怜的克兰汀,他不走了吗?于是就把药放进他的酒杯了。她承认是她倒的酒。"

"那么接下来呢?"

"布利克离开小庄园,他牢骚满腹,又困倦不已。凶手遇到他,把他打晕,盘算怎么处理尸体,或者早就计划好了——用电动助力车。"

"他也可能发现布利克倒在地上睡着了,好的,那么,他是谁?"

"某个可能假扮布利克的人。我想不会是萝斯贝。"

"为什么不是?她可能让布利克在地上躺一会儿,戴上他的帽子,穿上他的外套,出现在霍尔庄园,然后返回。女人需要助力车来搬运布利克,男人完全可以自己背,如果距离正是你猜测的那么近的话。"

"关于这段时间,萝斯贝是怎么说的?"

布朗特翻了一下兰德尔的报告,"说她倒了酒之后就上床了,布利克走后就睡着了。没有证据,没有不在场证明。"

奈杰尔看上去有点不安,"这里有点不一致。克兰汀告诉我布利克是11点20分离开的,她说'他不太清醒,他在这里喝了很多威士忌'。萝斯贝说她是在布利克走之前不久送酒给他们的——她记得差不多是11点10分。这就是说,他在十分钟里喝了很多威士忌。"

"我五分钟就能喝很多。"布朗特议论道。

"但布利克平时是个很节制的人。"

"我会查清楚钱特摩尔小姐按铃的时候,女仆听见了没有,如果听见了,具体是什么时候。兰德尔似乎并没有认真调查这个情况。继续往下说,我知道萝斯贝的动机了。那其他人呢?"

"牧师和丹尼尔·杜德尔那晚在四处闲逛。杜德尔喝醉了,而牧师有一条腿是跛的,他们俩都有可能给人留下走路不稳的印象,就像霍尔庄园的厨师注意到的那样。他们俩都穿着黑色衣服,至少牧师是,杜德尔——"

布朗特又一次翻看了兰德尔的报告,"对,杜德尔去纽因酒店的时候应该是穿着安息日服装的。"

"他们俩都有较强的作案动机。"奈杰尔花了几分钟进一步解释这些。

"但是在这种情况下,他们会行凶吗?你是知道他俩的。"

"马克·雷纳姆可能会,因为他那时非常冲动,而且跛腿的人也确实更有可能使用助力车。我看见过他短距离地抱起过钱特摩尔小姐,但是要把被下了药的布利克从小庄园和霍尔庄园中间的某个位置搬运到采石场,对他来说还是相当困难。至于杜德尔,我可饶不了他。他是个极端分子,不光极端,还眼光毒辣,善于抓住机会。但我们可以确定的是,他把关于雷纳姆妻子的恶毒谣言告诉了布利克,这就意味着是他把自己是匿名信作者的事暴露给了布利克。杜德尔不会无偿给布利克提供信息,我猜他想要的回报应该就是布利克保证不把他和他母亲逐出村庄。所以,杜德尔对阿奇博尔德爵士下手的明显动机就没有了。"

布朗特警司嘲弄地盯着他的同伴,"斯特雷奇威,我还从来不认识能像你一样用如此少的稻草堆这么多砖块的人。"

"我理出了轮廓,你的任务就是把轮廓补充完整。明天你有充足的时间收集证据,再用它们来质疑我的推论。"

"你还有没有其他的,呃,轮廓性的推论?"

"噢,确实有。斯坦福和查尔斯。"

"我的老天!不会又是那一套吧?"

奈杰尔指着他,武断地说:"你有什么证据证明他们俩睡得早,而且在第二天早晨之前没有再起来过？只有他们自己的说辞。厨师看到的那个人有可能是杀害自己父亲后返回的查尔斯·布利克，他是嫌疑人中体形上与死者最相似的一个。他的弑父行为很可能让他心情沉重，步履蹒跚。假设是萝斯贝往酒里放的安眠药，明显他就是帮凶。"

"你终于说到点子上了。"

"不幸的是，这个推论中有一个很大的问题。刚刚我无意中听到查尔斯对萝斯贝说：'贝，你昨天晚上怎么了？为什么不来？'不管你怎么想，凶手对自己的帮凶说这样的话简直是太奇怪了，即使他不知道——或者根本不在乎——有其他人在听。"

布朗特的脸上掠过一丝兴奋与灵动，这是他极少表露出来的。

"斯特雷奇威，我问你两件事。第一，如果没有这起谋杀案，你觉得查尔斯说的这句话是什么意思？"

"恋人间的约会。"奈杰尔立刻回答道。

"那么现在——"布朗特的苏格兰口音越来越明显，当他特别严肃的时候往往如此，"那么现在，忘记其他的一切，忽略物证材料，仅仅考虑动机——纯粹的动机。所有人中你认为谁的动机最强，也就是说，谁最希望阿奇博尔德·布利克死？"

这一次奈杰尔的答案没那么迅速了。他出神地看着面前的啤酒杯，半响，他终于回答道："克兰汀·钱特摩尔，我认为。"

第二天早上，布朗特和侦缉警长瑞德忙着调查，奈杰尔则思索着前一天晚上兰德尔给他看的两封匿名信。这两封信和阿奇博尔德爵士收到的是同一邮局寄送的,而且信封上都盖着莫尔福德的邮戳。三封信是一起投递到纽因酒店对面的邮筒里的,这个推测是合理的。而且,如果这些信是中午被寄走的,它们一定是在前一天下午 3 点 15 分和次日早晨 8 点 15 分之间的某时段投递到邮筒中的。丹尼尔·杜德尔在这段时间内一直被监视着,能够确认的是他和他的母亲都没有到过纽因酒店的邮筒附近。但布利克收到的信,无论在风格上还是对萝斯贝秘密的恶意暴露上,都跟丹尼尔·杜德尔的行事方式极为相似。

可是丹尼尔知道布利克第二天会到普莱尔斯翁伯恩来吗?这次来访决定得非常突然。他马上打电话给斯坦福核实此事。原来,头一天斯坦福跟杜德尔提过他们在等父亲从伦敦过来。所以,唯一的问题是这些信件的实际投递情况。

奈杰尔突然明白这可能是如何完成的。杜德尔可以先不盖邮戳,把信件放在早晨由邮车收集寄送的那一批信中。信件会在莫尔福德邮政总局分拣、盖邮戳,再寄回普莱尔斯翁伯恩等待中午的配送。但这些信本应在普莱尔斯翁伯恩的邮局盖邮戳,莫尔福德的分拣人员一定会注意到三封没有盖邮戳的信。奈杰尔马上打电话给兰德尔,经过一番调查,结果非常确定的是,莫尔福德的邮政总局当时并没有发现这样的三封信。

事情变得令人十分恼火,另外两封匿名信也没有显示出任何线索。两封信分别被寄给了一个叫罗西的妓女和一个叫毕多的小佃农,信中指责毕多与他的妹妹过于亲密,罗西与普莱尔斯翁伯恩的每个男人都打得火热。奈杰尔想,不过是鸡毛蒜皮的小事罢了。语气确实是丹尼尔的，但感觉字迹不像他的。可能是某个有才的人模仿杜德尔，但会是谁？因为什么呢？或许有三种可能的解释。要么丹尼尔·杜德尔有意用尚未被发现的方式投递信件，要么信件就是其他人写的，这个人受前期匿名信案件的启发，又恰好知道阿奇博尔德爵士要来了；或者——奈杰尔认为是最有可能的——这是精心计划好的一部分，用寄给毕多和罗西的信作为障眼法来掩盖给布利克写匿名信的真实意图。但这样做的目的又是什么呢？从明面上看，查尔斯和萝斯贝似乎才是目标。但是，有没有可能，这封信是谋杀布利克计划的一部分呢？不管目的到底是什么，结果就是让布利克恼羞成怒，要跟克兰汀当面对谈。克兰汀拒绝了，但布利克强行找上门——这部分是已经被证实的。

奈杰尔将思路的突破口指向克兰汀·钱德摩尔。如果只是考虑动机，她比其他人更有作案的可能。她认为布利克应该为自己父亲的死负责，而布利克恰好和她父亲在同一个地方结束生命。布利克曾威胁克兰汀切断她的经济来源，并且在她面前揭露了她视为偶像的父亲的过失——或许甚至因此嘲笑她。她有一千个理由要杀害布利克，但从布利克被害的方式来看，克兰汀不具备杀他的体力。然而实际上，她所有可能的动机，除了第一个，也就是为她父亲报仇，都不符合一场有预谋的凶杀，因为布利克刚刚威胁和侮辱过她，他就被害了。

但是，假设她事先预谋过杀害阿奇博尔德爵士，她仍然需要一个同谋来做体力上的助手。查尔斯？牧师马克·雷纳姆？斯坦福？萝斯贝？奈杰尔有关望远镜的推论排除了斯坦福和萝斯贝。牧师爱克兰汀，但是他会如此痴迷于克兰汀，愿意帮她行凶吗？奈杰尔不认为他是另一个麦克白。他可能会一时冲动而杀人,但是把一个睡着的人抛到悬崖边———一定不会吗?

所以还剩下查尔斯·布利克,一个难以琢磨、平平无奇的家伙。他的平凡很可能会让人忽略他作案的可能性。奈杰尔可以想象,假设克兰汀是麦克白夫人,那么他也可能扮演麦克白的角色。确实,他为克兰汀行凶的可能性比为萝斯贝要大得多。万一查尔斯和克兰汀又重新坠入爱河了呢?或者从来没有放下过对方?难怪他父亲对他和克兰汀或者萝斯贝结婚都持同样的否决态度:在他父亲眼里,她俩都是污染股份,都不是省油的灯。与萝斯贝的"惺惺相惜"可能只是一个障眼法,来掩盖他与克兰汀共图谋杀。不管怎样,查尔斯在案发前表现出极度的痛苦、不安和愧疚,而愧疚的神态并不一定是无辜的标志。他对萝斯贝说的话———"你昨天晚上怎么了?为什么不来?"———表明他们已分道扬镳。或许他安排了一次与萝斯贝的会面来建立不在场证明,但萝斯贝没有赴约。按照查尔斯和萝斯贝是同谋的推论,这些话似乎完全说不通;但是假如查尔斯和克兰汀是同谋,这些话的意义则完全不同了。

当奈杰尔探索出这个新想法时,他看到萝斯贝·钱特摩尔急匆匆地从窗户前走过。然后她进来了,脸色苍白,呼吸急促。

"我必须跟你谈谈。不,不在这儿,你能出来吗?"

她没有直视奈杰尔,但他能感受到她强烈的意志像孩子的手一样拖拽着自己。

他们走过十字路口。经过邮局时,杜德尔太太透过窗户阴郁地看着他们。两人又沿着村里的大街向左拐，直到走出村子，萝斯贝才重新开口。她突然说道："就到这儿吧。我不能回去，现在那儿到处都是警察，我很害怕。"

"他们找你面谈了吗？"

"还没有。11点前都不会，布朗特警司想那时见我和汀妮。"

她说得很快，颤抖着，坐在台阶上，双手紧握着两侧的栅栏，胆怯地瞟了一眼奈杰尔。

"布朗特不会强迫你，他不是那种用高压手段的人。"奈杰尔说。

萝斯贝看着他，又垂下眼，带着一丝无助的感激。"我希望你能在场，虽然……噢，该死的！这是我最后一双像样的袜子了。"她一定是在爬台阶时钩住袜子了，"我总是打到东西，打翻东西——"她的声音逐渐弱去，然后开始了绝望的抽泣。

奈杰尔握住她纤细的手腕，感受到她的脉搏像一只受惊的动物一样跳动着，他想——不是第一次——查尔斯·布利克才应该在自己现在的位置，安慰安慰她。

天空低沉，乌云密布。萝斯贝的头发被轻轻吹起，又被疾风吹得有些乱。奈杰尔心想，萝斯贝是热情的，而克兰汀是感性的。他又奇怪为什么如此天真、不相干的想法会出现在脑海里。萝斯贝时而直截了当、时而回避推诿的行事风格似乎传染了他。

她的泪水像四月的雨，突然停了，没有留下一点春天的鲜活和芬芳。奈杰尔紧挨台阶站着，能感受到从她的身体里散发出动物般的气息、恐惧、窒息，甚至有一点难闻。又或者他只是在想象这些？他强烈地渴望周围的空气能清爽一些。他紧紧握着她的手腕,又轻抚了几下,说:"听着,我们必须让望远镜事件水落石出。你希望我怎么帮你,如果——"

萝斯贝猛地动起来,想从奈杰尔的手里挣脱出来。"那儿一直有很多警察,一队一队地在小树林里走来走去,像搜寻高尔夫球一样。我走下来时观察了他们一会儿。他们找到了一块手帕,看上去是一块男士手帕。你觉得这算线索吗?"

"不管那块手帕了,我想谈谈你跟斯坦福……不,别总想躲着我,你必须听好,最好是跟我说清楚,而不是布朗特。"

萝斯贝的手突然开始乱挥,指甲划过他的脸,就像一只爬上树受惊吓的猫攻击打算救它的人。

"噢,对不起,"她立刻说道,但是口气很敷衍,像是因为把茶打翻到奈杰尔身上而道歉,"对不起,我不是有意——"

奈杰尔情不自禁地笑了。几秒钟之后,萝斯贝朝他笑了。这几秒的停顿似乎是她在小心地审视奈杰尔的笑声到底是善意还是讽刺。

"我之前从来没打过男人——任何人。你看,我留下了糟糕的一笔。"

"那么,是时候说实话了。"奈杰尔本来准备加一句"你更应该跟查尔斯说这些",但他忍住了。

萝斯贝用手绢轻轻擦了擦奈杰尔的脸颊,"好吧,那么,我和斯坦福怎么了?"她说。

第十三章

新仇旧恨

"斯坦福很早就泄露了望远镜事件的真相,只是我当时没有明白。"奈杰尔说,"他用了和随望远镜一起送来的便条上一样的词语:'明亮的眼睛',但这可能只是巧合。真正泄露秘密的是下面这句话:当兰德尔对他说你姐姐并没有因为这件事更糟糕,斯坦福说,'但也没有更好'。这句话和你在电话里跟斯坦福说的那句话简直如出一辙——'没有用'。你和他非常巧妙地放了烟幕弹,但是我很久以前就看穿了你们。"

奈杰尔沉思着,盯着坐在他身边的萝斯贝。萝斯贝看着面前的田野，肩膀还是像从前那样佝偻着，全身紧缩成一张弓。

"我接下来要说到你自己了，你不介意吧？"

萝斯贝摇摇头，看上去像个桀骜不驯的孩子。

"好吧。望远镜事件看上去既恶毒又疯狂，其实用意是好的，是一种刺激疗法，是吗？"

萝斯贝顽固地保持沉默。奈杰尔叹了口气，继续说："你想跟查尔斯结婚。你觉得只要姐姐的腿不能走路，你就不能离开她。也许你觉得她会因为自己的原因反对这桩婚事，你把心事告诉了斯坦福。很多年前，克兰汀的新医生刚接手她的时候，你向他咨询她的病情，他告诉了你她腿瘸的病理特点。你和斯坦福想到，如果给她十分突然的刺激，就像导致她瘫痪的刺激一样，她的病有可能会好。斯坦福的父亲曾经跟他提到过伦敦警察厅黑色博物馆里陈列的有机关的望远镜，斯坦福一贯不按常理出牌，于是他觉得这是个治疗的好办法。他有给望远镜设置机关的技术，也有做这种事的秉性——孩子般的鲁莽和助人为乐的善意，于是这个想法就付诸实践了。他做这一切是为了你，不是为了你姐姐。我猜想他爱你，用他特有的方式爱你。"

萝斯贝睁大眼睛看着他："这完全是胡说八道。"

"好吧，如果你愿意的话，那就把这叫作不切实际的想法吧。"他耐心地说，"斯坦福把旋钮做得特别紧，这个事实本身从一开始就让我觉得这不是一起谋杀案。你站得离克兰汀很近，看上去非常紧张，万一她坚持要拧开旋钮，把望远镜放到眼睛前，你就时刻准备把望远镜抢过来，随后你就真的把望远镜抢过来了。这样你就暴露了自己。

当针头从镜片中射出来的时候,望远镜掉到了地上。你做了一个很惊人的动作,捡起望远镜,送到克兰汀面前,竭尽全力地增加对她的刺激。这一切跟以往那个体贴入微和竭尽全力处处保护姐姐的形象大相径庭。"

奈杰尔停顿了片刻,但是萝斯贝不做任何评价。她面色苍白,一脸紧张,焦虑不安。

"但是这个善意的阴谋并没有成功。你等了一天,克兰汀依然不能走路,于是你给斯坦福打电话。你那天晚上做了一个噩梦,梦到听见你父亲在楼上走来走去。那是一种暗示,对不对?你非常迫切地希望克兰汀能走路,所以你梦到了脚步声。但是你对所用的方法有负罪感,所以你姐姐不会出现在梦中,你父亲取代她进入梦里。"

"我不明白你在说什么。"萝斯贝茫然地说。

"我不明白的是为什么你不坦白这一切,对我,不是对警察。你清楚我知道事实真相,对不对?"

"我知道你很聪明,"萝斯贝竭力控制着自己,"这个说法很精彩,但是过于精彩了,也很可怕。你蓝色的眼睛让人催眠,我相信你想让我承认一切,为你做一切。"

萝斯贝脸上现出让人难以琢磨的神情,出神地盯着奈杰尔。她说话的时候,声音突然变得低沉、忧郁和颤抖,奈杰尔马上意识到她试图用笨拙又生疏的方式来引诱他。"不要那样看着我。"说着,他把头偏到一旁,好像不敢看她似的。

他们就这样待了好一会儿。

"你在想什么？"她小声说。

奈杰尔想，人的想法真是变幻莫测，甚至让人难以忍受。

她说："你不会告诉警察的，对吗？至少现在还没有吧。"

奈杰尔努力让自己从幻想中挣脱出来。

"关于望远镜吗？我已经告诉他们了，亲爱的。"

她的嘴一下子嘟起来，顽固的表情又回到她脸上。

"我想你——你是站在我这边的。"她阴郁地说。

"这不是比赛。"

"就是比赛，"她喊起来，声音里带着浓烈的苦楚，"是男人味十足的比赛，就像是捕猎可恶的动物。陈规陋习、名声荣誉，我讨厌它们。正义——你接下来会说那是你最在意的东西。好吧，去吧，去拿奖励吧，做个好孩子。"她爆发了，满脸通红，似乎为自己的情绪爆发感到羞愧，样子看起来其实很美。

"你有时候胡说八道的话听起来倒是很精彩。"奈杰尔说。

她微微一笑，有点害羞，又低头看腕表，叫起来："噢，天哪，11点了，我必须回家了。"

她飞快地起身往村里走，奈杰尔跟在她身边。

"你和斯坦福用毛骨悚然的匿名信方式把望远镜的事推到丹尼尔·杜德尔身上，也太顽皮了，这一定是斯坦福的主意。然后小萝斯贝把倒霉的杜德尔诱惑到这里来，这样看起来望远镜包裹就是他放的了。"

"我不是小萝斯贝，我已经快三十了，我感觉我都五十了。我不想再听你的推理了。"萝斯贝急忙说,说完紧闭双唇。

奈杰尔想,在刚刚过去的十几分钟里,她的情绪变化非常快,表现出不同的性格特点。她比她姐姐更有意思,也更敏感。她当然说了谎,但是女人在真相面前总是反复无常的,或者说,是机会主义者。真相是为女人而设的,而不是让女人直面真相。但是,只要我们想到男人更难说实话,就不会介意女人对真相的态度了。男人总是被诱惑,或美化事实,或夸大事实,或大事化小,以此来满足虚荣心,或避免脆弱不堪的感情受伤害,或保护自我不至于崩溃,但是他们也跟钉子一样坚硬。可怜的查尔斯,不知道如何处理跟萝斯贝和克兰汀之间错综复杂的关系,苦苦寻求平衡。

"你真的爱查尔斯吗?"奈杰尔问。

萝斯贝开始很奇怪地看了他一眼,接着眼神变得狡黠又神秘。

"对于爱,我没有很多经验,不知道真爱到底是什么样的感觉。我想我是爱他的,当然,我并不是特别尊敬他,自从——啊!"萝斯贝几乎尖叫起来。

此时他们走到从纽因酒店到小庄园的路边,对面是钱特摩尔家的车道。车道旁边站着丹尼尔·杜德尔,他一动不动地站着,像根木头,既诡异又有点吓人。

"他最近总是在附近晃悠,"萝斯贝说,"我受不了了,他吓死我了。"

奈杰尔拉起她的胳膊,从丹尼尔身边走过。他们走近的时候,丹尼尔脱下帽子。门栏上有一行粉笔写的字,奈杰尔弯腰看了看,写的是:"凡流人血的,他的血也必被人所流。(语出《圣经》)"

"所以你又开始写了。"奈杰尔严肃地说。

"我已经证实了事实。'我又看见那女人喝醉了圣徒的血。(语出《圣经》)'"

奈杰尔感觉萝斯贝身上一阵哆嗦,仿佛杜德尔周围有一股冷飕飕的风。他们走到车道上,看到门边站着一个穿警服的警察。

"女士,布朗特警司要见你,请这边走。"

布朗特坐在餐厅红木餐桌的一头,脸上带着一点公事公办的样子:严肃、机密、沉稳,像是一个银行经理要跟一个老员工谈一桩常见的透支业务。他那一贯从容不迫的样子,给人感觉时间都在他的掌控之中。桌子的另一头坐着侦缉警长瑞德,他正在仔细削铅笔。

"那么你是——萝斯贝·钱特摩尔小姐?"布朗特站起来,跟她热情地握手,拉出椅子请她在自己旁边坐下来。奈杰尔想,这把椅子真是小巧可爱。接下来,他会问她是否介意坐在窗户对面。

"那么,你就是发现尸体的年轻女士?你一定吓坏了吧。"布朗特同情地说。奈杰尔暗自想,假装善良,内心冷血。他大声说:"警司,你不介意我在场吧。"

"没问题,过来坐下。我就问这位年轻的女士几个问题。"

布朗特的几个问题像单细胞生物一样没完没了地繁殖,他一步一步把萝斯贝带到她发现阿奇博尔德爵士尸体的时刻。萝斯贝看上去似乎很平静。尽管布朗特的态度非常温和,但是奈杰尔还是感觉到萝斯贝很谨慎,也很疑惧。侦缉警长瑞德低头拼命速记。奈杰尔盯着埃德里克·钱特摩尔的画像,陷入沉思。突然,他感觉布朗特语气有一点微妙的变化。

"所以，钱特摩尔小姐，你告诉兰德尔探长，那些酒是你拿进来的，在 11 点 10 分左右。"

"是的。"

"你确定时间吗？你当时看了手表，或者钟？"

萝斯贝稍微迟疑了一下，说："没有，但是时间大体不差。我听到阿奇博尔德爵士大约十分钟后离开，汀妮，也就是我姐姐，第二天告诉我他是 11 点 20 分离开的。"

"哦，这样子啊，那这个时间是你推算出来的？"布朗特微笑着说，看起来就像是个和蔼的叔叔，"但是有些情况对不上，你的仆人夏瑞蒂·库伯告诉我她 10 点 30 分的时候听到楼下的铃响了，当时她已经上床睡觉了，所以看了闹钟上的时间。她只好起床去看主人需要什么，但是她听到你先下楼了。你一定把时间搞错了，你不觉得吗？"

"你想说我在撒谎？"她任性地嘟起嘴。

布朗特的表情完全是震怒的，"我亲爱的小姐，这没有用。我在探寻事实。"

"那么，我还是认为夏瑞蒂一定搞错了。"

"你会不会送了酒之后回房打了一会儿盹儿，被阿奇博尔德爵士离开的声音吵醒了？所以你以为只过了十分钟，其实已经过了五十分钟。"

"没有，我一直撑着没睡，因为我想问问汀妮他说了什么。我的命运很大程度上取决于他。"

"好吧。根据你第一次对兰德尔探长说的,你送了酒之后就脱衣服上床了。你听到阿奇博尔德爵士走了,但是,你怎么知道是他走了?你听到他跟你姐姐道别了吗?"

萝斯贝的眼睛睁得老大,"但是还有可能是谁呢?我确实没有听到他说再见,也许他根本就没说。他正在发脾气,气冲冲地穿过大厅走了,然后我就听到前门关上了。"

"我明白,你一直醒着,想听他们会谈的结果。所以,阿奇博尔德爵士走之后,你就马上下楼去见你姐姐?"

萝斯贝拧着她膝盖上的手帕说:"没有,我没有下去。这听起来很奇怪,但我一定是立刻就睡着了,也许是知道他终于走了,心里一下子放松了。"

警司慈爱地看着她,虽然不相信她说的话,但还是尽量礼貌地保持沉默,不加质疑。接着,他要萝斯贝详细描述她送酒的经过。根据她的描述,她走到客厅,跟阿奇博尔德爵士问好,爵士冷漠地看了她一眼;在她姐姐的吩咐下,她从厨房拿来酒,放在克兰汀旁边的桌上。布朗特非常仔细地斟酌这一系列动作,但是她的讲述并不犹豫,也没有自相矛盾。她给阿奇博尔德爵士倒了一杯高度数的威士忌,给姐姐倒了一杯温和一点的。她只在客厅停留了一两分钟,其间阿奇博尔德爵士一直缄默不语。

"你自己没有喝一杯吗?"布朗特问。

萝斯贝皱皱眉头,好像在努力回忆,"我——没有,我想没有。"

奈杰尔暗自思忖警司问这个用意何在。兰德尔探长在谋杀发生后的第二天曾经问过夏瑞蒂·库伯，得知早餐后她洗了两个脏酒杯。酒瓶里的酒被送去化验了，没有发现安眠药。很明显，如果阿奇博尔德爵士是在小庄园喝的安眠药，药一定是直接放在他的酒杯里的。

"但是你确定记得？"布朗特问。

"是的，我的意思是我没有喝酒。"

"你还记得其他事吗？为什么当晚你没有依照约定去和查尔斯·布利克见面？"

布朗特的语调依然平和，但是奈杰尔感觉到他的语气里突然暗藏了高压手段。萝斯贝被突然转换的谈话方向弄得慌了手脚。

"我的约会？什么？"

"斯特雷奇威先生听到布利克先生问你昨晚发生了什么，也就是谋杀的那一晚。"布朗特别强调，"他问你'为什么不来'，来哪里，钱特摩尔小姐？"

"噢，我明白了。这没什么阴谋。"萝斯贝怨恨地说，"我想跟他私下谈谈，我们前天知道他父亲要来就确定了时间见面。"

"怎么确定的？"

"怎么？噢，我明白了。打电话确定的。我从家里打电话给他，他告诉我他父亲要来。我说他必须坚决一点，告诉他父亲我们要结婚。他打算第二天晚餐后跟他父亲谈。但是阿奇博尔德爵士到我家来了，所以查尔斯没有机会跟他父亲谈。"

"你们的计划是，他先跟父亲谈，然后来见你，告诉你谈话的结果？"

"是的，正是如此。"

"在哪里，什么时候？"

"我们当然只定了一个大概的时间。11点以后，越早越好，他知道自己跟父亲的谈话时间一定会非常长。我们打算在这里和霍尔庄园之间的路边空地见面。"

"为什么不在这里？或者在霍尔庄园？"

"因为我想保密，"萝斯贝不耐烦地说，"我不想见他父亲。"

"但是你没去约会？"

"是的。"她低头看着自己的膝盖。

"那么，钱特摩尔小姐，"布朗特顿了顿，"你必须告诉我原因。"

"我一直等着阿奇博尔德爵士早点走，我想我要等他走后问汀妮他说了什么，然后出去找查尔斯。但是他走之后，我一下子就睡着了。"

听了这话，布朗特第一次对萝斯贝露出了非常严肃的表情。"但是，送了酒之后，你回房间脱衣上床了。这是你对兰德尔探长说的，既然你打算随时出门，为什么要脱掉衣服？"

萝斯贝扭动着身体，看上去心烦意乱。最后，她低声说："好吧，我不好意思告诉你们，你们不能理解。我对查尔斯非常生气，现在也为我自己感到羞愧。当时，汀妮打电话的时候，我正下楼，我站在门口听了几秒钟。我听到阿奇博尔德爵士说——我记不清原话是什么样了——说查尔斯有无数次机会跟他谈我们的事。他说这话的时候语气非常轻蔑，好像查尔斯太怯懦，或者只是对我不上心，不想为我跟他起冲突。因此，我决定让查尔斯自作自受，那晚我不想跟他见面。事情就是这样的,真丢脸。"

奈杰尔想,是的,一个女人,认为自己和恋人关系紧密,不可分离,如果她的恋人在别人面前露怯,她一定会觉得很屈辱。即便如此,她还是会为恋人撒谎,就像刚才萝斯贝撒谎一样,只是为了帮恋人掩盖弱点。

"谢谢你,钱特摩尔小姐。今天就谈到这里,后面我会叫你给谈话记录签字。"

萝斯贝站起来,布朗特突然终止谈话,她感到有点困惑,同时也松了一口气。

"这个证人的证词不够令人满意。"布朗特严格地评价说,"我马上要在客厅和克兰汀小姐见面,你最好跟我一起去。"

他们径直走到客厅。克兰汀坐在一张高背椅子上,膝盖上盖着一块小毯子,正看着窗外的花园。她彬彬有礼地接待了两位伦敦警察厅的警官,又朝奈杰尔亲热地笑了笑。

"我准备好了,探长,你看,我特意对着窗户坐,好让你看清我。"

"很好,很好。"布朗特拍着头说,"那我就坐在窗户边的椅子上好吧?正如你所说,女士,这些事情必须做到位。侦缉警长瑞德坐在那边的小桌子旁如何?很好!现在我恐怕得问一些你已经被问过的问题。女士,警察总摆脱不了问问题的命运。"

"我相信你喜欢提问题。"克兰汀幽默地说,朝布朗特眨眨眼。布朗特开心得直搓手。奈杰尔酸溜溜地想,布朗特对女人献殷勤就像大象跳波尔卡舞。但是,布朗特的开场白还是让奈杰尔大吃一惊。

"这是您的吗，女士？"他从口袋里掏出一块精致的亚麻手帕。

克兰汀欠身看了看，"是案情线索？太刺激了。但是为什么你认为这是我的手帕？这一看就是男士的。"

"这上面绣着字母'C'。"

"但是这一定是'Ch-'……"

"查尔斯·布利克的？"

"你为什么不自己问他？"她的语气冷若冰霜，但是布朗特毫不在意。

"我当然马上要去问他，我们刚刚才找到这手帕。"

说完这句话，屋里陷入很长一段时间的沉默。克兰汀看上去很困惑。

"手帕一定在地上放了一个或两个晚上，你看，有潮气，还有点发绿。"警司又开口说话了，边说边抖着手帕给克兰汀看。说完，他又很小心地把手帕放回口袋里。

奈杰尔想，这到底是什么意思？他想暗示查尔斯是克兰汀的同谋？他想通过展示证据来折磨她的神经？如果是的话，他一定一无所获。克兰汀看起来只是饶有兴趣，又困惑不已。

"简直不能想象兰德尔的人怎么连这么重要的证据都没发现。"

"你太神奇了，我猜想你是刚才在树林里搜索的时候发现的。"克兰汀说。

"是的，正是。"布朗特的语气出奇地温柔，似乎想要以退为进，出奇制胜。如果查尔斯是她的同谋，警察在案发现场附近发现了他的手帕，她却表现得如此冷静，这就很令人困惑了。

警司绕了一大圈，终于把话题引到她和阿奇博尔德爵士见面的情形上了。阿奇博尔德爵士那天下午打电话要求见她，但是她拒绝了。为什么？因为她不喜欢他这个人，也不想为了查尔斯和萝斯贝的事跟他纠缠。她有没有预料到他会不顾拒绝自己上门来？预料到了，因为他什么事都干得出来。她此前有没有跟查尔斯·布利克谈过？没有，因为自从生日宴会以后，查尔斯就一直躲着她。和妹妹谈了吗？谈了一点，但是萝斯贝不愿意袒露心声。阿奇博尔德爵士大概是晚上10点前到的。谁带他进来的？他没有敲门自己径直走进来的，前门只有大家都睡觉前才会锁上。他以前也经常这样擅自闯入你家吗？没有，事实上她至少一年没有见过他了，而且自从父亲去世以后，除了最基本的客套，她和他几乎没有任何交流。但是，毫无疑问他认为自己是这所房子的主人，因为他刚刚得知钱特摩尔姐妹实际上是靠他的钱生活。

布朗特从头到尾读了克兰汀对兰德尔陈述的关于她和阿奇博尔德爵士见面的情形。

"女士，对此你还有没有要补充的内容？你能不能回忆起更多可以帮我们破案的细节？毕竟他在这里待了一个小时二十分钟，时间很长。"

克兰汀双眼紧闭，漂亮的面孔上露出厌恶的表情。

"我没法摆脱他，他一直喋喋不休，一会儿对萝斯贝满口恶言，一会儿威胁我说如果我不帮他阻止两人结婚，他要如何如何。他为人十分刻薄，你们都知道的。我想如果我请他喝酒，也许他会领会我的暗示，马上走，至少会礼貌一点。但是他只管自顾自喝酒，继续跟我纠缠不休。"

"他来了半个小时以后你按的铃？"

"是吗？我想应该更晚一点，但是我已经没有时间概念了。"

"你按铃以后，你妹妹过了多久下来的？"

"我还真不清楚。一分钟？两分钟？"

"仔细想想。这可能很重要。"

克兰汀睁开眼，困惑地皱起眉头，"对不起，我没法更准确了。"

"你一般是在哪里吃安眠药？"

"在我的房间。我的房间在一楼，是以前的晨起起居室。"

"你锁着房门吗？"

"没有，我们从不锁门。"

"你有没有注意那天晚上安眠药少了？我敢说经受过折磨后你需要服用镇静剂。"

"折磨？哦，对。阿奇博尔德爵士让我不胜其烦。我确实吃了一些安眠药，但是我没有注意是不是少了。"

"药瓶上有你妹妹的指纹，也有你的。"

"当然，她经常帮我拿药。"

"你有没有看着你妹妹倒酒？"

"是的，我看着。"克兰汀慢慢地说。她微笑着，优雅地转动着手腕，动作轻柔优美，让人联想起蕾丝花边。"但是这很荒唐，玻璃杯是琥珀色的，如果贝想在酒里下药，她完全可以在房间外放进去，没有人会注意到玻璃杯里的粉末。可是她绝不会干这种傻事。"

"钱特摩尔小姐，有一件事你在第一次陈述时没有提。从我们搜集到的证据看，阿奇博尔德爵士到你家不久就提到了匿名信事件。他说他儿子不能和一个有写匿名信的人的家庭结亲。关于这一点，你能再补充说明一下吗？"

克兰汀的蓝眼睛一下子阴云密布，"天哪！贝当时到底有没有在门外偷听？"

"女士，你还没有回答我的问题。"

克兰汀勉强笑了笑，"我没什么补充的。我没有对兰德尔探长提这件事，是因为这是我的痛处。是的，阿奇博尔德爵士确实说了，我不明白他到底是什么意思。然后他告诉我，丹尼尔·杜德尔是我的——我的弟弟。这对我是个巨大的打击。"克兰汀面如死灰，僵硬、茫然、萧索，"很显然，杜德尔就是那个写匿名信的家伙。这是真的吗？阿奇博尔德爵士是这么说的。"

布朗特严肃地看着她，不置可否。"阿奇博尔德爵士离开以后，你马上睡觉了？"

"没有，我待了一会儿，大概一刻钟左右。试着调整情绪。跟阿奇博尔德爵士的会面太让人难受了。"

"你上床睡觉需要——呃——别人的帮助吗？"

"需要，当然需要，我是个跛子。您没必要遮遮掩掩地说。我叫贝，一般都是她帮我，但是她没有答应，应该是睡着了，所以我按铃叫夏瑞蒂来帮我。这些我都告诉兰德尔探长了。"

"确实如此。你在家用这个小轮椅,外出用电动助力车。你放电动助力车的小房子那晚没有上锁,电池在车库充电。那天下午你出门走了很久。"布朗特像是在自言自语,"电池充满,车的最大里程数是三十五英里。对。或者,灯持续亮四十五个小时,电池也会耗尽。或者在线接头之间加个电阻。"

"布朗特先生,我发现你做足了功课。"克兰汀轻快地说。

"噢,我们警察一辈子都在虚度生命,尽搜集些没用的信息。你从不在家里给电池充电?你可以通过整流器把插头插到交变电流插座里给电池充电,一个晚上就充好了,你知道吧?"

克兰汀瞟了奈杰尔一眼,"咯咯"笑起来,那天真烂漫的样子好像又回到三十年前女学生的状态。

"我当然可以,但是我们的园丁赫伯特怕任何形式的电,据说他的一个远房亲戚在伦敦触电而亡。老亚瑟,他打开留声机,圣诞佳节,合家欢聚,突然一道炫目的闪电,老亚瑟倒地身亡,商业街(狄更斯的出生地)的灯都熄灭了。"

布朗特摸着头和蔼地笑起来。屋子里的氛围变得欢快起来,就像是在举行宴会,而克兰汀永远是宴会的主角。布朗特似乎被她的魅力和聪明迷住了。但是奈杰尔知道警司的厉害,他怀疑布朗特是故意营造轻松的气氛,以达到他自己的目的。

"顺便问一句,女士,你当然应该知道阿奇博尔德爵士被杀的那晚,你妹妹打算11点以后和查尔斯见面吧?"

"我——见查尔斯——不,我不知道。在哪里?"克兰汀的声音非常微弱,但是"在哪里"这几个字不自觉地带着恶狠狠的口气。自从望远镜事件后,奈杰尔还从来没有见过她的脸色如此慌乱。那张单纯、动人的脸庞突然变得憔悴不安,好像是换了一张脸。

"在这里和霍尔庄园之间的草地。"布朗特边仔细研究她的表情边回答。

"但是——但是她不可能去见面——阿奇博尔德爵士走的时候她睡着了。我不明白——"

"你的意思是,你叫了她,但是她没有答应。"

"你不会是暗示——"

"钱特摩尔小姐,我只是说,你妹妹说她和查尔斯有约会,但是她说她并没有去。我们有充足的证据证明查尔斯去了,就在阿奇博尔德爵士离开你家返回的路上。如果——怎么了,女士!"

克兰汀从椅子上倒下来晕倒了,像一株折断的水仙花茎。

第十四章

怨毒的诅咒

萝斯贝被叫来照顾克兰汀。奈杰尔在花园里走来走去，心里充满好奇。现在两姐妹在那令人愉悦却陈旧简陋的客厅说什么呢？客厅承载了埃德里克·钱特摩尔辉煌的过去，但是只有了解他的人才能明白这点。难怪侦缉警长瑞德一直在门外伸着耳朵听；也难怪，如果萝斯贝或克兰汀隐瞒了什么，她们现在也不会直言不讳。奈杰尔透过窗户看到她俩的脑袋，一金一黑，克兰汀依旧坐在高背椅上，萝斯贝跪在她身旁，两个人就像爱德华时代的画家创作的一尊群像雕塑。她们俩在说话，但奈杰尔看不到两人的表情。如果克兰汀没有问萝斯贝关于她和查尔斯的约会，那就太奇怪了；因为如果在这起疑云密布的案件中有什么是清晰的话，那就是克兰汀一直不知道萝斯贝和查尔斯的约会，并且在听说时异常震惊。但为什么呢？

现在似乎有两种可能的解释。要么查尔斯是克兰汀的帮凶，查尔斯在本该执行他那部分计划的时候又安排了与萝斯贝的会面，克兰汀知道这个情况后吓得失去了知觉，如果萝斯贝真的按时赴约，她可能正好会看到发生的一切。或者，克兰汀晕倒是因为她意识到这个插曲使萝斯贝产生了很大的嫌疑。

不，还有第三种可能。假设克兰汀确实有几个同伙——马克·雷纳姆，甚至斯坦福，查尔斯抑或是萝斯贝距离案发现场如此之近的事实就足以让她晕倒了。但分析总是绕回到两个关键的问题上：霍尔庄园的厨师看到的到底是谁？阿奇博尔德爵士到底是怎么被下的安眠药？对于第二个问题，奈杰尔现在意识到，它牵涉到一个更重要的问题——是什么时候被下的。

如果厨师看到的人影就是阿奇博尔德爵士，那么他可能是在回到霍尔庄园之后被下的药。但是仅从时间线来看，不考虑其他因素，这几乎是不可能的。这样的话，一定是克兰汀和萝斯贝中的一个往威士忌里下了药。下面是证据中奇怪的矛盾点。萝斯贝说她是在大约 11 点 10 分把酒送去的；夏瑞蒂·库伯说铃是在 10 点 30 分响的；克兰汀说她觉得是在 10 点 30 分之后，但不确定。夏瑞蒂实际上是看了钟的，警方也大概确定了钟是正常运行的。有没有可能，那天晚上钟被人有意调整了呢？当然，如果凶手想在时间上做手脚，钟就应该向前调四十分钟，而不是向后？因为不管是克兰汀还是萝斯贝，都想留下这样一个印象，布利克是在神志清醒的状态下离开小庄园走回家的。

奈杰尔意识到自己在假设和复杂性上越来越纠结，于是换了一条思路。化验员检测了布利克胃中发现的药物剂量，结果表明，药会在十到十五分钟起效，具体时间取决于他对药的抵抗力。萝斯贝只有一次机会往酒里下药。如果她送酒的时间是 10 点 30 分，布利克在 10 点 45 分就应该睡着了；如果是 11 点 10 分，他应该正好到家。从 10 点 30 分起，克兰汀可以在布利克喝的那么多杯酒中的任意一杯里下药；她应该大概计算过时间，这样同伙就能在布利克离开她家时准备就绪。在她对兰德尔的第一次陈述中，她说过 11 点 15 分一过，布利克就起身准备离开，"看上去很累，又有点困"，又多讲了几分钟后就走了。她突出了"困"一词，但也没有很刻意。

那么，情况应该是这样的。如果夏瑞蒂·库伯在时间上是对的，那在威士忌里下药的就不会是萝斯贝；如此一来，萝斯贝坚持反驳夏瑞蒂的证据就相当奇怪了。但奈杰尔认为，如果是克兰汀下的药，那么矛盾之处就更奇怪了。她一定能意识到尸检会暴露真相，警察也会发现只可能在霍尔庄园或者小庄园下药，这就将嫌疑指向了自己或查尔斯·布利克。因此，奈杰尔想，查尔斯不可能是她的同伙。那么，让事实成立的唯一方式是：克兰汀在威士忌里下药；她的同伙行凶之后，再去霍尔庄园冒充死者，这样一来嫌疑就抛给了查尔斯和斯坦福。但谁会是这个同伙呢？

奈杰尔绕过小庄园，走到采石场。在这片小树林里，布朗特的手下找到了那块印有字母组合图案的手帕。克兰汀之前十分平静地说过"我猜想你是刚才在树林里搜索的时候发现的",那她是早就知道他们会找到手帕?这是一个她同伙伪造的线索,用来陷害查尔斯?

奈杰尔沿着狭窄的走道来到采石场。布朗特已经把大部分警力派去搜查小庄园和霍尔庄园中间的那一片区域,尤其是查尔斯·布利克和萝斯贝安排见面的地方。但有一个警察没去,他拿着一根棍子在灌木丛里不厌其烦地搜索。他认出了奈杰尔,站起身来,闷闷地叹气。那个人是克洛特沃西。

"有什么收获吗?"奈杰尔问。

"我们刚刚在这一片区域找到了一块手帕,先生。"

奈杰尔让他描述具体位置。手帕就是在树林里发现的,距离采石场大约三十步,在走道左侧几英尺的蕨菜丛下面,被卷成一团。奈杰尔怀疑第一次搜寻太过匆忙,手帕被兰德尔的一个手下踩在大靴子下了。从这个位置向上看,奈杰尔能看到小道穿过树丛蜿蜒至小山脊,那儿刚好挡住了钱特摩尔家的房子。

当他看那儿的时候,他发现灌木丛中的一棵树不是真的树,而是一动不动、高大的丹尼尔·杜德尔。

"我看我们这儿来了个业余搜查者呢。"奈杰尔暗讽丹尼尔。

克洛特沃西装作开始不明白然后恍然大悟的样子,"业余搜查者?噢,不,先生。什么?是你!噢,是杜德尔先生!你不能在这儿。你难道不知道这是非法闯入吗?"

一阵流畅、嘹亮的声音从杂乱的树枝阴影下传来,"这既是我的,也是他们的。我有权到这儿来。'主啊,我们在以法他(又称伯利恒,耶稣的出生地)听说了,在树林里找到了。'"

"什么,杜德尔先生?你找到什么了?"

克洛特沃西的问题没有得到回应。杜德尔从灌木丛里走下来。

"看起来现在这儿没有你什么事了,杜德尔先生。"克洛特沃西说。奈杰尔在克洛特沃西的声音中听出了不以为意又心存敬畏的语气;他注意到杜德尔说自己在村里并不是没有权威的时候,口气并不狂妄。丹尼尔不理警察,转向奈杰尔。

"我希望跟你谈谈。"

"关于什么?如果是和凶杀案有关,你必须跟布朗特警司谈。"

"那我就去他那儿了。"

"我相信他现在一定很忙。"

"那我就在家里等他。"

丹尼尔·杜德尔朝采石场小道走,他的大跨步和奇怪的背影让奈杰尔不愉快地想起了剪刀人(十七世纪,以刮钱币碎屑牟利的人被称为"剪刀手")。

奈杰尔去找布朗特,布朗特仍然在指挥搜寻查尔斯·布利克等萝斯贝的地方和周围地带。到目前为止,除了在马路另一边的树篱下找到的几个烟蒂之外,什么都没找到。没有挣扎的迹象。正如布朗特所说,"如果烟蒂是他的,那是他来过的证据,但是没有证据证明他一直待在这儿。他完全可以扔两个旧烟头,制造他从来没有离开这个位置的印象。"

奈杰尔告诉布朗特杜德尔的要求，他们马上就和瑞德一起出发前往村庄，留下兰德尔的一个手下监督搜查工作；阿奇博尔德爵士离开小庄园后可能途经的每一处地方都需要检查。

"你对钱特摩尔姐妹怎么看？"奈杰尔说。

"相当有意思。你觉得她们俩关系好吗？平时相互信任吗？"

"就那样，正常，我觉得。当然，萝斯贝总是被姐姐的光芒掩盖，但她似乎并没有过度反感。我只是不清楚她们会不会互相吐露秘密。为什么问这个？"

"因为瑞德告诉我，在我们离开后，她们几乎没有说任何——呃，你所期望的内容。从他能听到的，克兰汀开始批评萝斯贝大晚上与男人约会的事，萝斯贝说她这么做仅仅是因为她迫不及待地想知道查尔斯·布利克是否说服了父亲，或是顶住了父亲的压力。然后，克兰汀小姐说，萝斯贝在如此急切地想见查尔斯的时候却睡着了是多么奇怪的事。萝斯贝小姐回答说，确实很奇怪，但她猜自己应该是被最近发生的一切搞得焦头烂额了。接着克兰汀说：'很显然，警察认为一定是我们俩中的一个往威士忌里下了药。'萝斯贝小姐回答：'噢，但这是荒谬的，汀妮。'这就是全部。之后就是闲聊和不安的沉默。这很不正常，她们似乎互相怀疑对方。"

"她们可能是怀疑有警察把耳朵贴在钥匙孔那儿偷听。她们俩中有人试图联系过查尔斯吗？"

"还没有。这也是另一件奇怪的事——如果她们俩都是无辜的。"

"噢，我不清楚，无辜的人在觉得自己被怀疑时更容易受惊并表现出愧疚。"

布朗特一言不发走了大约二十码，接着他说："你太执着于不切实际的心理分析了，斯特雷奇威。这起案件的关键点是什么？"

"安眠药。"

"正是。那么回答我：你为什么会给一个人服用强效但不致命的安眠药？"

"让他睡着，顺利的话。"

布朗特没有反应，他的脸色很阴冷。"我来告诉你我是怎么想的。如果钱特摩尔姐妹中的一个有一个男性同伙，那她为什么要给阿奇博尔德·布利克下药？他是个年迈瘦小的人，任何男人都能轻松地杀死他，而胃里的药只会增加钱特摩尔姐妹的嫌疑。但假设是一个女人把他带到采石场的，她就会希望他之前就是昏昏欲睡或已经睡着的。"

"你想说明什么？"

"除非是女性作案，否则安眠药根本说不通。斯特雷奇威，在你猜想的所有可能性中，你从来没有考虑这一点——两姐妹一起作案。克兰汀在威士忌里下药，萝斯贝把睡着的布利克拖出门，放到电动助力车上，丢进采石场里，留下查尔斯·布利克的手帕来陷害他，再——"

"但为什么要跟查尔斯见面？霍尔庄园的厨师看到的又是谁？"

"她看到的是查尔斯·布利克，萝斯贝爽约了，他久等不见，只好回来。他是最有可能被误认成他父亲的。而他和萝斯贝约定见面的地点刚好在阿奇博尔德爵士回来可能经过的路上，但注意了，是远离树林和采石场的——这就可以让我们认为阿奇博尔德爵士在回家的路上碰到了查尔斯，让查尔斯跟他一起回霍尔庄园，开始为萝斯贝的事发飙，争吵起来，服用了安眠药，被查尔斯杀害。两姐妹没有料到霍尔庄园的厨师会醒来、往窗外看，而且只看到了布利克家的一个人回来。如果是这样呢？"

"如果这就是我们能够想到的，"奈杰尔回答道，"我只能说我们的反应太迟缓了。这是个非常不错的想法，布朗特，非常不错，但下面这点让这个设想功亏一篑——克兰汀明显对萝斯贝和查尔斯的约会大为震惊。"

"我觉得你还是太嫩了。你跟我说过萝斯贝是个天生的演员，你难道就没想过她姐姐会是更好的演员吗？"

杜德尔太太带他们来到一间阴暗狭小的客厅，说她儿子几分钟后下来。跟他们一起，她十分不自在，僵硬地坐在椅子边缘，手指一直在胸前缠绕又松开。布朗特亲切地跟她说话，她只微微点头，看上去疲惫又焦虑；棱角分明的脸、向后梳着的头发、瘦骨嶙峋的身体——一切都有失美感和柔软，甚至连奈杰尔都不愿意看她，想把目光从她身上移开。杜德尔太太的脸涨得通红，倚向布朗特，说："你不会对我儿子做什么的，对吧，先生？我知道，他跟其他男孩不太一样，但他对我一直很好，他不会伤害任何人——不会有意伤害。"

有那么一瞬间，奈杰尔几乎不敢相信自己的眼睛或耳朵，她热切的语气和神情几乎让他窒息，让他突然感受到一个年轻热情的女孩的余热——一个三十年前爱着埃德里克·钱特摩尔的女孩。确实，只有意志坚强和热情似火的人才会让文雅、感性、浪漫又渐入老年的埃德里克心动。她的单纯让他着迷，她的热情让他为之倾倒。但这一切，在一瞬间，结束了：爱恋的火花燃尽，留下一个粗俗野蛮的乡村女孩，还有一个被自己的行为吓倒的男人，时刻准备想尽一切办法来逃避其后果，事实上，有点像个懦夫。

"我猜到是他写的那些匿名信，跟他谈了，"她说着，"噢，这简直是邪恶至极，我也告诉他了。但这是我的错，先生。他是我的全部，我太惯着他了。你们能不能干脆关押我？他再也不会这么做了，我向你发誓。他觉得他有权力去惩罚罪恶，但是对于怎么做苦思冥想了很久——你明白我的意思吗，先生？——他有时候很困惑。他写那些信来谴责罪恶，他是这么告诉我的。我自己就是教徒，我不赞成他的行为，但他绝不会做真正恶劣的事，不会——不会去干谋杀阿奇博尔德爵士那样的事。"

奈杰尔瞥了眼布朗特，看出来他是真的被感动了。这个女人对并不讨喜的丹尼尔·杜德尔的爱，无疑是悲剧。

"我必须尽我的职责，女士，"布朗特说，"但如果有——呃——可以使罪行减轻的因素，你可以完全放心，我们会考虑的。呃，医学意见、品格鉴定、不幸的遭遇。呃，但一定记住匿名信带来的伤害，自杀、自杀未遂，还有村民的感受和法律的尊严。"布朗特向来是很少被打动的，此时也不免心生怜悯。"我完全理解你的处境，女士，我们尽全力让你好过一点。"

"我所请求的不是为了自己，先生。我曾经经历过困难，也挺过来了。我这个年纪，已经不太在意别人说什么了。"她粗糙的脸上闪着自豪，让相貌平平的她平添了几分美感。他们听到楼梯上传来脚步声。

"我母亲让你们见笑了，是吗，先生们？"

"你有一个你不配拥有的好母亲。"布朗特刻意说道。

"我们都有这样的母亲，感谢主。给你来点点心吗？"

"谢谢，不了。"

杜德尔太太回头瞥了一眼儿子，悄悄走出房间。

"那么，我能为你做些什么？"

"我听说你想见我。"

杜德尔扭了扭长长的脖子，挤出一个难看的谄笑，开始说话。他含糊其词，遮遮掩掩，但布朗特还是马上捕捉到他的意图，他要说的是一个很过分的要求。他提出用一些关于谋杀案的重要信息来换取匿名信罪的豁免权。尽管如此，他也不承认自己对匿名信造成的后果负有多大的责任；他有着好争论的水手的口才和农民的狡猾，加上油腻的宗教狂热，让奈杰尔感到恶心。布朗特立即打断了这个开端。

"如果你知道任何与阿奇博尔德爵士被杀案相关的情况，你有义务告诉我，如果没有如实告知，你会有大麻烦，比你已经陷入的更麻烦。我不是在跟你商量，小伙子。我很忙，所以如果你有任何要说的，就赶紧。"

杜德尔厚厚的镜片反射出一缕光，充满恶意地掠过他们。有一瞬间，奈杰尔觉得布朗特的态度过于强硬了，但杜德尔是那种看到他受辱的人越多，他的怨恨就越强烈的人。而现在，很显然他的报复心凌驾于受挫的虚荣心之上。

他之前讲的情况,也就是案发当晚他离开纽因酒店之后在沟里睡着了,有了新的版本。他因为醉酒,掉进了沟里,但没有睡着。他郁闷地思考着刚刚与阿奇博尔德爵士进行的交谈,尽管他对爵士有用——

"你告诉了他一件有关雷纳姆已故妻子的丑事,是吧?"布朗特插了一句,"还有呢?"

杜德尔的嘴紧闭,但他的头转动了,好像是想换一个侧脸。

"我告诉了他我父亲是谁。"

杜德尔为阿奇博尔德爵士提供了这个打击克兰汀的强大利器,奈杰尔思忖着。他能够想象这位杰出的金融家坚决反对儿子跟这样一个家庭联姻,这个家庭不仅有古怪的萝斯贝,还有这个惹人厌烦的、精神分裂的家伙。

阿奇博尔德爵士听了,承诺会重新考虑是否把杜德尔和他母亲逐出村庄。尽管如此,杜德尔说,他不相信爵士的承诺,所以他决定去小庄园,让钱特摩尔小姐自己直面这个真相。奈杰尔想,他是个懦弱的家伙,偶尔喝醉酒以后勇气大增,很自然会做出这样的决定。丹尼尔含糊其词地说他去小庄园的意图,但无疑就是勒索他姐姐:如果她没有替自己向阿奇博尔德爵士求情,或者同意他得到"他的那部分财产",他就会"大肆宣扬她父亲的罪孽"。"对,我就是他偷偷摸摸和肆意妄为的产物。"丹尼尔用他那教堂布道的语气说。

他走到小庄园,发现庄园前一片漆黑,又绕到后面的花园。令他意外的是，在那儿他看到克兰汀正在跟阿奇博尔德爵士说话。他决定稍等一下，看阿奇博尔德爵士会不会离开。

"那是什么时候？"

"我听到教堂钟声在我到之后很快敲了 10 点 30 分。"

"我明白了。所以你在黑暗中站了一会儿，监视他们。"

"'约书亚吩咐窥探的两个人说，你们进那妓女的家。'（语出《约书亚记》）"

"别扯其他的，"布朗特说，看上去非常震惊，"接着说。"

虽然杜德尔听不见说了什么，但他证实了布利克一直"对克兰汀异常愤怒"。布朗特提了几个问题帮他回忆：10 点 30 分的钟敲响后不久，萝斯贝进来，又出去了，回来的时候拿着托盘。

"然后他们给自己倒了烈酒。"杜德尔假装正经地补充道。

"谁给自己倒酒了？"

根据杜德尔所说的，阿奇博尔德爵士喝了一杯萝斯贝给他倒的酒，马上又给自己倒了一杯。克兰汀的也是萝斯贝倒的，她只抿了几口，就给萝斯贝了。萝斯贝在离开前喝完了。

"你当时，或者之后任何时间，有没有看到谁在酒里动手脚？"

丹尼尔看上去很吃惊。死者服用安眠药的事还不是尽人皆知，因为尸检还没有完全确定，布朗特目前也成功地对新闻媒体封锁了这个消息；但布朗特最执着的提问，在这儿颗粒无收。从杜德尔当时的位置，他看不见放酒的托盘。他能够确定的只有，阿奇博尔德爵士在房间里不停地走来走去，而萝斯贝，或者之后克兰汀在他不注意的时候往酒里下药是相当有可能的。丹尼尔说这些的时候，兴奋之情不加掩饰，因为他知道这些证词意味着什么。

大约二十分钟后，丹尼尔对屋里的人失去了兴致。阿奇博尔德爵士没有离开的打算，而他一走，克兰汀就可能就寝了。所以杜德尔慢吞吞地离开了，迷迷糊糊中他冒出一个想法，在阿奇博尔德爵士回家的路上拦住他，再跟他纠缠一番。他穿过花园门，走到草地，对面就是阿奇博尔德爵士抄小道回霍尔庄园的路。但在他准备穿过马路到对面的草地之前，他意识到"有人在这儿埋伏行凶"。

"埋伏行凶？你为什么会这么想？有可能是一对情侣在搂搂抱抱，不是吗？"

杜德尔微微战栗了一下。他长而柔软的红发上滚下一串汗珠，落在额头上。

"我没有听到淫荡的声音，倒是有抽烟的烟草味。是萝斯贝那个女人的情夫，悄悄躲起来想——"

"你是怎么知道的？当时那么黑。"

"他点了支烟，借着火柴的光，我认出是查尔斯·布利克。"

杜德尔立马就走开了，他漫无目的地闲逛到小庄园朝向树林的西侧。他一直感觉不舒服，他说，如果保持走动会好一些。

"当时是几点？"

"我往回走几分钟后，钟敲了 11 点。"

根据丹尼尔·杜德尔对自己活动轨迹的描述，布朗特在一张大型军用地图上标明了，他在小庄园西侧和树林之间的草地上站了一会儿，然后在距两个地方都大约一百码的地方等着。

"等什么?"

杜德尔抬起头,他鼻子细长,鼻孔微微扩张,"我在空气中嗅到了邪恶。"

"你觉得萝斯贝小姐可能会出来,然后你想玩偷窥者的把戏,嗯?是这样吗?"

"她,或者她姐姐,"杜德尔恶狠狠地吼道,"她们俩都被肉体的欲望所败坏,被眼里的骄傲所败坏,穿着华丽的衣服走来走去——"

"闭嘴!"布朗特咆哮道,"回答我的问题,别再跟我们扯这些鬼话!你在那儿等了多久?"

杜德尔觉得可能有十分钟,然后他听到从屋子的方向传来微弱的声音——他没法描述它,不是说话声,更像是脚步声,但很慢,也不规律。他又逛了十分钟左右,然后打算穿过草地回家。正在此时,他听到了某个人穿过马路走到草坪的脚步声。杜德尔的视力不好,而且当时也很黑,他看不清是谁。他一开始想,应该不会是萝斯贝,因为没有说话声从会面的地方传来;不久,杜德尔走到田地间,也不见查尔斯·布利克的踪影。接着,杜德尔小心地在田野边缘走,在草垛那儿停下听了一会儿,看看查尔斯和萝斯贝会不会在那里卿卿我我。但再一次,他扑了空。当他站在那儿时,他听到有人从霍尔庄园的方向沿着田间小径走上来。杜德尔估计离他听到穿过马路的脚步声过了十或十二分钟。是一阵快速、拖着脚走、拉拽的声音;有一瞬间,当那个人停下时,在寂静无声的夜里,他听到了急促的呼吸声。

"你听到霍尔庄园的狗叫了吗?"

"听到了,几分钟前。"

"那你听到的第二个声音,当时你觉得是什么呢?"

杜德尔的眼镜闪闪发光,"现在看来可能是某个人携带或拖着一个很重的袋子,但那天晚上我不知道是什么,我听不出来。"

杜德尔沉默了一分钟,他坐在沙发上,苍白纤细的手指像蠕虫一样扭曲着。然后他控制不住地爆发了,语无伦次、令人惊恐地发泄他心中多年来发酵的仇恨。那晚,罪恶像撒旦一样潜入黑暗……萝斯贝这女人,从霍尔庄园的隐蔽处溜出来,气喘吁吁、筋疲力尽……污秽、淫妇、谋杀……炫耀他们的淫乱;像狗一样追逐、狞笑……克兰汀这个女人,她蔑视主,自己穿着金色的华服,让饥饿的人为面包乞讨……主说,我是来复仇的……即使她逃到地极,她的罪孽也必追上她。

布朗特让他放肆了一会儿。接着,他对奈杰尔和瑞德打了个招呼就起身离开了。

第十五章

蹒跚的脚步，拖曳的重物

丹尼尔·杜德尔的证据让案情柳暗花明，又疑云密布。虽然杜德尔那晚烂醉如泥，而且他的思想因为仇恨和宗教狂热而扭曲变形，奈杰尔还是愿意认真对待他提到的事实。杜德尔说他那晚在案发时间到过现场，他对钱特摩尔姐妹充满嫉妒，不惜为此让自己被怀疑。如果他只是想撒谎去陷害她们，那么他没有进一步的行为就很让人诧异了。

午饭后，奈杰尔独自在甜蜜蜜酒店坐着，理出了一个时间表：

时间（大致）	事件	证人
10：00（晚上）	阿奇博尔德爵士到小庄园	克兰汀/夏瑞蒂
10：10	杜德尔离开纽因酒店，	老板
	牧师在小庄园的花园听到对话，	雷纳姆
	然后"散步一个多小时"	
10：28	杜德尔到小庄园	杜德尔
10：30	克兰汀按铃	夏瑞蒂
10：31	萝斯贝进客厅，然后离开	杜德尔
10：32	萝斯贝拿酒进来	
10：33–10：35	萝斯贝离开客厅	杜德尔
10：55	杜德尔离开花园	杜德尔
10：57	杜德尔在路上看到查尔斯	杜德尔
11：00	萝斯贝计划和查尔斯见面	萝斯贝
11：10	萝斯贝说她拿酒进去	萝斯贝
11：10	杜德尔听到屋里的声音	杜德尔
11：20	阿奇博尔德爵士离开小庄园	克兰汀/萝斯贝
11：25	萝斯贝入睡	萝斯贝
	杜德尔回到路边，听到有人经过	杜德尔
	查尔斯离开约会地点	
11：30	阿奇博尔德爵士，或者假扮他的人回到霍尔庄园	庄园厨师
11：35	杜德尔听到有人从霍尔庄园过来	杜德尔

11:40	有人在霍尔庄园通往村里的路上看到杜德尔	村民
	克兰汀在楼下叫萝斯贝,萝斯贝"睡着了"	克兰汀
	克兰汀按铃呼叫夏瑞蒂协助她上床休息	克兰汀/夏瑞蒂

从这个时间列表可以看出以下事实:第一,关于送酒的时间,萝斯贝要么撒了谎,要么把时间记错了。夏瑞蒂和杜德尔的证据都说明应该是10点30分之后不久。克兰汀的证词比较含糊——"我想应该更晚一点"。第二,查尔斯撒谎了,说他和他哥哥10点30分刚过就上床睡觉了。但是萝斯贝跟他约定11点以后见面,杜德尔在约定时间前不久在他们约定的地点看到查尔斯了。第三,杜德尔在路上听到的人很可能就是霍尔庄园的厨师五分钟之后看到的人,此人要么是阿奇博尔德爵士,要么是假扮他的人。杜德尔听到钟敲了11点,他给出的11点以后的几个时间点可能不是特别准确,但是都互相契合。有可能,但是不一定确定的是,他在路上听到从霍尔庄园过来的那个人和他十分钟之前听到的往霍尔庄园去的人是同一个人。如果是的话,这个人就是假扮阿奇博尔德爵士的人,要不然,阿奇博尔德爵士怎么会从小庄园离开回家以后又马上返回小庄园?

如果杜德尔说的是实话,而且他给出的时间是差不多准确的,那么阿奇博尔德爵士就不可能是在霍尔庄园被袭击的。即使他一回来就被人击打了头部，那么袭击的人是如何在五分钟之内完成袭击并把被打晕的阿奇博尔德爵士拖到草地中间去的？杜德尔的话很奇怪，"可能是某个人携带或拖着一个很重的袋子"。当然，有可能阿奇博尔德爵士在11点20分之前回到霍尔庄园，前提是克兰汀和萝斯贝撒谎或者弄错了他离开的时间。如果是这样的话，那么霍尔庄园厨师的证词说明什么呢？杜德尔11点25分在路边听到的人又是谁呢？

奈杰尔不耐烦地推开时间表，如果查尔斯·布利克的行踪不弄清楚的话，从这个时间表里面已经找不到其他有用的线索了。如果他11点前到了约会地点，在那里抽了两支烟，那么他一定在11点25分杜德尔回到那里前不久离开了。最简单的解释是：听到杜德尔的脚步声，又听到有人也朝这里来了，他觉得这个地方太不隐秘了，不能在这里和萝斯贝见面，于是悄悄回家了，那么霍尔庄园的厨师看到的人应该就是他。

查尔斯的行为既自然，也清白，奈杰尔找不出任何破绽。但是假设他不是清白的，假设克兰汀给他父亲下了安眠药，假设他认为他约萝斯贝见面可以把萝斯贝从家里引出来，方便处理他父亲的尸体。奈杰尔被自己的假设弄得有点激动，于是又研究了一遍时间表。查尔斯可能在路上抽了一支烟，也就是杜德尔闻到的那支，抽完以后把烟头丢到篱笆旁，前面抽的那支烟的烟头也在那里。他可能提前了好几分钟到约会地点，为的是不让萝斯贝碰到他。他可能听到杜德尔走了，悄悄待了一会儿，然后绕路继续往小庄园去，以免和萝斯贝碰上，并在11点钟到达现场做好准备。这样他就有二十分钟来完成他该做的事。杜德尔11点10分听到的"缓慢而奇怪的脚步",可能是查尔斯把他父亲拖到电动助力车旁。他可能用助力车把父亲悄悄推到采石场,没注意手帕在路上丢了,然后回到小庄园,把助力车放回小屋之后就回家了,杜德尔在11点25分听到他穿过小路。要完成这一切,在时间上绰绰有余。

但是杜德尔听到的十分钟以后回来的人是谁?奈杰尔兴奋得一拳打在桌上。有了!查尔斯回家以后发现他的手帕丢了,意识到他留下了作案痕迹,十分惊慌,急忙回来找。

正想到这里,奈杰尔的思路被布朗特的到来打断了。布朗特邀请奈杰尔去霍尔庄园,他要去那里给斯坦福·布利克做笔录。奈杰尔边走边给他讲自己最新的推理。布朗特一言不发地听他讲,似乎不太感兴趣。等奈杰尔说完,布朗特说:"斯特雷奇威,你的问题就是,想得太多,但想象力不够。"

"好吧,我不得不承认!"

布朗特冷冷地继续说:"我不否认,你的推理,呃——从学术上说——有一定道理。嗯,就像是个美丽的画框,但是画框里没有画,是不是这样,瑞德?"

"我敢说您是对的,警司。"瑞德圆滑地说。

布朗特慢慢兴奋起来:"我来给你补充,查尔斯在小庄园外面,钱特摩尔小姐和阿奇博尔德爵士在客厅。查尔斯等着他的同谋给他发信号,告诉他阿奇博尔德爵士睡着了,他可以进来了。"

"他完全可以从客厅的窗户朝里看,为什么要等信号?"

布朗特怜悯地朝他笑了笑:"那会儿萝斯贝在外面,很可能朝里看,发现屋内正在进行阴谋行为，你认为克兰汀会把窗帘拉开吗？"

"但是——"

"不，等等。克兰汀叫阿奇博尔德爵士拉上窗帘，也可能是她自己拉的，也许那就是查尔斯等的信号。查尔斯进来了。他必须把睡着的阿奇博尔德爵士搬到放电动助力车的小屋，想象一下这个场景。现在，瑞德，如果是你，你首先要做的是什么？"

"确定萝斯贝是不是在屋子外面。"

布朗特拍手说道："太对了。夏瑞蒂·库伯那里没有危险，她不仅耳背，而且她的房间在屋子的另一头，背对着车道和放电动助力车的小屋。但是他们如何确定那个时候萝斯贝不会从外面回来？或者她是不是外出赴约了？"

"他们确实不得不冒这个险。"

布朗特的眼睛在他那老式的夹鼻眼镜后发亮："如果危险可以避免，为什么要冒险？"

"我不明白你的意思。"

"回忆一下杜德尔跟你说的，跟萝斯贝小姐的证词相矛盾的地方。"

奈杰尔想了半天，说："噢，天哪，你说得太对了。她送酒的时间。"

"一点没错！杜德尔说她喝了一点她姐姐喝了一口的威士忌。那么，我的推理是这样的：最初的计划是她和查尔斯在草地见面，但是克兰汀是个聪明的女人，她意识到这样很危险。她发现有机会喝威士忌，就迅速抓住了这个机会。她自己喝了一两口，把杯子递给妹妹，萝斯贝后来就晕晕乎乎睡着了。安眠药要半个小时才能起效，她必须在萝斯贝和查尔斯约会的时间之前让她喝下威士忌。后来,她又把药放进阿奇博尔德爵士的玻璃杯里了。"

"是的,我承认这个推理很合理,但是你怎样解释萝斯贝前前后后撒的这些谎?"

"她是个好姑娘,对姐姐无比忠诚,时刻护着姐姐,这一点我同意你的观点。她第二天早上醒来,觉得有点头痛,当她听说阿奇博尔德爵士的尸检报告里检出了安眠药,她肯定会把这二者联系起来。她心想,如果我说我听到阿奇博尔德爵士是 11 点 20 分离开的,我是在他离开前十分钟把酒拿进去的,那就可以洗清克兰汀的嫌疑,因为这意味着阿奇博尔德爵士不可能是在小庄园被下的安眠药。"

说话间,两人已经来到霍尔庄园大门口。他们远远看到斯坦福·布利克靠在一棵雪松树下的吊床上,还瞥见一个红头发女人的身影消失在房子的另一侧,狗狂吠不已。

斯坦福站起来迎接他们。他戴着围巾和脏兮兮的帽子,看上去和以往一样怪诞。

"很荣幸能跟布朗特警司说话。亲爱的警官,您的大名远近闻名。雪松树后有木椅,我们把它们拉过来,就在这儿愉快地谈话吧。"

布朗特脸上又出现了奈杰尔熟悉的表情——有备而来,意图突破。"很好,小伙子。我们这就开始。"开始谈话前,他对阿奇博尔德爵士的去世表达了哀悼,斯坦福礼貌地表示感谢,却显得漫不经心。

"先生,兰德尔探长已经给你录过口供了,今天我来是希望你能提供更多的细节和信息。"

斯坦福心不在焉地点点头，然后像个孩子似的竖起手指，开心地说："噢，我想也是。柳莺，听到了吗？很可爱的动物歌手，你们觉得呢？"他抬头看看雪松的树枝，说："'花园的鸟儿'（源自阿尔弗雷德·丁尼生的诗作）。丁尼生是个被低估的诗人，对不对？'如果我疯了怎么办？我总有一天会走运。'（出自《莫德》）"

"嗯，好吧，先生，你继承了所有财产？"

"地产吗？是的，我想是的。"

"还有你父亲的钱？是怎么操作的？"

"有一大笔遗产，还有一些乱七八糟的东西，比如优生协会。我和我弟弟是遗产继承人，我继承三分之二，他三分之一。"

"我敢说一定是一大笔财产。"

"噢，是的，很可观，除非他更改了遗嘱。"

"他曾经威胁过你们他要改遗嘱吗？"

"我亲爱的警司先生，爸爸经常威胁我们一分钱都不给我们，但是他从来没这么做过。他有很强的家庭观念，明白吗？"斯坦福的声音沙哑又悲伤，旁人听起来却感觉他似乎随时可能笑出声来。

"他被害的那天下午说过类似的威胁话吗？我听说你跟他吵架了。"

"噢，我必须解释清楚，是关于苏西。他认为我为她花的钱太多了。当然，事实是，他自己也对她很感兴趣。但是苏西的设计有很多问题——她的轴承总是温度过高，可怜的孩子。父亲差不多失去耐心了，说他不打算再继续资助她了。"

听到这里，侦缉警长瑞德正在做记录的笔好像凝滞了。

"但是这不要紧，"斯坦福继续说道，"我有办法说服他。我告诉他再做几次基准测试，苏西就可以到位了。"

瑞德年轻的脸上出现了恍然大悟的表情。

"但是，当我想要替查尔斯和萝斯贝说说情时，他大发雷霆，老爷子在这方面非常固执。"

布朗特就这一点问了斯坦福很多问题，然后问到那天晚上晚餐的情况。斯坦福承认那有点令人沮丧。他们开始晚餐的时间比较晚，这让厨师不开心，也让他父亲大为光火。父子间的交流并不顺畅，晚餐一直持续到9点钟才结束。阿奇博尔德爵士起身径直去书房处理一些紧急事务，下午他忙着跟村里的各色人等见面，不得不推迟办公时间。

"这对查尔斯来说太尴尬了，晚餐后他想跟父亲再谈谈，但是我们家的传统是父亲工作的时候是不能去打扰他的。查尔斯想可以等父亲工作结束以后再去，但是父亲探出头告诉我们他要去小庄园，所以可怜的查尔斯又失去了机会。"

"那时候快到10点了？"

"是的。"

"你觉得你弟弟当时的心理状态如何？他，呃——有没有对父亲反对自己的婚事表现出愤怒？"

斯坦福目不转睛地盯着布朗特，褐色的眼睛里透出坚定。

"你想说他是不是怀恨在心？他并没有威胁要杀了父亲。"

"先生，你不能歪曲我的话。"

"我没有歪曲——我只是解释你的话。"

两人之间的空气似乎在颤抖，颇有剑拔弩张的气氛。

"查尔斯焦虑、沮丧、不知所措。我感觉，在萝斯贝这件事上，他不知道该站在哪一边。"

"所以，10点30分刚过你们俩就上床睡觉了？"

"是的。"

"你有没有听到你弟弟十五分钟以后出门去见他的未婚妻？"

布朗特想用这个问题让斯坦福大吃一惊，但是他没有成功。斯坦福风轻云淡地回答："听到了。查尔斯一贯不爱张扬，但是萝斯贝告诉过我他们约会的事，我想这让他有点难堪。"

"这让他在案发时间段出现在案发现场。"布朗特强硬地说。

"是的，确实如此。"斯坦福似乎并没有表现出不安，"萝斯贝还告诉我你怀疑她给我父亲的酒里下了安眠药，或者是她姐姐。"

"她们俩都可以拿到安眠药。"

"我和查尔斯也可以。我家的安眠药放在浴室的柜子里，和克兰汀服用的成分一样。父亲也可以拿到。"

"我没太明白你的意思。"

"父亲经常带着安眠药，不是粉剂的，是药片，但是我相信成分一样。"

斯坦福的这句话犹如惊天之雷，让在场的人目瞪口呆。侦缉警长瑞德停住了正在记录的笔，连布朗特都使劲眨眼，好像在黑暗中扭了脚一样。"为什么以前没有说过这个？"他追问。

"呃，兰德尔来调查的时候，没有问到这个。"

斯坦福好脾气地微笑着，继续说："我以为斯特雷奇威会注意到我父亲总是带在身边的银制火柴盒。他总是在里面放一片安眠药，要是没有了，他的贴身仆人会给他装上一片。他一次只带一片安眠药，绝不多带，因为他害怕染上药瘾。他有很多类似这样的稀奇古怪的恐惧症，可怜的老伙计。你们在他尸体上发现火柴盒了吗？"

布朗特说，警察确实在阿奇博尔德爵士尸体附近发现了一个火柴盒，显然是从他的背心口袋里掉出来的。火柴盒是打开的，躺在水里。在布朗特的要求下，斯坦福摇响吊床旁边一个巨大的手摇铃，叫来阿奇博尔德爵士的贴身仆人。仆人证明当天他给主人准备晚餐衣服的时候，往火柴盒里放了一片安眠药。

奈杰尔仔细想了想，这个信息完全改变了案情的调查方向，有两种可能性：盒子是空的并不能说明任何问题，因为发现它的时候是打开的，药片可能掉出来了，如果是这样的话，药片可能已经在水里溶化了。但是假设阿奇博尔德爵士离开小庄园之前或之后服用了安眠药呢？这并非不可能。他有随身携带安眠药的习惯，这说明他觉得必要时可以随时随地服用，而不是一定要上床前在自己家服用。因此，嫌疑人就不再局限在钱特摩尔姐妹身上了。丹尼尔·杜德尔，马克·雷纳姆，查尔斯·布利克，当晚都在案发现场附近，他们中的任何一个人都可能在阿奇博尔德爵士回家的路上碰到他，把他打晕，然后拖到采石场——前提是他携带的安眠药成分跟他尸检结果的安眠药成分是一样的。

奈杰尔环视四周，雪松、草坪，还有霍尔庄园精致的轮廓，所有这一切在这个阴沉萧瑟的下午变得不真实起来，好像都被蒙上了一层薄纱，让一切变得晦暗不明。当然不真实。警察在草地上搜寻；布朗特的助手在霍尔庄园、小庄园、邮局、牧师住所仔细检查衣服和鞋子，以期找到跟案情有关的痕迹；和用人谈话，问他们案发当晚是否留意到任何可疑的行为。所有这些耐心的、细致的、坚持不懈的行为，都是真实的。但是，他脑洞大开做出的推理，在雪松树下谈话的这一群实实在在的人，和眼下发生在普莱尔斯翁伯恩的一切相比，都显得不真实。

奈杰尔努力把自己的思绪拉回到眼前的场景。布朗特继续讯问斯坦福阿奇博尔德爵士被害那晚的情形。斯坦福重复了以下信息：他上床不久就睡着了。狗叫吵醒了他。他马上又睡着了。他不知道他弟弟什么时候回来的。查尔斯第二天早上在他之前吃的早餐。

"所以关于那晚的情形你没有更多补充的了？你弟弟从来没跟你提过那天的事吗？"

斯坦福犹豫了一下，说："他没有跟我提过他那晚的行踪。"说话的时候，他脸上现出半是算计半是揶揄的神情，颇令人费解。他继续说："我记得时间，因为我被蹒跚的脚步、被拖曳的重物和低语的恐惧弄得毛发倒竖。"

奈杰尔感觉肩胛骨间一阵凉气袭过。瑞德瞟了布朗特一眼，似乎想问这些话能不能记下来作为证词。

"先生，你具体指的是什么？"布朗特问，"你是说你记起来什么？"

斯坦福诡异地笑了笑，说："那不好说，我想你不会把梦作为证据吧？"

"我想我们还是想听听。"奈杰尔马上插话，"你那晚做梦了——是个噩梦？跟丁尼生有关？"

"亲爱的老伙计,我知道我可以信任你,但跟大诗人没有关系——"

"听着,先生,我很忙。"布朗特终于说话了。

"我不会耽误你太久,而且我觉得你对梦境一类的话题应该保持开放的心态。比如,超感知觉,或者你们说的心灵感应。已经有很多这方面的研究了,而且有正面的结论,梦中预言就是其中的一个主题。我说的并不是真正的梦中预言,我要说的是很多鬼故事里面提到的幻听,比如某人的妻子或母亲在五十英里之外的地方去世了,却出现在他的房间。相信我,老太太的故事可以教给科学家很多东西。"

斯坦福的眼睛闪闪发光,在布朗特和奈杰尔之间兴奋地看来看去。

"你是说你做了关于你父亲去世的梦?"布朗特的态度冷淡而不耐烦,但是斯坦福不在意,他像《古舟子咏》(英国诗人塞缪尔·泰勒·柯尔律治的诗作)里的老水手一样紧紧抓住他的听众,不管别人爱听不爱听。

"是的,确实是一个很奇怪的梦。"斯坦福压低声音,口气却像在讲鬼故事一样惊心动魄,"最诡异的事情是我看到了两个父亲。"

"看到了两个父亲?"瑞德情不自禁地跟着说。他手里的铅笔猛地一动,好像铅笔下面不是笔记本,而是刨花板。

"我好像是从上往下看。是晚上,但是我能看到汀妮的电动助力车放在草坪上。不知道为什么,这个景象非常恐怖,助力车放在那儿,空空的,无人在旁。我不知道那是在哪里。或者,刚开始这个画面并没有什么意义。一定是在她家前门外的草坪上,挨着车道。我猜想我之所以觉得不对劲,是因为助力车是在草坪上,而不是在车道上。助力车就那么放在那里,一定是在等着什么。然后有两个人出现在我下面。一个人的手放在另一个人的腋窝下面，好像是在拖着他走，一直拖到助力车旁。我想叫出来，阻止眼前的一切，但是我不能。我知道，如果那两个人走到助力车旁边，一切就结束了，但是他们真的朝那边走去了。中间好像有一瞬间的停顿，下一刻我看到的就是其中一个人坐到助力车上，另一个人推着走，就像小孩子用手推车推着盖伊·福克斯的模型（语出英国的盖伊·福克斯节，指英国的篝火节之夜，烧盖伊·福克斯的雕像是为了庆祝胜利）。整个噩梦最恐怖的地方是，那两个人是同一个人。"

"同一个人？"布朗特嘟囔着，很响地吞了一口口水。他烦躁地挥了挥手，仿佛是在拂去脸上的蜘蛛网，"你到底是什么意思？"

"没别的意思。坐在助力车上的人是我父亲，推车的也是我父亲。那是在梦里。我看不清他们的脸，但是我不用看就知道，他们的身材一模一样，两人都穿着深色大衣，戴着卷边毡帽，爱德华时代的时尚又开始流行了，我父亲可是个时尚达人。就这样，父亲推着父亲往前走，然后我醒了。"

几个人陷入一阵令人不安的沉默。奈杰尔感觉斯坦福看着自己，眼神中带着隐晦的急切。

"你是想说——呃——你在梦里看到谋杀了？"布朗特终于开口说话了，"但是很遗憾你没看到罪犯的脸。"

奈杰尔脱口而出："你是什么时候从噩梦中醒来的？"

"我看了表，你知道的，为的是从噩梦中挣扎出来，重新恢复正常。那时是 11 点 09 分，过了一会儿，我又睡着了。"

第十六章

哦，天哪，你还好吗？

十五分钟之后，布朗特和奈杰尔驱车前往莫尔福德。布朗特问："那么，你怎么看斯坦福说的话？"

"那个梦，我想，很有启发，也很恐怖，让我毛骨悚然。"

"梦啊，不，我感兴趣的是他告诉我们他醒来的时间。11点09分，正好是杜德尔说的他听到小庄园里声音的时间。你还记得吧？——缓慢的脚步声。"

"怎么会不记得！斯坦福好像正好在谋杀发生的时间梦到了谋杀，恰好印证他的心灵感应说。"

"心灵感应？得了吧！我问你两个问题，斯特雷奇威。他为什么把时间定位得这么精准？又为什么要告诉我们这个惊悚的故事？"

"我看你迫不及待要自问自答了。好吧，为什么？"

"我给斯坦福·布利克做过笔录，你看看就知道，他和杜德尔之间并无交流，所以斯坦福是如何得知11点09分是那晚的关键时间点，除非他当时就在现场。为什么他要编造出一个乱七八糟的梦，难道就是为了给自己一个不在场证明？"

"梦不能作为不在场证明。"

"我不同意。作为法庭证词当然没有任何价值，但是对于一个智力平平的警察来说，这个梦非常微妙地暗示了嫌疑人当时在家睡觉，事实上人却在别的地方。我承认我差点把他从嫌疑名单中划去了，这个梦非常奇怪但又很自然，让人忍不住怀疑是他编造的。"

"但是，就是因为它太自然了，你那见识过太多龌龊之事的头脑才会一直觉得它一定是假的。"

到达莫尔福德之后，他们首先去了警察局。布朗特和兰德尔探长私下交谈了一会儿。奈杰尔趁这个时间仔细研究了兰德尔写的关于新一批匿名信的调查报告。他们已经就此做了相当多的调查，目前看来，这些信都不是丹尼尔·杜德尔或者他母亲写的。而且，嫌疑人已经缩小到那些头一天就知道阿奇博尔德·布利克爵士要从伦敦来的人中，这也排除了普莱尔斯翁伯恩的其他人受前面一批匿名信的启发写这些信的可能性。除了霍尔庄园那些忙着为迎接阿奇博尔德·布利克爵士而做准备的仆人，知道阿奇博尔德爵士要来的人只有斯坦福·布利克、查尔斯·布利克、钱特摩尔姐妹及雷纳姆牧师。

兰德尔的调查显示,上面这些人都有可能在相关时间段在纽因酒店门口的邮筒寄信。斯坦福和查尔斯否认他们寄过信,马克·雷纳姆说他在主邮筒寄过好几封信,但没在这个邮筒寄过。萝斯贝在纽因酒店门口的邮筒替她姐姐寄了三封信,自己寄了一封,警察追踪了收信人,都跟匿名信无关。最后,伦敦警察厅的笔迹专家比较了最近三封信的笔迹和杜德尔的笔迹,认为不是出自同一个人之手。兰德尔坚持不懈,又收集了上述六个嫌疑人的笔迹,目前正在由伦敦警察厅甄别。

二十分钟以后,布朗特叫上奈杰尔和侦缉警长瑞德一起离开警察局往工厂去。一路上布朗特一言不发,到工厂的时候,神情愈发冷峻。查尔斯·布利克的办公室在二楼,房间虽小,但窗外景色宜人,可以看到铁路线,还有郁郁葱葱的郊外风光。查尔斯本人干净整洁,满脸愁容,充满戒备。在自己的领地,他比平时显得果断从容。他跟秘书交代了一系列任务,把她打发走了,然后告诉布朗特他有一刻钟的时间听候支配。

"我希望我们不占用你过多的时间。"布朗特彬彬有礼地回复,"我必须警告你,布利克先生,你说的任何话都会被记录下来,并可能被用作证词。当然,没有人强迫你回答问题,你明白吧?"

跟往常一样,奈杰尔一听到正式的官方警告,就感觉心里一阵发紧,既紧张又兴奋,好像选手听到比赛开始的铃声一样。

查尔斯肯定地点点头,没说什么。

"先生,根据我们最近获得的证据,我想你可能需要更改你之前对兰德尔探长做的声明。"

"什么证据？"查尔斯问。

"你告诉兰德尔探长你案发当晚 10 点 30 分刚过就上床睡觉了，而且当晚你一直在家。我们现在得知你和萝斯贝小姐约定 11 点以后在你们两家之间的草地见面，而且有人在约定时间的前几分钟在那里看到你了。"

查尔斯·布利克叹了口气，嘴角懊恼地耷拉下来，"是的，我想一定会暴露的。谁看到我了？你们知道的，萝斯贝一直没有出现。"

"那么，你承认你第一次说的是假的？"布朗特的声音和脸色一如他苏格兰老家的山脉一样阴冷无比。

"嗯，是的。我——好吧，我不想让她搅进——"

"搅进什么，先生？你做那个笔录的时候，你父亲的死因还没有确定。"

"我从来没有觉得他会有意或者无意走到采石场的边缘去。"查尔斯苦笑了一下，让人想起他的哥哥，"我很傻，在这件事情上撒谎。事实是我疲惫不堪，心烦意乱，当然也有一点信口开河——我知道，如果你们知道我那晚出现在案发现场附近的话，就会怀疑我。"

"是这样啊。"布朗特不动声色地回答。显然查尔斯孩子般率真的态度在布朗特这里毫无作用，就像一朵浪花击打在海岸线的花岗岩上一样无济于事。"我听说你跟你父亲为了萝斯贝小姐发生争执了？"

"噢，没有。毫无疑问，本来是很有可能争执的，但并没有，我还没来得及跟他说他就出去了。"

"你安排和萝斯贝见面,以便告诉她你和父亲交涉的结果。但是你根本没有跟你父亲谈,还是去约会地点了?"

"这很正常,我不想让她在那里一直等着——"

"打电话取消见面不是更简单吗?"

查尔斯冷淡地回答:"对公务会面来说,或许是这样,但这是跟我未婚妻的约会,我想见她。这没什么不正常,也不犯罪吧?"

"但是你跟你哥哥说的也是你上床睡觉了。你不想让他知道,呃——你们的约会?"

"是的,如果你一定要这样说的话。"

奈杰尔想,在对付警察调查的时候,查尔斯跟他哥哥比起来,显得更一板一眼,但并不是没有效果。很奇怪,他的桌上没有萝斯贝的照片。或许并没什么奇怪的,他不过是在父亲来的时候把照片收起来了,现在还没来得及放回去。

"所以,你出去赴约了,时间是?"

"大概 11 点差 10 分。"

"我想你戴着帽子、穿着大衣?"

"穿了大衣,没戴帽子。"

"你确定吗?"

"非常确定。我经常戴帽子,但是萝斯贝想让我改掉这个习惯,她说这样显得太古板。"

"你是从后门穿过院子出去的吗?这样走最近。"

"不是,从前门出去的,然后穿过厨房的院子,我不想让斯坦福的狗吵醒大家。他把狗训练得很好,只要不靠近他的工作坊就不会叫。我回来也是因为同样的原因走的同样的路线。"

也许是运气,也许是技巧,也或者是真的无辜,查尔斯好像干净利落地避开了布朗特设置的小陷阱。但是,他现在马上要接近的是一个危险重重的雷区。顺着布朗特的提问,他描述了自己是怎么抽着烟穿过草地的。在见面地点,他把烟头扔了,又点了一支。他听到有人在路边走动,但是没有喊,心想是不是萝斯贝。显然不是她,因为那个人很快就走了。没过多久,钟敲了 11 点。根据查尔斯的陈述,他等了大约十分钟,刚好抽完一支烟,然后就离开了。

"你没有等——呃——你的未婚妻很长时间?"

"没有,你看,我们的计划是她 11 点到那儿等我,我不知道跟父亲的交涉要花多长时间,所以我说我可能会晚一点。但是你们也知道,情况有了变化,在我找父亲谈之前他去小庄园了。萝斯贝一般都非常守时,所以我想她应该是被我父亲绊住了,没法从家里出来。"

"我明白。你等她的时候有没有听到小庄园传来什么声音,或者听到有人在路上?"

"没有。"

"那么你是 11 点 10 分离开的?"

"可能稍早一点,四处游荡的时候时间总是过得特别慢。"

"你去了哪些地方?"

"穿过大门走到路上,左转,走到芬尼十字路口,然后再左转,走到回霍尔庄园的路上。我到家的时间大约是 12 点差 15 分。"

"很远的路程啊，布利克先生。"

查尔斯迅速瞟了布朗特一眼，"你这么说是什么意思？"

"你等自己的未婚妻只等了十分钟，却花了半个小时时间到处闲逛，为什么不直接回家呢？"

"如果我知道我会被卷入刑事问讯，我肯定会直接回家。"

"你还没有回答我的问题。你不愿意回答吗？我没有权力强迫你回答。"

查尔斯·布利克刻意地看向奈杰尔，好像布朗特这种人不能理解正常的人类情感。"我情绪不好。我感觉我可能说服不了我父亲，对不起萝斯贝，我想理理思绪，想想清楚。"

"想清楚你是不是真的爱萝斯贝，即使父亲反对，你也愿意为了她承受任何后果？"

"不是，当然不是……噢，不完全是。"查尔斯感觉很不自在，"父亲反对意味着我们不名一文。见鬼，男人总该有钱养活老婆。"

"你——呃——闲逛的时候有没有碰到什么人？"布朗特问。

"没有，那些地方深夜根本没有人去。"

"你有没有经过小庄园上面的树林，或者去过采石场附近的地方？"

"没有，我已经告诉过你，我——"

"你上周的任何时间有没有去过小树林？"

"没有，为什么问这个？"查尔斯似乎对这个问题迷惑不解。

"你认识这块手帕吗？"布朗特把手帕拿出来摊在桌上。

"当然认识，"查尔斯慢吞吞地说，"上面有我名字的字母图案。

怎么弄得这么脏？你是从哪里找到的？"

"在小树林里，案发地点附近。手帕怎么去了那里？对此你有何解释？"

奈杰尔一瞬间几乎对查尔斯产生了同情。他先是震惊，随即面如死灰，眼珠拼命地转动，似乎在飞快地盘算该怎么回答这个棘手的问题。

"我不知道。"他终于回答了。

布朗特指着手帕说："上面似乎有血迹，非常淡，坦率地说，我们的化验员从上面检查不出任何东西。手帕似乎被人用力在草地和苔藓上摩擦过，以掩盖血迹。对此你有何评价？"

"评价？天哪！"查尔斯的脸上现出惊恐，好像是为了掩饰自己的情绪，他把头埋进手臂里，伏在桌上。最后，他低沉地说："我必须为自己辩护吗？你要起诉我吗？"

"不是现在，布利克先生，我只是要你解释一下。"

"那么，听着，如果我——如果我杀死了自己的父亲，他的血溅到了我的手帕上，你觉得我会把手帕丢在地上让你们发现吗？"

听到这句话，奈杰尔感觉像是听到辩护律师在为当事人尽力辩护。对于想象力不丰富的陪审团来说，这个辩护听起来非常有说服力。但是，难道这不正是谋杀犯会干的事吗？尤其是一个手上沾着自己父亲的血的杀人犯？把血从手上擦掉，洗去污点！但是，血溅到了手帕上。把血从手帕上洗去。但那是晚上，看不见。感觉血在手上。你知道心里的血迹永远也擦不掉，手帕上的血迹也擦不掉，只有用别的痕迹来掩盖，用苔藓的痕迹、泥土的痕迹。血迹还是在手帕上，你知道你应该带走手帕烧了它，但你无法忍受把带着父亲血迹的手帕放进口袋。惊恐之下你把手帕扔进草丛，只图眼不见为净。

布朗特一言不发，沉默良久。这是他的老套路了：击垮嫌疑人最好的办法就是让他在沉默中崩溃。最后他说："不是扔在草地上，是藏在一丛蕨木里面。"

查尔斯盯着手帕，"你怎么知道这是血迹？我什么也看不出来，就是有点脏而已。"

奈杰尔也觉得奇怪，是不是布朗特虚张声势？不太可能吧？布朗特并不喜欢玩这样的花招。

"我们已经做过初步检查，显微镜检查显示，在明显的绿色痕迹旁边还有其他东西。我们今天晚上要把手帕送到伦敦警察厅进一步化验。我不能说这一定是血迹，我对这不是特别感兴趣，我感兴趣的是你的手帕是怎么到那里去的。"

"是的，没错。"

"你最近丢了手帕吗？在其他任何地方丢过没有？"

查尔斯抬起头，他的脸上又出现了焦躁和盘算的神情。"没有，我没有丢过，至少据我所知没丢过。我确认没有。"

"先生，你这让我如何是好。"布朗特说完又停顿了一下，"你说你最近从来没有去过小树林附近，又说你从来没有丢过手帕，你的意思是有人偷了你的手帕？"

"我没有什么意思，"查尔斯的声音听起来疲惫不堪，"我只是不明白。"

"有谁可以接近你放手帕的抽屉?"布朗特尽力想显得公平。

"不是抽屉,是一个大的嵌木盒子。那是我小时候母亲送给我的,没有上锁。"

"斯特雷奇威,你怎么了?"布朗特突然问,"你有问题要问吗?"

"没有,现在还没有。"奈杰尔盯着手帕,只顾自己出神。让他出神的不是手帕,而是他在黑暗的通道里看到的一缕光线,他感觉自己慢慢朝那光线走去。是的,他相信他走的路是正确的。光点越来越大,让他看到了问题的关键,似乎难以置信,但无法避免。他几乎听不到布朗特的提问,也没听到布朗特警告查尔斯如果因为公事不得不离开本地,必须向警方汇报。

他神思恍惚地跟着布朗特和瑞德走出房间。走到门口,他回过头,看见查尔斯站在桌边盯着刚才放手帕的地方。查尔斯双唇紧闭,肩膀挺直,看上去异常固执。一个软弱的人一旦下了决心,就如同溺水的人紧紧抓住稻草一样绝不轻易撒手。

奈杰尔轻轻关上门。查尔斯抬起头,痛苦地皱着眉头。

奈杰尔说:"告诉我,你一定跟你哥哥谈过你父亲的死,你怎么看他做的梦?"

"梦?"

"你父亲被杀那晚他做的那个噩梦。"

"我——噩梦?他从来没提过。"查尔斯茫然地回答。

"斯坦福是唯一一个为你父亲的死伤心欲绝的人,这一点从一开始就让我觉得奇怪。"奈杰尔沉思着说。

"他和他相处得很好，比我好。是的，他是真的伤心，但是我不明白你这么说是什么意思。"

"他跟钱特摩尔小姐的关系怎样？"

"关系？噢，他对她很好，就像是叔叔一样。她总是去找他，当她——"

"不，我说的是克兰汀·钱特摩尔。"

"哦，汀妮吗？我认为他不太喜欢她。为什么问这个？"查尔斯看上去更困惑了。

"克兰汀的父亲去世以后，是他劝你解除跟她的婚约吗？"

"当然不是。听着，你这样说很不礼貌。"

"我完全同意。现在我要更失礼了。你有没有想过斯坦福对萝斯贝的感情超过了叔叔对晚辈的感情？他也收到过匿名信，信里指责他和萝斯贝'不清不白'。"

"那完全是胡说八道，赶快把这个想法忘掉吧。"

"你知不知道是他和萝斯贝谋划了望远镜的事？"

"贝告诉我那只是你的推测。"

"但是没有承认那是真的？为什么不？那个计划也许不太明智，可完全没有不光彩的地方——用不同寻常的方法实施刺激疗法。"

"我不想对此做道德上的评价。"查尔斯生硬地回答。

"但是，如果计划成功的话，"奈杰尔坚持说，"谁都会同意，只要目的正当，手段怎样都可以，不是吗？"

查尔斯情不自禁地颤抖起来："我的天！你能不能放过我？这跟我有什么关系？"

"好吧，那我们谈点别的吧。"奈杰尔面无表情地看着查尔斯说，"比如，你的手，已经痊愈了吧？"

查尔斯瞪着他，好像没听懂他的话。过了几秒钟，他把手放进口袋，点点头。他竭尽全力控制住自己，走到窗前凝视着远方。

奈杰尔对着他的后背说："你认为谁是杀害你父亲的凶手？"

"我不知道。"

"不感兴趣吗？"

查尔斯脖子后面的血管剧烈地跳动着，他没有回答。

"即使有人想要陷害你，你也不感兴趣？当然除非就是你干的。你有动机，有作案机会，没有不在场证明。"

查尔斯依然沉默。

"你已经摊上麻烦了，不要做无谓的挣扎，你不觉得你已经挣扎得够多了？为什么不承认？你只能拖延——"

"承认？"查尔斯终于转过身，他黑色的眼眸里还是一如既往、挥之不去的焦虑不安，但是，从眼底深处涌上一种平静的绝望。"承认什么？"他轻声问。

"承认刚才你对布朗特撒谎了。"

"如果是我干的，为什么我要承认？"

"为你自己——不，我想主要为了让钱特摩尔小姐安心，她忍受不了这样的折磨。你给她太大的压力了，你没有权力这么做。"

"噢，贝会挺过去的。你不明白吗？她永远不会原谅我的是，如果我——"

查尔斯的话被电话铃声打断了。

"见鬼，你到底爱不爱她？"奈杰尔急切地问，"你现在是不是可以放下对往事的愧疚？"

铃声响个不停，查尔斯不堪其扰，只好拿起听筒，"你好，我是查尔斯·布利克……贝？怎么了，亲爱的？……天哪，是的，当然，我马上来。"

查尔斯转身对奈杰尔说："出意外了，我必须马上去。"他叫来工厂主管，急匆匆地交代了一些事情，然后跑下楼。门口有个警察走上前伸手拦住他，看到奈杰尔跟在他身后，就退一步让他们走了。他们跳进查尔斯的车，全速朝普莱尔斯翁伯恩驶去。

第十七章

我的错,我的错

如果接下来的几个小时布朗特警司在小庄园的话,他一定会对奈杰尔·斯特雷奇威的行为感到震惊。事实上,因为布朗特在公事和私事上都很注意礼貌得体,他一定会立刻制止这些行为——但结果就是,这个案子可能会拖上几天或几周,或者永远都无法真相大白。

不过,奈杰尔并不受官方规则的约束。当一个问题只能通过非常规手段才能解决时,礼仪和惯例对他来说不值一提。而且这个问题不仅仅是一个犯罪学问题,如果再拖延下去,有些人可能会失去理智,有些人的生命也许会受到威胁。另外,奈杰尔很生气,当他听查尔斯说话时，他眼睛里燃烧着冰冷的怒火。萝斯贝打电话来说她姐姐坐在轮椅上，轮椅不知怎的突然着火了，幸运的是马克·雷纳姆在现场，他在克兰汀受重伤之前把火扑灭了，但在这个过程中他自己的手被烧伤了。这就是他们目前所知道的一切，但这对奈杰尔来说已经足够了。是时候结束这一切了，他打算把猫放在鸽群中间，用一只明显不负责任的手挑起事端，看看会发生什么。罪犯在坚不可摧的重重防线后面安然无恙，必须以某种方式唬住或引诱他，或者把他逼到明处。

当奈杰尔和查尔斯匆匆赶来时，他们正在起居室里等着——牧师的手简单地包扎过，他嘴巴紧闭，忍受着疼痛；克兰汀·钱特摩尔靠在沙发上，她脸上虽然妆容精致，但此刻颧骨上透出点点的潮红；萝斯贝脸色疲惫苍白，头发凌乱，紧张地咬着指甲。查尔斯·布利克立刻大步走到她身边，颤抖着声音问："亲爱的，你还好吗？你确定没事吗？这到底是怎么回事？"

萝斯贝抬头看向查尔斯，她的眼神里流露出某种东西，接着一闪而过，然后消失。之后她发出孩子般的呜咽声，转过脸不再看他。

"发生意外的人是我，查尔斯，"克兰汀冷冷地说道，"但我已经非常习惯身上到处是伤了。请劝说贝不要再为我大惊小怪了——她把一切都看得那么悲观。贝，亲爱的，我向你发誓，我真的没有受伤，只有一些地方有轻微的烧伤。说实话，可怜的马克才应该得到同情，他还应该得到一枚勋章。那个可恶的医生什么时候才能来？"

"别为我担心，汀妮，还好我恰巧在这里。"牧师的语气里有一丝僵硬和尴尬，他举起自己缠着绷带的双手，"如果你想要的话，我的一切都属于你,你知道的。"

克兰汀用雀跃的眼神看了他一眼,"你真好,马克,但我不希望你被烧焦。"

"好了,现在让我们都开诚布公,"查尔斯一边说,一边凝视着萝斯贝转过去的脸,"到底发生了什么?"

正说着,门铃响了。"哦,谢天谢地,他终于来了。"克兰汀说,"你必须让他先看看你,马克……不,请按我说的做。"她在牧师开始拒绝时强硬地补充道。

当医生在另一个房间给马克做检查时,她讲述了发生的事。下午早些时候,布朗特的两个助手出人意料地来搜查房子,她对此并无异议。但几个小时后他们要求查看顶楼上锁的房间——她父亲的房间——她起初并不愿意。"我不能忍受他们在那里走来走去,到处翻看。虽然听起来有点荒唐,但是我敢说——好吧,那个房间对我来说就像是一处圣地,那里保存着我的回忆。或许你认为虔诚是一种过时又不理性的情绪吗?"她说着,用一种严肃而骄傲的眼神看着奈杰尔。

"我并不反对虔诚。"

"当然,我知道他们可以拿到搜查令,我并不想阻挠。况且,他们能在那里找到什么?他们说这只是例行公事,典型的套话!所以我问他们是否介意我在搜查时在场。这显然不大符合他们的公务规范,但稍后他们同意了。"

一个警察把克兰汀抱上楼,另一个人把她的轮椅搬到楼上。她打开了门锁,但又想起她父亲的办公桌、衣柜和抽屉的钥匙都在楼下的书桌里。

"我让一个警察去拿钥匙,又想起书桌的钥匙在我包里,只好让另一个警察拿着书桌的钥匙去找他。我把他们俩调出了房间,我想他们一定认为这相当阴险,但他们对于这件事都很有风度。在他们离开的那一分钟里,我不可能销毁很多证据。"

他们要求她先打开衣柜的锁,她照做了。她坐着轮椅不停移动,一个又一个地依次打开其他家具的锁。奈杰尔想,对一个去世了二十年的人的遗物进行如此细致的检查,这场面看起来一定十分奇怪。他可以想象那些便衣警察面色严肃且不近人情,而克兰汀的美貌在布满灰尘的房间里熠熠生辉。以克兰汀的个性,她不会极力掩饰自己因圣地被亵渎而感到的愤怒。

"他们拿走了我父亲的一件大衣,这糟透了,特别是当他们给我一张大衣收据的时候。我希望自己知道这是怎么回事。"

"但那场事故,"查尔斯不耐烦地脱口而出,"他们是不是在离开之前放火烧你?"

"哦,别这样,查尔斯,"萝斯贝叫起来,"这不好笑。"

"我想这可能是另一个恶作剧,就像望远镜一样。"查尔斯说。

众人皆因震惊而沉默,房间里鸦雀无声,就仿佛一个幽灵,仿佛埃德里克·钱特摩尔本人突然出现在了这个光线渐暗的漂亮的起居室里。奈杰尔想,查尔斯似乎做了我想做的事。克兰汀那矢车菊色的眼睛慢慢转向他,带着一种同谋般捉摸不定的神情。

240

"恐怕跟望远镜一样没起什么作用，奈杰尔。"她意味深长的语气让他觉得她已经猜到了那副装有"诱饵"的望远镜的真相，或者也许萝斯贝已经向她坦白了？不，看一眼萝斯贝痛苦的表情就知道她不可能这么做。

"正如他们说的那样，我没有恶意。"克兰汀精致的脸上流露出幽默的神色，她接着补充说，"这既不是杀人，也不是治病，是吗？"

萝斯贝痛苦地红了脸，她无法回答，也无法与她的姐姐对视。

"这一次纯粹是个意外，真的是这样。"克兰汀发出悦耳的笑声，"是自燃。"

警察离开后，她一直待在父亲的房间里。尽管他们已经一丝不苟地把搜查时弄乱的每件东西都放回了原处，她还是想对他们动过的东西"消毒"。她听到马克·雷纳姆来了，并知道他可能马上把她抱下楼，所以她在警察离开后锁上了门，以确保有一段时间的独处。她点了一支烟，开始回想她的父亲，回想和他一起度过的快乐时光。她打开包装纸，将他的一些遗物放在腿上。

"我不知道我是否打了瞌睡，我觉得我没有，但突然间意外发生了——火柴盒爆炸了。"

"天哪！是的，这种事确实容易发生，"查尔斯说，"有一次参加板球比赛的时候，我口袋里的火柴盒也爆炸了。"

她腿上燃烧的火柴盒瞬间引燃了包装纸。她抖动了一下，想把它掸落，结果燃烧的纸掉到轮椅一侧的夹缝里，接着引燃了膝盖上的佩斯利披巾。

"我拼命大叫起来——我害怕我的衣服会着火,而且我无法从轮椅上下来。这一切发生得太快了,我完全不知所措。我听到马克冲上楼梯,但那扇该死的门当然是锁着的,我无法把自己推向门,因为轮椅左边着火了,我无法把手放在左轮上,只能在原地打转。"

"我们听到她尖声喊叫,说门是锁着的,"萝斯贝说,"所以马克猛地撞门,破门而入。汀妮在轮椅上束手无策,烟雾弥漫,火苗乱蹿。马克把她从里面拽出来,用手把火扑灭了。"

"老马克干得不错,"查尔斯说,"但你肯定烧伤了,汀妮——你疼吗?"

"你能这么关心我真是太好了,查尔斯。作为病人,我不会假装安然无恙。我下肢不能动,但也有一个好处,那就是没什么感觉。毫无疑问,上帝让我遭受残废的折磨是出于长远的考虑。"她环视了一下其他人,眼里不可抑制地涌出那种兴奋的神情,说道:"我的生命真的似有魔法保护,对不对?"

"我不太指望这个。"查尔斯说。

而这时萝斯贝也激动地说道:"别,汀妮!别这么说!这只是侥幸。"

"亲爱的贝,你什么时候才能打消奇怪的猜疑——我是说迷信。哦,天哪!这是一个典型的弗洛伊德式错误,不是吗?一个人内心充满怀疑,就会疑神疑鬼。"

"反正你不需要担心这个,"查尔斯粗暴地说,"警察要抓的是我。他们在所谓的犯罪现场附近发现了我的一块手帕,上面沾有血迹。"

"哦,查尔斯!"萝斯贝用手帕捂住嘴,惊恐地盯着他,"他们找到的手帕是你的?"

"这不可能,"克兰汀喘着气说,"一定有什么原因,我是说——"

"你说得太对了,肯定有原因。有人把它放在那里,让我陷入麻烦。"

"查尔斯告诉警察,他不知道谁能拿到他的手帕。"奈杰尔平静地说。

就在这时,门开了,马克·雷纳姆和医生走了进来。奈杰尔注意到萝斯贝的眼睛紧紧盯着查尔斯,一副担忧的样子,表情既焦急又困惑。克兰汀靠在沙发上,医生说他就在那儿为她检查,于是其他人开始陆续离开了。

"你会留下来帮助我吗,萝斯贝?"医生说。

"不,"她喃喃道,"我不擅长——我让夏瑞蒂来。"

年轻的医生不以为意地挑了挑眉,但没有再说什么。不管萝斯贝是想和查尔斯单独在一起,或者是不想和她姐姐单独在一起,奈杰尔都决定不让她离开自己的视线。锅里的水必须一直沸腾着。他把马克·雷纳姆拉到一边,和他耳语了一会儿,当时萝斯贝正在告诉夏瑞蒂让她到起居室里去。然后她发现奈杰尔一直跟着自己走到花园,查尔斯和马克·雷纳姆也紧随其后。

"我看到你今天下午离开了霍尔庄园,那时我们刚刚到达。斯坦福跟你说了他的梦吗?"奈杰尔问。

"什么梦?"查尔斯烦躁地说道。

"梦?是的,他说了,把我吓坏了。"

"你回来以后,把这个梦告诉了你姐姐吗?"

"是的,"女孩嘟囔着说,"那有什么问题吗?"

"她说什么了吗？"

"嗯，她说真是离奇啊，类似这样的话，大家都知道的。"

"斯坦福有没有告诉你他什么时候做的梦？他是什么时候醒过来的？"

"说了，他说大约在 11 点 10 分。这是个非同寻常的巧合，是吧？"

"什么？"

"他的梦，刚好——"萝斯贝的眼神突然闪躲起来，她飞快地捂住嘴，"我是说，他在那天晚上做了个梦。"

"你是想说'他刚好在那时做了梦'，我认为这完全不是巧合。你告诉警察阿奇博尔德爵士 11 点 20 分还活着，你听到他离开房子的声音。"

"你在歪曲我的话。"

"你很清楚我没有，我的言下之意是你从未听到他离开。你在自己的房间里熟睡，或者你可能在外面等着他？"

"查尔斯！"萝斯贝虚弱地喊道，"叫他别说了！他在指控我——"

"听着，斯特雷奇威！"查尔斯·布利克插到他们中间，"如果你再对萝斯贝说一个字，我就对你不客气了。你到底认为谁是——"

"太好了，终于有正常人的反应了。现在让我们看看有没有人能换换口味，说点真话。来吧，坐下来。"奈杰尔摆开了躺椅，他态度坚决，其他人无法抗拒。

"在过去的一个小时里，"他蛮横地继续说道，"我从你们两个人那里听到了惊人的谎言。让我们看看牧师在这条时间线上能做什么。"

马克·雷纳姆尴尬地"咕噜"了一声,有点像在笑,又有点像清嗓子。

"牧师,你在阿奇博尔德爵士被谋杀的那晚走了很长一段路,你还要说对此毫无印象吗?"

奈杰尔正对着起居室敞开的落地窗,从他们来到花园后,他的声音就一直很高,而且咄咄逼人,其他人也不自觉地提高了音量。

"我不记得任何有关的事情了。"马克·雷纳姆回答说,此刻他面色憔悴,眼神充满了警惕。

"你肯定知道自己去了哪里。"

"哦,好吧,我确实隐约记得我那时在芬尼十字路口,我在那里的一个台阶上坐了一会儿。"

"然后呢?"

"然后我就动身回家了,当时已经过了11点——比我想的要晚。"

"走的哪条路?"

"就是经过这个花园尽头的那条路。"

"那么你大约11点40分经过这里?"

"大概是。"

"你在路上没有遇到任何人?"

"在这一切刚发生的时候我就已经告诉过你了,如果你想要不在场证明,那我没有。你不会在深夜的乡间小路上遇到行人。"

"显然并非如此,你应该有的。你看,布利克告诉警察他是在11点10分或稍早一点从那条路出发去芬尼十字路口,你们应该碰得到。所以,你们谁在撒谎?"

马克和查尔斯一脸困窘，避开了彼此的目光。

"嗯——啊——我想我们只是不知怎么地错过了对方。"牧师紧张地大笑起来。

远处的山丘上雾气低垂，一阵阵令人不适的风从西南方吹来，拂动着水仙花，花在风中恐怖地舞蹈着。果树上浓密的花令人压抑。夕阳西下，花朵慢慢暗淡失色，粉色和白色都成了暗淡的灰色。不一会儿，医生走了出来。他说克兰汀小姐一定是逃过了惊险的一劫，她的左腹有红肿的伤疤，但没有严重烧伤。他给她包扎了伤口，并注射了青霉素。明天早些时候他会再来拜访，以确保伤口没有感染，但这种风险很小。克兰汀不肯上床睡觉，所以她妹妹必须让她至少待在沙发上，不要激动。

然而，恰恰克兰汀似乎无法避免激动。当他们回到起居室时，奈杰尔从她的眼里看到了一种奇怪的兴奋，这种兴奋他从她的生日聚会开始就时不时地察觉到了。

"我忍不住听到了你们刚才在外面说的一些话，我迫不及待地想听后续。查尔斯和马克在一条狭窄的乡村路上擦肩而过，两人都陷入沉思，所以没有注意到对方。那然后呢？"

"克兰汀，你不觉得你应该去睡觉吗？"马克·雷纳姆说，"你知道医生——"

"然后错过了结局？不行，我亲爱的，现在不要再为我大惊小怪了，让我们继续进行真相游戏。"

"我不喜欢这个游戏，这是一个容易以泪水收场的游戏。"牧师说道，他那粗哑的嗓音现在变得柔和而悲伤。

"甚至还没人开始玩真相游戏，"奈杰尔说，"你们似乎没有意识到你们都卷入了一件谋杀案的调查。无论你出于什么动机而说谎，最终都不会拯救有罪的人。无辜的人不需要说谎。现在，查尔斯——"

"好吧，我怎么了？"查尔斯·布利克坐在萝斯贝的椅子扶手上。从他们进来开始，他就一直紧挨着她。

奈杰尔指着他，武断地说："你和你的手帕，你很清楚你是在什么时候和什么地方丢的手帕。望远镜里的针把你的手刺出了血，你把手帕松松地绑在手上，之后你很快就跑出了这所房子。因为焦虑不安，你没有注意到手帕掉了，上面沾了你的血。你为什么不告诉警察这些？因为你怀疑自己把手帕掉落在大厅或前院的某个地方，而萝斯贝捡到了它，并把它放在了树林里。因此，萝斯贝是凶手。"

查尔斯站起来，从一开始就想要打断奈杰尔，但是没有成功，现在他终于喊起来："你完全搞错了！我从不认为是贝——"

"那你认为是谁发现的手帕？你以为你在保护谁？"奈杰尔尖锐地问道。

"你大错特错，见鬼了。"查尔斯顽固地回答道，"我没有保护任何人，我根本没把手帕丢在这儿，我回家时它还在我手上。"

"所以你自然而然地把它放在了脏衣篓里？"

"我——不，我没有，我想我只是把它塞进了一个抽屉里。"

"或者可能塞进了你的口袋？所以一两天以后，当你认为你的双手沾满了你父亲的鲜血时它又出现了，并且——"

"奈杰尔！"克兰汀冷漠的声音里带着一丝责备，这使得大家都看着她，"奈杰尔，求你了！我相信你这样说是有原因的，但这太耸人听闻了——你知道的，这些都是我的朋友。"

"我很抱歉，但是，是你要求玩真相游戏的。这不是一个可以小心翼翼玩的游戏。我们要停下来吗？你们都因为太害怕真相而不敢继续下去吗？"

起居室里出现了一阵骚动，然后是一阵沉默。

"如果不是查尔斯干的，他就是在撒谎，从而保护萝斯贝或斯坦福；他们是最有可能发现手帕并犯下罪行的人。如果没有进一步的证据，警察很可能会逮捕查尔斯。"

萝斯贝抽泣着倒吸了一口气，伸手握住查尔斯的手。

"他有强烈的作案动机。他当时就在现场，他的手帕是在那里发现的。而现在——警察还不知道这一点——他明目张胆地说谎，然后谎言被戳穿了。他并没有从芬尼十字路口回家，但是他为什么要这么说？因为案发时他必须在远离现场的某个地方。这听起来像是一个罪犯的谎言。"

"但你要注意，"马克说，"我认为这还要看阿奇博尔德爵士服用安眠药的情况，查尔斯怎么可能给他下药呢？"

奈杰尔告诉他们，阿奇博尔德爵士在他的银火柴盒里携带了安眠药。"他可能在离开这里之前就已经吃了药。"

"哦，谢天谢地，"克兰汀叫道，"我知道警察怀疑是萝斯贝或我给他下的药。"

"恐怕这根本不能解开谜团,"奈杰尔说,"凶手可能趁阿奇博尔德爵士在这里因饮用下了药的酒而沉睡时拿走药片——他经常带着安眠药,这不是什么秘密。也可能是药片从盒子里掉出来,溶在了他尸体旁边的水里。但是,如果他确实是在这里吃的药,那么嫌疑人的范围就扩大了,其中就会包含查尔斯、牧师和丹尼尔·杜德尔。你很确定你没有看到他服用安眠药吗,克兰汀?"

"不确定,不过我确实没有看到,但这没有任何意义。"

"那好吧,我把警司的观点告诉你——马克或杜德尔有可能在他们那晚的行踪上撒谎了,但是没有任何对他们不利的物证,除了一个可能的动机外什么都没有——杜德尔甚至连强烈的动机都没有。所以,我们又回到了查尔斯身上。"

"别说了,我再也不能忍受了!不是查尔斯!"萝斯贝把她的手从查尔斯手中抽出,然后站在查尔斯前面。

"你怎么知道?"奈杰尔问。

"因为是我干的。"

"贝,你在说什么?冷静点!"

"别听她的!真是疯了,她——"

"不,查尔斯,我已经受够了,你听好。"现在萝斯贝的声音平稳且低沉。她直直地站在那里,紧张地仰着头,双手紧握在身前,看上去就像变了个人,她的样子让奈杰尔想到面临第一次公开演出考验的学生。绿色的眼睛,苍白的脸色,亮丽的棕红色头发——大家仿佛是第一次看到它们。她的亢奋让容颜更为突出,她的美令人惊叹。她终于找到了自己，笨拙、自我怀疑、不成熟都像不合身的衣服一样被褪去，她第一次，也可能是最后一次，抓住了她的观众。

"那晚我几乎一直在门口听着。我当然在听，汀妮。他说的话我都听到了。我知道他不会再给我们钱，并且会阻止我和查尔斯结婚。我一直是个胆小鬼。你知道我为什么这么害怕丹尼尔·杜德尔吗？因为他脑子不正常，他让我觉得自己可能遗传了精神失常。我想那晚我确实疯了一会儿，但我不再是个懦夫。在我听的过程中，什么东西好像在我脑中突然断开了，我感觉自己变得不同了——变得相当冷静和淡定。我决定在阿奇博尔德爵士离开时追上他，如果他不听我的恳求，我就杀了他。我知道，如果他的尸体在附近被发现，我就会被怀疑，但我不可能把它带到很远的地方。我的脑子转得飞快，我一下子就知道该怎么做了。我上楼拿了父亲的一件深色大衣和一顶帽子，这顶帽子和阿奇博尔德爵士戴的相似。然后我把它们拿了出去，带到我要见他的地方。我唯一害怕的是查尔斯会出现，但我听到花园尽头的路上有渐远的脚步声，我知道那一定是查尔斯。不久，阿奇博尔德爵士出来了。我在小路上拦住了他，那里离房子很远，所以没有人会听到我们说话。他不听我的话，还说了一件很可怕的事，我特别愤怒。我疯狂地打他——用拳头打他的太阳穴——于是他倒下了，他的眼睛在黑暗中似乎变成了白色。我以为他死了，而且我突然意识到我并不是真的想杀他——这是一种幻觉——你知道吗？哦，我无法解释这点。好吧，我以为他已经死了，我并不想让他死，但我必须摆脱他，我无法忍受他的白眼珠子盯着我。我把汀妮的助力车推了出来，把他拖到车上。就在这时,我听到了他的呼吸声,那是一种令人讨厌的鼾声。如果他没有发出这样的鼾声,我可能会放过他,但它让我感到厌恶——就像某些东西发出的噪音没有被适当地消除,你只想让它彻底完结。于是我把他推到采石场,扔到那里,然后把助力车放回小屋。这一切似乎不是我做的,而是我身体里的另一个人干的,也许我真的是疯了。总之,我穿戴上父亲的长大衣和帽子,匆匆赶到霍尔庄园。我知道如果我穿过后院狗就会叫,他们会认为阿奇博尔德爵士回家了。如果有人碰巧看到我,他们只会看到一个像他一样戴着帽子和穿着大衣的身影。然后我回到家,但楼下还亮着灯,所以我不得不等到汀妮上床睡觉后再悄悄进去。直到将近 12 点,她卧室的灯才熄灭。我怕她可能想让我抱她上床,然后发现我不在自己的房间里,但她找了夏瑞蒂而不是我。查尔斯,对于你手帕的事我感到很抱歉。我一直把它放在这里——"她摸了摸胸口,"因为它是你的。把他扔到采石场之后我想找东西擦擦手,擦完之后我把它揉成一团扔掉了,我真的没有想过是否会有人发现它。第二天早上我去树林里找手帕,但我自己也找不到了。我扔掉它的时候天很黑了,我也不记得在哪里。我从来没有想过陷——陷害你。"

萝斯贝·钱特摩尔停顿了片刻。奈杰尔想,只有上帝才知道,她激起了听众怎样的情绪——房间里所有人都一言不发,情绪各异。萝斯贝环视了一下他们,她眼里的光芒明显消失了,然后她用一种平静的语气说道:"我想我现在没有什么可说的了。"

"嗯,实际上还有一件事,你是怎么处理那顶帽子的?"奈杰尔问。

"帽子？"

"是的，你父亲的帽子。我想你把他衣柜里的大衣放回了原处：那应该是警察今天下午带走的那件。但是那顶帽子——你可能在里面留下了头发，或者——"

"那天晚上我在焚化炉里烧了那顶帽子，我本想把大衣也烧了，但我担心纽扣可能无法被烧毁，所以我很小心地用刷子刷了大衣，然后把它放了回去。"她悲伤地凝视了奈杰尔片刻，仿佛他背叛了她似的。接着她说道："完了吗？我现在想离开了，可以吗？"

奈杰尔向她点了点头。门刚被关上，他就急切地对查尔斯说："快跟上她，不要让她一个人，不要让她离开你的视线，请按我说的做。"

屋里现在只剩三个人了。奈杰尔转向克兰汀："你发现你父亲的一顶帽子不见了吗？"

"没有，警察打开衣柜时它们就在那里。一顶高礼帽，一顶硬草帽，一顶浅灰色的男式卷边毡帽，还有几顶鸭舌帽。"

"我简直无法理解，"牧师说，"萝斯贝？不，我不相信。你呢，斯特雷奇威？"

"她对自己行动的描述跟我们列出的时间表是契合的，而且有很多令人信服的心理细节。"

"贝是个富有想象力的女孩，"克兰汀说，"我不知道她那么爱查尔斯，虽然这份爱足以让她为他把脑袋套进绞索里，但这当然不是她干的。"

克兰汀声音里有种奇异的东西，牧师和奈杰尔猛地看向她。她优雅地斜靠在沙发上，在碎花墙纸的映衬下，她的轮廓十分清晰。她不再像春之仙女,而像一个来复仇的阿尔忒弥斯。她的话冷酷而强硬,仿佛是从大理石上凿下来的碎片。"我知道她没有这样做。我不允许她为——为像查尔斯这样的胆小鬼和懦夫背黑锅,她不应该替查尔斯承担所有人的指责。"

"你知道?"

"是的,奈杰尔。我知道,因为——嗯,我也一直在保护他,一个女人永远不会忘记她的初恋情人。他就像她的头胎孩子:无论他对她做了什么,她都会在心里为他保留一个最温柔的角落,一个特殊的位置。"

"你一直在保护他?"

"那天晚上,当阿奇博尔德爵士离开时,我推着轮椅跟着他穿过大厅。我觉得他弄脏了我的房子,我打开前门想要通风。我想他刚走了二三十码,然后我听到他说:'查尔斯?你到底在这里做什么?'这就是我听到的全部。我关上门,然后回到了起居室。"

"你会在法庭上发誓你说的这些是真的吗?"奈杰尔问道。

"当然。"她美丽的嘴唇紧绷着,像雕像的嘴唇一样坚硬,"我本来想永远保守这个秘密,但现在不可以了,在他为了保全自己而让贝被钉在十字架上之后就不可以了。噢,不可以。"

十分钟后,奈杰尔和牧师从采石场的小径上走下来,这是奈杰尔来普莱尔斯翁伯恩的第一个下午他们一起走过的路。马克·雷纳姆神情严肃,看起来十分不安。"我不应该这样做,"他一边说着,一边用拐杖猛打着路边的野草,"我不知道你的游戏是什么,但我不喜欢它的滋味。"

"我也不喜欢,但我们面对的是一个聪明而邪恶的人。这个人十分邪恶。你干得很好。"

"查尔斯邪恶吗?哦,不,你搞错了。"

"我不是说查尔斯·布利克。"

马克一瘸一拐地走了几步,然后停了下来,"但在那种情况下——"

奈杰尔严肃地看着他,一言不发。暮色四合,周围的村庄寂静萧索。马克的脸上充满了忧虑,奈杰尔很少见他有这种表情。

"不,这不可能。"他绝望地说,不觉提高了声音,"我告诉你,这是不可能的。你是想告诉我是他们两个人合谋的吗?这说不通啊!"

"不,"奈杰尔轻轻地说,"不是。"

"但是那时——"马克的声音变得粗哑,嗓音中带着哽咽,仿佛他舌尖上的这个词是一个可怕的急性癌症。他又继续前进,在崎岖不平的道路上跌跌撞撞地快速走着:他可能是想把奈杰尔甩开,或者是想逃离某种无形的愤怒。

"你永远无法证明这一点。"他最后喘着粗气说道。

"有可能不能。"

"你到底为什么非要挑中我来不可——"

"我很抱歉,但你不可能希望无辜的人继续受苦,这是唯一的办法。"

他们现在已经快走到村里了。马克·雷纳姆的脸因痛苦而紧绷,他转向奈杰尔:"你说的,'唯一的办法'。很好,我现在要回家写一份忏悔书,再见。"

第十八章

我讨厌这可怕的深渊

"这个案件从一开始就扑朔迷离,因为三个无罪的人,也就是我们怀疑的三个对象,一直故意表现得像是犯罪的那个人。他们之所以这么做,是因为背负着沉重的负罪感,但并不是对阿奇博尔德·布利克爵士的死有负罪感。"奈杰尔这样说道。

此时正是晚上 11 点 30 分左右,奈杰尔和布朗特坐在甜蜜蜜酒店的房间里。奈杰尔给布朗特讲述了他们俩在莫尔福德工厂分手之后发生的事情。奈杰尔讲的时候省略了许多细节,但是布朗特从头到尾都控制不住他的怒气。他喘着粗气,愤怒地叫喊。当奈杰尔说到他设下了陷阱,并且马克·雷纳姆也参与其中时,布朗特叫起来:"啊,不!那太过分了。如果我那样做,我会拿不到退休金的。听着,斯特雷奇威——"

"我没有退休金可损失,我必须把罪犯公之于众。我的计划已经奏效了,鱼儿已经上钩了。"

"我想请你帮帮我,但是——"

"你确定你派到牧师住所的人是百分之百可靠的吗?"

"不要因为这个问题自寻烦恼,他不会让牧师脱离自己的视线。你是担心他试图逃跑吗?"

"不,我担心他写了忏悔书后会割喉自尽。"

马克·雷纳姆封好信封,看了一眼不动声色稳坐在椅子上的便衣警察,又坐了回去。警察执勤的时候从不喝酒,他也没有安眠药。马克的脑海中浮现了一幅景象,他浑身一颤。他深深爱过,不明智,但很用心,不是一次,而是两次。因为爱,他心情飞扬,又被抛入地狱,心力交瘁。他被愚弄了,彻底被愚弄。但是他的爱,依然不变,哪怕爱得卑微,哪怕幻想破灭。

奈杰尔说:"比如查尔斯·布利克。二十年前他被迫解除了和克兰汀的婚约,从此以后他深陷负罪感不能自拔,他所有的逃避、谎言、异想天开的行为、对萝斯贝的矛盾态度都源于此。萝斯贝更矛盾,一方面真心爱姐姐,一方面又因为总在姐姐的光环下相形见绌而心生不满,同时又因为自己身体健康但最亲密的人身体残疾而生出一种负罪感,被残疾的姐姐束缚住而生出的怨恨又加剧了这种负罪感。"

萝斯贝·钱特摩尔上床睡觉了,她脸上带着微笑。她做了个梦,但不是她害怕的那种可怕的梦。入睡前她想:查尔斯是爱我的。其他的事我都不明白,但是现在我不需要明白了。

教堂的钟在11点30分敲响了。霍尔庄园里,查尔斯对哥哥道了晚安,并告诉他:"我和贝已经说清楚了。"

"我很高兴。她再适合你不过了,但是——"

"如果他们明天来拘捕我,你会照顾她的,对吧?"

"他们不会来拘捕你的。我早就看得清清楚楚,我能通灵,小子。"

"听着,你做的梦到底是怎么回事?人人都觉得诡异。"

布朗特怀疑地看了奈杰尔一眼,"那么你说的第三个心怀负罪感的人是谁?"

"马克·雷纳姆。他的第一任妻子结局很不好,但是,他那种男人在某种程度上是圣人,他把她的罪过归咎到自己身上。他会想:如果他性格更好,作为丈夫更优秀,她一定不会变坏——诸如此类的想法。他天生就爱自我折磨,看他的脸就知道。他再一次坠入爱河,这一次他爱上的是一个美丽、聪慧却难以取悦的瘸子。更受折磨,对不对?他是自我牺牲类型的人,跟萝斯贝一样。那么,现在——他没能拯救他爱的第一个女人,当他爱的第二个女人需要拯救时,他决定做西德尼·卡尔顿（狄更斯《双城记》中的人物，甘愿为自己爱的女人赴死）。这样做不理性、不明智，甚至不太道德，但是爱与负罪感交织在一起，碰撞出火花，把所有这些顾虑都吹散到九霄云外。他甚至没有意识到假供词根本经不起专业人士的任何审视，反而更容易暴露他想保护的人。"

克兰汀·钱特摩尔在小庄园里躺着，无法入睡。她烧伤的地方奇痒难忍，青霉素药水在她身上流淌，她感到身上发冷，内心绝望焦虑，这完全是冰与火的折磨。睡着之前她必须做点什么。夏瑞蒂告诉她便衣警察已经在厨房驻扎下来，村里的警察在外面巡逻。夏瑞蒂说他们是来照顾她的，但是她心里还是有一种极其担忧的感觉。他们真的是来保护她的吗？或者——她告诉了警察那件事以后，他们肯定不会无动于衷。

窗外，风轻摇着树枝，树梢上一轮新月透着寒光，照到克兰汀的床头。

"这个案子涉及的人中，唯一一个没有任何负罪感的就是丹尼尔·杜德尔。"奈杰尔说，"他觉得自己救赎了自己，他以正人君子自居，认为自己可以传达神之愤怒。他很狡猾，但并没有他自己以为的那么聪明，支配他生活的情绪就是嫉妒。他认为自己作为埃德里克·钱特摩尔的儿子理应获得相应的权力和地位，然而却没有，因此心里充满了刻骨的嫉妒。他认为是钱特摩尔姐妹夺取了他的东西，他通过写匿名信来满足对权力的渴望。克兰汀曾经当众嘲讽过他，却没有受到匿名信的影响。如果被谋杀的是她，而不是布利克，我敢肯定谁是凶手。丹尼尔对她的报复心理让他什么都干得出来。"

丹尼尔·杜德尔站在篱笆外面，盯着克兰汀·钱特摩尔的窗户。他的身影像个问号，长而扭曲，一身黑衣服让他比夜色还黑。风吹起了他耷拉在太阳穴上的红头发，他神情紧张地关注着眼前的一切。如果有人凑近了看他，就会发现他脸上幸灾乐祸的表情。丹尼尔守着一个秘密。他应该告诉警察更多的，但他们全是傻瓜，很可能会误解。他是圣器，是耶和华手中的利剑，复仇之神要赋予他力量。他站在那里，使劲地听着，想等着什么发生，虽然他自己也不知道是什么。他视力不好，但他异常敏锐的听力让他捕捉到屋里传来的微弱的声音。

"斯坦福·布利克在整个事件中的角色，从表面看，就是一个站在边线的热情的啦啦队队员，简直无法想象像他这样的人会用德尔菲神谕般晦涩难懂的言辞大声提出建议。他是唯一一个从头到尾保持冷静的人，他给人的印象是整件事就是一个游戏。到目前为止，他没有任何损失，即使是望远镜事件，他完美地展示了袖手旁观、适时出手的优势。当然他给出的最后一个暗示已经够明确了，但是他依然不确定我们是否准确地理解了他的暗示。"

斯坦福·布利克的书房点着油灯，他推开书桌上的设计图，无法集中注意力。一定很快有事要发生。斯特雷奇威是个有想法的家伙，他应该理解暗示，然后他会从人性情感的沼泽和道德纠结中走出来，来到科学分析的高地——公式与方程，重力与阻力。他一边用脏兮兮的手指敲打着牙齿，一边想着唯一的问题——到底是放任不管，还是再悄悄助他们一臂之力。

奈杰尔说："我们都快要接近答案，快要揭露隐藏的真相了，但我们还是无法确认谁是凶手。你问我谁的作案动机最强烈，我是怎么回答的？当你假定作案的是克兰汀·钱特摩尔和她的同谋，你的状态用孩子的话来说简直就像沸腾了一样。杜德尔关于他看到萝斯贝喝了她姐姐杯子里的威士忌的证词非常关键，但我怀疑他看到的不止这些。我有一种直觉，他对我们隐瞒了什么，目的是玩把戏。我不愿意这样想，但事实是，他是个危险分子。"

丹尼尔·杜德尔听到有人出来了，于是尾随着那个人。那人走得非常小声，在花园巡逻的克洛特沃西完全没有发现。但是杜德尔的耳朵因为仇恨和报复变得格外灵敏，他尾随着那人，时走时停，那人的脚步拖沓、鬼鬼祟祟。杜德尔一路跟着，发现那人往小树林方向走，不禁欣喜若狂。

"我不确定凶手是不是无懈可击，你能想象对一个警察知道真相但没办法破获的'悬案'提起诉讼吗？要不然你去说服公诉人给一个手无缚鸡之力的瘸子定罪,这个瘸子凭一己之力完成了谋杀。"

"克兰汀·钱特摩尔?噢,自始至终都应该是她。"布朗特警惕地看了奈杰尔一眼,说道,"但是,从心理学上讲,如果一个女人的某种能力突然之间恢复了,她不可能在那一瞬间隐藏这个事实。为什么克兰汀就可以?你不会告诉我她那时候就在策划谋杀吧?"

"正是。望远镜射出的不只是两根针,更是她心中深深的仇恨。我马上就会说到这一点。让我们来假设斯坦福的望远镜刺激疗法真的起作用了。这个假设可以把我们得到的所有证据串起来,而且彼此契合。比如,萝斯贝的梦,霍尔庄园的厨师说的话。望远镜事件的当晚,萝斯贝梦到听见她父亲的房间传来脚步声——脚步声听起来拖沓无力。她以前也做过这样的梦,但是这一次她梦到他的房门打开了,脚步声下楼了。她醒来听到克兰汀在楼下叫她。最后一部分可能不是在做梦,她迷迷糊糊地把这当成了梦,但事实上这是真的——克兰汀等大家晚上都睡了在练习走路。二十年没有走路了,她不得不重新学习,就像婴儿一样。还记得霍尔庄园的厨师说的吗?她瞥见一个人从院子里走过,步态'不完全像个瘸子,更像是一个蹒跚学步的孩子'。是的,厨师已经说得很清楚了,但是正如丹尼尔说的那样,我们有耳朵,但是什么都听不见。"

那个身影通过小树林,走到车道,在车道边的草地上悄无声息地往前走。丹尼尔跟得更近了。月光下,那人的步态有点奇怪,看起来像是机器人走路,又像是某个人有意识地控制自己,一步一步地交替往前迈，为了保持平衡用拐杖支撑着自己。头顶的树枝凌乱地缠绕在一起，大风刮过，树枝发出窸窸窣窣的声音，像是在窃笑，又像是在抽泣。月光从树叶的缝隙投射进来，忽明忽暗，闪烁不定。丹尼尔·杜德尔在朦胧的月色中看到那个人手里似乎拿着一个很大的白信封，他苍白的脸上情不自禁地现出扭曲的微笑，比死尸脸上的笑还可怕。他突然停下来，好像在想什么，然后转过身，沿着树林边缘，两条腿像剪刀似的飞快地迈着，飞快地朝村里跑去。

"克兰汀为什么在计划谋杀之前从一开始就掩盖自己已经可以走路的事实？啊，因为她那时已经有了杀人的念头。她看到查尔斯，这个男人曾经爱过她，她相信现在又被自己迷住了。她看到他转向萝斯贝，对萝斯贝说'亲爱的，你还好吗'。我注意到当时她的表情很奇特：难以置信、恐惧、愤怒，然后她就晕倒了。并不是因为受到望远镜的惊吓，而是因为她发现自己被欺骗了。查尔斯天天往家里跑，她以为是他对自己旧情复燃的表现，哪知道竟然是为了她的妹妹，她那暗淡无光、不被重视的妹妹。地狱里的烈火抵不上受到愚弄的女人的怒火……从那一刻起，她开始和查尔斯过不去，他父亲的来访给了她报复的机会，她当然一直痛恨阿奇博尔德爵士，但谋杀他的真正意图是为了对付查尔斯。

"那以后我每次看到她，都注意到她表现出的压抑的兴奋，或者说是喜悦。这种情绪源于她又可以走路的秘密和这个秘密给她的力量，你知道的，她的影响力已经减弱。乔·萨摩斯告诉我，她不再是村里的女皇，至少对年轻的一代来说不是。她差不多把这归咎于她妹妹，是有意还是无意我就不清楚了。但是我注意到她对妹妹有点欺压的意味，想打击萝斯贝的自信。后来她又暗示萝斯贝精神不稳定。我怀疑部分是为了破坏萝斯贝和查尔斯的关系，部分是为了应对萝斯贝可能在无意中暴露的尴尬事实。当然，对于萝斯贝和查尔斯的关系，她很聪明地假装早就看出来了，并且很赞成。像所有歇斯底里的人一样，克兰汀苛刻、蛮横、易冲动、爱破坏他人的好事，既渴望同情又渴望权力。在压力之下，这样的人很容易形成双重人格。对于克兰汀，由于她的魅力和一流的女性智慧，这种双重人格就格外危险，她的直觉如刀锋般尖利。当然，只要没有人知道她已经可以走路了，她就感觉自己是无懈可击的，置身事外，轻松自如。"

克兰汀·钱特摩尔走出小树林，来到树林和采石场之间的草地。她看到一丛水仙花被风吹得东倒西歪，不禁皱起眉头。风太大了，很多娇嫩的花茎会被折断。她父亲朗诵维吉尔诗歌的声音在她心头响起。

那些折断的水仙花——她觉得它们见证了世间所有不公正的事情。她很高兴今晚有暴风雨，但这对花来说是厄运。风雨声盖住了她的声音，她打开窗户，跨出来，关上窗户，趁克洛特沃西巡逻到另一头的时候溜了出来。尽管她伤口灼痛，疲惫不堪，心里充满困惑，但一阵阵的兴奋再次涌上她的心头。她战胜了克洛特沃西，至于另一个警察，他这辈子只配去垃圾场巡逻。

"那晚，如果克兰汀开电动助力车的时候没有无意间轧过水仙花，她完全可以一直稳坐钓鱼台。我们永远不会怀疑有人用过电动助力车，而且查尔斯·布利克将遭到严厉的惩罚。但天不遂人意，我们知道有人用了电动助力车，还有安眠药，这就暗示是某个女人实施了谋杀。"

"但她犯的错还不止这一个。"

"是的，不止一个。"奈杰尔同意道，"她一听说阿奇博尔德·布利克要从伦敦过来就开始筹划，她计划一箭双雕。首先她写了一封匿名信，让他不得不到她家来。她那晚走到纽因酒店寄了信，同时寄了其他两封信做障眼法，想让我们以为这些都是原来的匿名信作者写的。但是她犯了一个错误，她一次次问我写匿名信的人究竟何时会被逮捕，而且叮嘱我如果被捕了一定要告诉她。显然，她这么做的目的是她不会在他被捕后再寄信，不至于让这一部分的计划出岔子。"

丹尼尔·杜德尔此时还在去村子的路上，他仍在奋力奔跑，汗流浃背，黑色的衣尾在身后甩来甩去。他估计自己到了那里之后至少有十分钟的时间去实施计划。无论结果如何，这个计划对克兰汀这个女人都是不利的，对他自己，倒是很可能从其他方面带来一点好处。他继续往前跑，顶着厚重的镜片，费力地睁着双眼。

"基于那封信和她在电话里对他说的话，她可以非常肯定阿奇博尔德爵士那天晚上会来见她。白天，她反常地坐着电动助力车去了很远的地方，以此耗尽电量，这样就不可能有人在电力不足的情况下用助力车将阿奇博尔德爵士的身体运到采石场,由此,她这个瘸子也就更不可能完成谋杀。这是个精心设计的自我保护措施,是女人才想得到的相当小心的做法。

"嗯,正如她所预测的那样,阿奇博尔德爵士出现了。现在我觉得,很有可能在那之前她的计划和准备多半是她自己的一种幻想,你知道的——我会埋下导火线,机会来临的时候却并没有点燃它的冲动。但是阿奇博尔德爵士威胁说要切断她的资金供应,并且还说了更恶毒的话,这让她有了点燃导火线的冲动。你还记得牧师听到的谈话片段吗?'写匿名信的人就在这个家,查尔斯要和这样的家庭结亲''你敢说贝——'然后阿奇博尔德爵士说了像是'你们两姐妹还有个兄弟'之类的话。这话是什么意思,布朗特?"

"这些话听起来好像他已经怀疑并不是所有的匿名信都是杜德尔写的,也不是萝斯贝,而是克兰汀自己写了其他的信。"

"正是如此,她可能和他通话时露出了马脚。这有可能是他猜测出来的,也有可能只是笼统的攻击。这并不重要,重要的是克兰汀现在有了必须除掉这个老头的又一理由。在这里,她又犯了一个错误,尽管这是一个无法避免的错误。她让他喝了酒,并且和他交谈了整整一个多小时——和一个与她有杀父之仇的男人,一个她连门都不愿意让他进的男人——可实际上她不仅招待他喝酒,还允许他一直待在房子里,这不符合她的性格。但她不得不这样做,她不得不先在递给萝斯贝的杯子里下药,等些时间让它生效,接着让阿奇博尔德爵士喝下带药的酒,然后等他睡着。"

这条旧道很崎岖，尽管在黑暗中有父亲的拐杖的支撑，但克兰汀走起路来还是很费劲。她提醒自己不必着急——现在和那天晚上不同。那天晚上她不得不推着助力车，走在那个睡着的人旁边，紧握方向盘，沿着小坡进入树林，把那个人运到山顶，然后毫不费力地让他滚到采石场下面。她现在有点颤抖，努力控制着自己不回头看。她似乎觉得有一个男人，一个死人，从她身后的采石场爬出来跟着她，这想法实在太荒唐。她感到疲惫和异乎寻常的压抑。那晚她的力量从何而来？是恐惧？是仇恨？还是仅仅因为对那个昏迷后像人体模型一样直挺挺地躺在助力车上的家伙感到恼怒？要是她有更多的时间适应走路就好了。第一天晚上练习走路时，她差点因为吵醒萝斯贝而泄露一切。第二天只要她一个人在家里她就开始练习，那天晚上她走到了村子那儿。第三天，她又驱车十二英里来到一个偏僻的树林，在那里她可以不受干扰地再次练习。要不是开了这么远的距离，助力车的电量就不会耗尽，她也就不必费力推那该死的车。不过，也许这是件好事，因为她运气不好轧到了水仙花，这让警察怀疑有人使用了助力车。

克兰汀尖叫起来，声音充满惊恐，因为一丛野生黑莓的刺狠狠地刮了她的脚踝。一切都在与她作对。她停下来想挣脱刺丛，结果把手也给划伤了。她抽泣了一会儿，几乎决定回去了，但携带的信必须要寄出。只要这样做了，她就真的安全了。

"所以克兰汀想办法把睡着的受害者弄到电动助力车上，运到采石场，再把他拖出来，接着把他从边缘推下去，像倒垃圾似的。她这么多年来一直使用手动轮椅,手臂一定很强壮。她在望远镜事件发生的那天发现了查尔斯的手帕——医生说她拒绝待在卧室里,毫无疑问,她是在摇着轮椅回起居室的时候看见了手帕;一定是查尔斯在大厅里掉落的。这东西将来会有用处,虽然那会儿她并不知道用处在哪里,她还是把手帕捡起来,放在草皮上用力摩擦,以掩盖查尔斯在上面留下的血迹。"

"我想这是为了防止有人看到手帕时,认出这就是查尔斯那天包在手上的那块手帕。"布朗特说道。

"有可能,其实我们只是听查尔斯说过他在小庄园丢了手帕。而事实上,他甚至不想说这些。我想在你审问他之前,他已经隐隐对克兰汀产生了怀疑。当你拿出那块手帕时,他的怀疑得到了证实,但他不会说任何出卖她的话,他的沉默还清了因为过去的纠葛欠克兰汀的最后一笔债。虽然这很愚蠢,但我很佩服他。顺带一提,他很快就在我面前露了马脚。我抛出一个看法,说他拒绝坦白是因为他怀疑萝斯贝找到了手帕并把它放在了树林里。他说:'你完全搞错了!我从不认为是贝——'然后他困惑地停了下来,言下之意很明显。不过,我认为克兰汀试图掩盖血迹是因为她可能了解一些关于血型的知识。为了彻底定罪,上面应该有阿奇博尔德爵士的血。但是,据她所知,他和查尔斯的血型不同。总之,她把它留在了那里。但是之后她又犯了一个糟糕的错误,当你把手帕拿给她看并说它刚刚被发现时,她没有像常人那样第一反应问那个问题。"

"我们在哪里找到它的?"

"正是。任何无辜的人都会不假思索地问这个问题。但她有点太小心了,她不想给人留下她对手帕很感兴趣的印象,她太漠不关心了。她当然很清楚你是在哪里找到它的,一个不那么狡猾的罪犯会马上问以上的问题。后来,也许因为意识到自己的漠不关心可能显得有点奇怪,所以她说'我猜想你是刚才在树林里搜索的时候发现的'。但她无法看到警察搜索树林,从小庄园的窗户是看不到的。如果手帕是同伙不小心掉在那里的,她应该表现出一些警觉的迹象。因此,这块手帕一定是故意放在那儿的。它能使谁获罪呢?查尔斯,而且只有查尔斯。谁有理由恨查尔斯?克兰汀,而且只有克兰汀。

"但是,作为一个十分正派的人,再加上良心上的负担,查尔斯拒绝回击她。萝斯贝也开始怀疑她的姐姐,但她为了保护克兰汀而装糊涂。当兰德尔开始询问克兰汀关于电动助力车的问题时,她一开始就很紧张。她不愿承认望远镜的用途,因为那可能会让我想到克兰汀已经可以重新走路。她试图迷惑我。她讲了谋杀当晚发生的各种事情,或多或少都是假的,企图以此转移我对克兰汀的疑心。当她看到杜德尔在前门上用粉笔写的东西时,她感到非常不安——凡流人血的,他的血也必被人所流。在她看来,这是对她姐姐的直接指控。对了,顺便提一句,我想这的确就是对克兰汀的直接指控。我有一种感觉,那就是杜德尔只告诉了我们很少一部分真相,他可能看到了更多的东西,或者知道更多的东西——但他为了勒索或因为深仇而闭口不说。"

丹尼尔·杜德尔已经到了村子的外围。当他走近时,他看到一栋孤零零的房子，那里的卧室亮着灯，卧室的窗帘拉着：沉睡的村庄里还有人醒着。丹尼尔笑了笑，想起了没有告诉警察的事情——那天晚上他刚从小庄园的花园里爬出来，就看到有一个人影走到起居室的窗户前拉开了窗帘：那人是克兰汀·钱特摩尔，她竟然可以走路。那一刻，他被吓得魂飞魄散，像看到幽灵一样逃跑了。但后来好奇心战胜了恐惧，所以他就在附近转悠。第二天，当阿奇博尔德爵士去世的消息传来时，他高兴得心怦怦直跳。现在他终于抓到了她的把柄——他那个漂亮且傲慢的姐姐，那个巴比伦的妓女。他一直在等待时机，像个守财奴一样因藏在心里的秘密沾沾自喜。现在她将不得不归还属于他的权力、金钱和一切。在任何时候，他都可以让她向自己下跪。但今晚，站在树林边，他想出了一个更恶毒的复仇方式。

丹尼尔·杜德尔跑到格瑞塔·斯马特的小屋，开始猛烈地敲打她的门。

"克兰汀把助力车放回原处后，穿戴上之前已经准备好的她父亲的大衣和帽子，去了霍尔庄园，在那里冒充阿奇博尔德爵士。这将是吊死查尔斯的另一股绳子。

"今天下午，她对我说'我的生命真的似有魔法保护'。上帝啊，那晚她也这么说过。查尔斯·布利克在十分钟前才离开约会的地方，难怪当她听说萝斯贝和他那晚有约会的时候会晕倒，牧师和杜德尔也都在那个地方。不过，她还是逃过了一劫，也许这使她过于自信。但不管怎样，她没有毁掉所穿的衣服。"

"这只是你的猜想吧？帽子不在那里，你知道的。"

"这个推论是基于你的手下搜查房子时她的表现。首先，当他们搜查她父亲的房间时，她坚持在场。然后，他们一进房间她就让他们下去拿她父亲衣柜的钥匙，这样她就有时间把帽子从衣柜里拿出来藏在膝盖上的厚毯子下面。衣柜实际上很可能没有上锁，但是当你的人拿着钥匙回来时她假装为他们开锁。我必须说，在整个过程中，她表现得非常勇敢且处变不惊。"

"但是为什么她会如此害怕他们找到帽子，而不担心大衣呢？"

"啊，这里就要提到斯坦福·布利克了。"

"等一下，斯特雷奇威。在我的人离开后，她会不会为了烧帽子而点火烧自己？"

"有这个可能，但我认为不会。我相信她是有点紧张不安，警察显然仍对她感兴趣，查尔斯·布利克还没有被逮捕。而克兰汀怀疑萝斯贝也在怀疑自己——这一点从她后来的一时失言可以看出来。我猜她想给出最后一个确凿的证据，证明她不可能谋杀布利克。"

克兰汀现在已经接近村子了。她烧伤的地方比以前更痒了，绷带似乎阻碍了行动，她烦躁地问自己是不是在浪费时间和糟践皮肤。首先从轮椅上下来并锁上门，放火烧掉她的轮椅和毛毯，接着尖叫，然后在马克破门而入时回到轮椅上，这很容易做到。这给了马克一个扮演小英雄的机会，而她自己只有几秒钟的痛苦。但是，她现在愈发苦恼，她想这并没有真正证明什么。任何相信她不能走路的人根本不需要证据,但是,警察有着肮脏多疑的天性,还有奈杰尔·斯特雷奇威,他是如此的无情和不忠——如果他们怀疑她能走路,毫无疑问,他们可以怀疑她是在最后时刻回到了着火的轮椅上。但是听完她说的那些话,他们现在肯定已经逮捕了查尔斯。她要等到那时才发声,那才是聪明的做法。想到查尔斯·布利克,她皱起了眉头。月光下,她冷酷地抿着嘴,脸色阴郁,表情残忍,像一个需要血祭的雕像。他们都该死——那个讨厌的老头,还有查尔斯,还有斯坦福。她知道斯坦福可能也会站在她的对立面,会像查尔斯背叛她和他父亲背叛她父亲一样背叛她。布利克家族——该死的家族!她用激烈又带点孩子气的脏话辱骂着布利克一家。骂着骂着,她又自怜自哀地哭了起来。如果不是斯坦福,她今晚就不会出来,痛苦且悲惨地走这条难走的路。

"但有意表现出来的深切怨恨最终让克兰汀露了马脚,"奈杰尔说,"今天晚上,在克兰汀的'意外'发生后,我在牧师的帮助下设计了一个小圈套,正如我告诉你的那样。我之前在花园里大声且轻率地说话,炒起了气氛,这样克兰汀就能从室内听到。例如,我提到了斯坦福的梦,并发现萝斯贝已经把这件事告诉了她的姐姐。我这么做是刺激克兰汀的神经。然后经过事先安排,我让牧师'记起'他从芬尼十字路口走回来并经过小庄园的时候正是查尔斯告诉我们他往芬尼十字路口走去的时候,但是他没有在路上遇到查尔斯。因此,牧师和查尔斯中有一个人撒了谎。当然,真正撒谎的是牧师马克,他永远不会原谅我劝他这么做。这不是一个好的把戏,但克兰汀不是一个高超的杀人犯。总之,她无意中听到了这个消息。对她来说,这是场及时雨。它破坏了查尔斯的不在场证明——证明了他在撒谎(因为她绝不会想到马克会说谎)。现在她说阿奇博尔德爵士一离开她家,她就听到了他跟查尔斯的说话声就非常安全了,因为如果查尔斯能证明他当时不在她家附近,他早就这么做了。

"克兰汀可能认为她非常巧妙地选择了时机,在萝斯贝'认罪'之后,她再也无法忍受,尽管查尔斯是她亲爱的老朋友,她决定不再隐瞒她所知道的关于查尔斯的事。但问题是,像克兰汀这样聪明的女人,就算她没有谋杀布利克,也会马上看穿萝斯贝的供词。事实上,她承认她看穿了,她说'贝是个富有想象力的女孩'和'我不知道她那么爱查尔斯,爱到愿意为他顶罪'。萝斯贝的假供词经不起专家的丝毫深究,也不会让她真正被警察怀疑,那么为什么这会儿迫使克兰汀说出对查尔斯不利的一条信息,而在更紧迫的情况下她却没有这样做呢?"

奈杰尔陷入了沉默。在大风停歇的间隙,他听到了脚步声和敲门声。他想,八成是有人在敲村里接生员家的门。

黑暗中,丹尼尔·杜德尔正在纽因酒店对面的邮筒边等待。他冒出一个念头,如果他的判断错误,自己将成为村里的笑柄。她是不是听到了他的声音,转身回家了?他身边的那群人已经很不耐烦了,开始偷偷地盯着他,神情中带着怀疑和阴郁的猜疑。格瑞塔·斯马特在这儿,还有那个企图自杀的年轻工人,以及罗西。即使在这个特殊的时刻,格瑞塔也刻意与罗西保持着距离。

"你不是在耍我们吧,杜德尔先生?"她说道。

"不会太久的,你们就等着吧,坏人快来了。"

又有两个身影加入了这个群体,跟其他人一样,都是匆忙间在睡衣外面套上了大衣。大家沉默着,感到不安和尴尬。然后杜德尔抬起了手指,他敏锐的耳朵捕捉到了脚步声,然后他们都听到了——拖沓而隐约的脚步声从采石场小路与大路交会的方向传来。

"大家都在吧?"丹尼尔问,"你们知道该怎么做,主已经把罪人交到了我们手里。"

他的声音低沉但嘹亮,像是有魔力般震慑住了大家。这群人四散开来,各自找合适的位置躲在更暗的地方。

"我仍然不太理解斯坦福·布利克是如何卷入此中的。"布朗特说。

"斯坦福头脑一流,从萝斯贝和其他人告诉他的话中,他已经弄清了他父亲是被谁如何杀害的。但他是一个古怪的人,不喜欢深陷于麻烦之中,拐弯抹角地暗示而不直接说出怀疑对象符合他一贯的性格。他在草坪上和我们交谈时三次引用了《莫德》里的话。你还记得吧,《莫德》的叙述者是一个忧郁的年轻人,他的父亲被一个住在霍尔庄园的富商陷害后自杀了。把那个年轻人换成克兰汀,那就是斯坦福所谓的梦。"

"是的,我想了解的就是这个。"

"他说他是在晚上 11 点 09 分从梦中醒来的。这一听就太不自然,不可能只是巧合——他应该在杜德尔听到小庄园传来的那些拖拽声后一分钟内做了梦。但这既不是巧合，也不是斯坦福了解到的犯罪事实，这纯粹是一种推论。他知道凶手冒充他的父亲在 11 点 30 分时来到了霍尔庄园的后门。他估计克兰汀走到那里最多需要十分钟，而之前她把人运到采石场，然后回来把助力车放好，这也花了十分钟。11 点 30 分减去两个十分是 11 点 10 分。斯坦福的'11 点 09 分'只是一种艺术手法，使其听起来更可信。他计算了一下，他父亲被带走的时间不可能再早了，因为查尔斯是在 11 点 05 分和 11 点 10 分之间从约会地点离开的，如果克兰汀在 11 点 10 分之前行动，他就会听到可疑的声音。

"斯坦福所谓的'梦'象征着某种诡异的谋杀案。他之所以编造出这么一个梦，是为了指出——还记得他说过什么吗？'两人都穿着深色大衣，戴着卷边毡帽，爱德华时代的时尚又开始流行了。我父亲可是个时尚达人。'斯坦福相信克兰汀戴着她父亲的帽子来假扮他父亲，他用了'爱德华时代'这个词，以便将这个想法传达给我们，而没有进一步表态。

"我们知道他还把这个梦告诉了萝斯贝，而萝斯贝告诉了她的姐姐。这一定让克兰汀吓得不轻。'一顶深色的毡帽'可能意味着任何东西，但如果让霍尔庄园的厨师看到一顶爱德华时代风格的深色卷边帽子，她可能会认出这正是那晚精心打扮过的阿奇博尔德爵士戴的那顶。这就是为什么我要求你派人看守小庄园的垃圾场。克兰汀一定会想办法毁掉那顶帽子，她知道这一点。"

一个身影从黑暗中小心翼翼地走出来，微弱的月光照亮了拐杖上的银色带子及其上面系着的白色大信封。躲在暗处的人们可以听到那个人刺耳且急促不匀的呼吸声，人影迈着僵硬的步子朝邮筒走去，走路的样子就像是一个设计得不太好的机器人一般。丹尼尔·杜德尔悄悄溜到了那个人影和墙壁之间，他厚厚的镜片闪着暗光。

他说："我们终于逮到你了。"与此同时，罗西也惊呼道："哦，天哪，是钱特摩尔小姐！"

克兰汀猛地转过身来，看到村民站成半圆形把她围在墙边。她既没有尖叫，也没有啜泣。她的脸抽动了一下，美丽的面庞扭曲了，变得丑陋不堪，就像一阵狂风扭曲了清澈池水中的倒影一样。转瞬间克兰汀的脸不再扭曲，人们看到的是她阴冷而愤怒的表情。

"请让我过去。"她对丹尼尔说。

"别着急啊。我们已经当场抓住了你在行恶，而且——"

"别挡我的路，你这个虚情假意的小丑！你们信这个可笑的人说的话吗？他是个令人作呕的伪君子，就像——"

"让我们看看那个信封吧，钱特摩尔小姐。"格瑞塔·斯马特说，她向前一挤，双手叉腰。

"当然不行。这真是太过分了。你们都快回去吧。"

"啊，我万万没想到，"格瑞塔痛苦地说道，"你假装自己是个瘸子，一次次偷偷摸摸地走到这里来寄那些下流肮脏的信。你比一个杀人犯好不了多少，你杀了我弟弟。"

人群逼近克兰汀，像是要置她于死地。

"你们完全弄错了,"她声音里有一丝颤抖,"我——我只是发现自己可以走几步路——一定是下午的事故带来的冲击,今天下午我受了严重的烧伤。我……"

"见你的鬼吧!"年轻的农场工人咆哮道,"我们把她交给警察吧。"

"不,让这个可怜的人说下去吧,"乡村妓女罗西说道,"也许她有话要解释,让她说出来,这样才公平。"

"警察会告诉你们是杜德尔这个可怕的家伙写了那些信,他们早就已经知道了。"

"那他们为什么不逮捕他?"一个面色憔悴、戴着卷发片的女人说。

"要不你让我们看看那个信封,钱特摩尔小姐?"罗西说,"我们很高兴你能重新走路,不是吗,伙计们?一个真正的奇迹,对吗?"

克兰汀把信封拿出来给她看,其他人都拥了过来。农场工人用手电筒照着它,慢慢地读出了地址。

"嗯,寄往苏格兰北部,看到了吗?"罗西说,"她没有写信给我们任何人。现在让她走吧。"

杜德尔含沙射影地说:"你可别上当。假设那个大信封里面有很多信封,很多污秽的信要从苏格兰寄回这里。她很聪明。我们要不要请她打开那个信封,让我们看看里面有什么?"

"是的,没错。来吧,钱特摩尔小姐,"格瑞塔·斯马特说,"如果你是无辜的——"

"不,该死的——我很抱歉,格瑞塔,我没你说得那么好,但我真的不能让你——"

"她害怕了,这个女巫,撒旦的女儿!"丹尼尔·杜德尔伸手去抢信封。克兰汀向后退了一步,随着一声刺耳的"嗖嗖"声,她从她父亲的拐杖中抽出了刀。

"退后,你们所有人,让我过去,否则我就要用刀了,我是说真的。"

"所以这证明了她的罪行!"杜德尔的声音里带着癫狂,"妓女!杀人犯!"

他猛地向前扑去,想抓住克兰汀,但身体撞上了刀刃。

"发生什么了?"布朗特说。在狂风暴雨中,他们听到一阵阵敲门声和重重的脚步声。"一定是起火了。我们去看看吧。"

他们发现村子远处有一群人,都是被吵醒的。有些人是匿名信的受害者,他们是被杜德尔刚开始的敲门声唤醒的;还有一些是被随后的骚动惊醒的。他们都俯身看着杜德尔的身体,罗西正试图止住从他肚子左边流出来的血。哭声和喊声随风从山坡的方向传来,坦普尔顿农庄的狗叫了起来。

"她跑了。人们在追赶钱特摩尔小姐。"布朗特很快就弄清了事情的原委,然后他跑到纽因酒店去打电话。当他再出来的时候,丹尼尔·杜德尔已经死了。

奈杰尔正沿着路向坦普尔顿农庄跑去。狂风把榆树吹得东倒西歪,把高地的草丛吹得"呼呼"作响。一切都在运动,在飞行。新月撕开头顶的云层:在月光的照耀下,当奈杰尔穿过杂乱的村舍,从右边斜插到去采石场的小路时,他看到了一幅奇异的景象。夜幕之下,一个女人的身影出现在山脊上,她以一种奇怪的步态蹒跚前行,四五个身影紧跟在她身后。天空中划过一道闪电,女人转身用拐杖里的刀威胁他们,他们停了下来,挤成一团。克兰汀转身继续往前走,他们紧随其后,却始终保持着一定的距离。

这场断断续续的追击因为没有人敢靠近逃亡者而花了很长时间,大家的速度都很慢,慢到足以让后面赶来的奈杰尔有希望追上他们。奈杰尔翻过斜坡来到高地,他的左前方是一片小树林,此时他已经赶上了追兵。村民们在崎岖不平的小路上小跑着追克兰汀。他们身后是另一群村民,杜德尔第一次敲门的声音吵醒了这些人,他们赶到纽因酒店时正好看到克兰汀突破封锁线,然后消失在黑暗中。他们花了几分钟弄清事情的原委,了解丹尼尔·杜德尔的情形。这之后,其中大多数人都跟在原来那五个人后面,他们都收到过杜德尔写的匿名信。这些人朝着克兰汀走的方向四处张望,坦普尔顿农庄的狗叫声给他们引了路。他们中有戴着卷发片和发网的女人,她们脚上穿着高筒胶靴或卧室拖鞋,大衣下摆下露出了睡衣;还有男人拿着干草叉或猎枪,其中有一个人戴着睡帽。他们走到奈杰尔身边,叽叽喳喳、七嘴八舌地说起来。

"是克兰汀小姐……她就是写匿名信的人!她杀了杜德尔先生!她是个女巫!"

奈杰尔无法打断他们。这是一场对女巫的追捕,他曾经告诉过杜德尔,这样的私刑迟早会发生。他们要对正确的人实施私刑,理由却不对。

"够了!"他大喊,"她不是写匿名信的人!你们——"

一阵哭声从前方二十码处的黑暗中传来。克兰汀已经走到了水仙花摇曳的草地上,她只看到被布朗特的电话叫醒的克洛特沃西正从穿过树林的车道向自己靠近。月亮从一片乌云后面露出脸来,世间万物在这一刻似乎都静止了。然后克兰汀转过身来,用那种可怕又可怜的步态跑了几码远,就像一个双腿被铐住的孩子,最后她跑到了采石场的边缘。没有尖叫,连微弱的哭声都没有,一阵死寂之后,只听见"扑通"的水声。

不一会儿,奈杰尔意识到克洛特沃西来到了自己身边。

"她扔掉了这些东西,先生。"那人低声说道,并递给他一根拐杖和一个大信封。这封信是寄到苏格兰最北部某个不知名的地方的。奈杰尔打开它,取出了一些毛毡碎条、一条黑色丝带、一条皮制吸汗带——这是被剪成了碎片的爱德华时代风格的毡帽:埃德里克·钱特摩尔的帽子。

图书在版编目（CIP）数据

深谷谜云 ／（英）尼古拉斯·布莱克著；江敏译
. —— 上海：上海文艺出版社，2023
（尼古拉斯·布莱克桂冠推理全集）
ISBN 978-7-5321-8709-6

Ⅰ. ①深… Ⅱ. ①尼… ②江… Ⅲ. ①推理小说－英国－现代 Ⅳ. ① I561.45

中国国家版本馆 CIP 数据核字（2023）第 040304 号

深谷谜云

著　　者：[英] 尼古拉斯·布莱克
译　　者：江　敏
责任编辑：曹晴雯
装帧设计：周艳梅
版面制作：费红莲
责任督印：张　凯

出版：上海文艺出版社
出品：上海故事会文化传媒有限公司
　　　（201101上海市闵行区号景路159弄A座3楼www.storychina.cn）
发行：上海文艺出版社发行中心
　　　（上海市闵行区号景路159弄A座2楼206室）
印刷：上海中华印刷有限公司
开本：889毫米×1194毫米　1/32　印张9.25
版次：2023年5月第1版　2023年5月第1次印刷
ISBN：978-7-5321-8709-6/I.6859
定价：45.00元

版权所有·不准翻印

上海故事会文化传媒有限公司出品（01118）www.storychina.cn

想看更多精彩故事？
扫码下载故事会APP

上海故事会文化传媒有限公司所有图书可办理邮购，免收邮费（挂号除外）
汇款地址：上海市闵行区号景路159弄A座2楼206室（201101）
收款人：上海故事会文化传媒有限公司出版发行部
联系电话：021-53204159
如发现本书有质量问题，请与印刷厂质量科联系T:021-60829062